DEGREE OF DIFFICULTY

上神说——
专注,是凝聚精神的必充品质;
善良是封印力量的锁;
愤怒与骄慢,是开启而钥匙。

欣梦享
ENJOY LIVING

诡界

GUIJIE

谷悬小镇

夜来风雨声 著

江苏凤凰文艺出版社

图书在版编目（CIP）数据

诡界. 谷悬小镇 / 夜来风雨声著. -- 南京：江苏凤凰文艺出版社，2025.7. -- ISBN 978-7-5594-9659-1

Ⅰ. I247.5

中国国家版本馆 CIP 数据核字第 20252PA303 号

诡界. 谷悬小镇

夜来风雨声 著

责任编辑	王昕宁
特约编辑	马春雪
装帧设计	青空·阿鬼
责任印制	杨 丹
特约监制	杨 琴
出版发行	江苏凤凰文艺出版社
	南京市中央路 165 号，邮编：210009
网 址	http://www.jswenyi.com
印 刷	三河市兴博印务有限公司
开 本	880 毫米 ×1230 毫米 1/32 插页 4
印 张	9.5
字 数	238 千字
版 次	2025 年 7 月第 1 版
印 次	2025 年 7 月第 1 次印刷
书 号	ISBN 978-7-5594-9659-1
定 价	49.80 元

江苏凤凰文艺版图书凡印刷、装订错误，可向出版社调换，联系电话 025-83280257

目录

第一章　巨像医院　001

第二章　诡梭惊魂　029

第三章　世界任务　119

第四章　废弃车站　163

第五章　荒野求死

第六章　谷悬小镇　281

玩家请注意，
　　新的副本已经开启，
　　　　祝您游戏愉快！

巨像医院

— 第一章 —

01 恐怖游戏

嘀——游戏载入中——正在生成角色数据——

角色：赵一

等级：1

经验：0/25

能力：无

物品：手雷×3（作为一个心理医生，你为什么要随身揣着三颗手雷？）

生命：10/10

力量：2

精神：101（100+1）（未知错误代码）

运气：0

称号：无

灵魂武器：生锈的手术刀（未知错误代码）

角色数据出现未知错误……正在检测错误数据来源……

角色错误数据检测失败……再次尝试检测……

未知紊乱产生……尝试修复中……

修复失败……修复失败……修复失败……修复失败……

刺眼的白让赵一从昏厥之中缓缓苏醒。睁开眼，看到的是手术室的无影灯，鼻间有浓重的尘埃与铁锈的味道。他缓缓坐起，打量

第一章　巨像医院

了一下周围的环境，立刻明白自己是被拉入了三年前降临蓝星的真人恐怖游戏《地狱》之中！

这款游戏会不断将蓝星上的人类拉入恐怖世界，让他们执行各种恐怖任务，并在游戏的虚拟平台"永夜营地"上实时直播！成功者获得奖励，不断变强；而失败者将被永久扣除生命值，直至"死亡"！

赵一简单确认自己周围没有危险之后，第一时间打开了自己的任务面板。

副本：巨像医院（新手）

主线任务：逃离巨像医院

任务奖励：25 经验值

难度：地狱

注：新手副本难度中和，怪物抗性减少 50%。

简介：你凭本事随机到了地狱难度的副本，祝你游戏愉快！

"地狱难度的新手副本……看来很危险啊，得小心一些了！"赵一喃喃自语。

从破烂的铁床上起身，他活动了一下筋骨，一切完好，自己正处于"癫疯"状态。来到破碎的复古玻璃窗边，赵一大致观察了一下外面的场景，目光落在医院的外墙上。他的眼睛深处，忽然闪过一道微不可查的暗红色星芒！紧接着，赵一得到了一些不稳定的数据。

未知黑影：危险

墙：中立

注：不可翻越，无法摧毁。

门：中立

注：需要门禁卡。

"门禁卡？"赵一摸了摸自己的下巴。这些不知从何而来的数据透露了重要的信息。逃离医院需要门禁卡，看来这是自己的最终目的。

他小心地推开门，走廊漆黑一片，远处惨白的灯光不断闪烁，明灭不定，阴风直吹进人的骨子里。这样的场景，足以将普通人吓得瘫软。

永夜营地直播大厅——

△奇怪，这一批的新人居然有一个精神值101的？

△What？这游戏玩家的精神值不是100封顶吗？

△我记得是，玩家目前最高也只有100，好像叫龙帝妖神，不是咱们骨区的，听说在血区，是血区总榜榜一。

△难道系统出BUG了？

△你们看！这倒霉孩子的新手副本居然是《巨像医院》！

△凉凉，这新人开局就要白给！

△啥？又有新人进《巨像医院》了？走走走，去看直播！

△他叫啥名儿？

△赵一。

永夜营地内，许多玩家嚷嚷着点进赵一的直播间，他们很想看看，这个进入巨像医院的倒霉蛋会是怎么个死法。

四楼，赵一沿着斑驳的墙壁继续往前走。油漆连着墙皮脱落，掉得满地都是，霉斑片缕，显然医院已经荒废多年。401……402……403……门牌摇摇欲坠，最终，赵一停在409门口。他看见病房里躺着一名垂死的老人，枯瘦如柴，满头白发，身上插着很多续命的管子。

这名老人带着祈求的目光，微微翕动嘴唇："年轻人……帮帮我……我想去厕所方便一下，能扶我起床吗？"

赵一仔细打量了一下老人，那些不稳定的奇怪数据又浮现了出来。

刘老汉：高级危险
注：无法移动，速度缓慢。

"诱捕类型的怪物吗？战斗属性超强，但无法移动，并且攻击范围狭小，甚至具有致命弱点。"赵一脑子飞快运转，而后推门而入。

病床上的老人看着赵一一步步走向自己，眼中掠过一抹怨毒和阴冷的笑意，嘴上却感激道："谢谢你啊，小伙子！"

直播间里，看见赵一进门的玩家们脸上露出了惋惜和嘲笑。

△喷喷喷，他居然敢进去！这种地方就算用屁股想也不可能会有活人吧？

△死在刘老汉手里的人，只怕没有一百也有五十！

△还以为精神值101的新人有多牛呢，结果是个傻的，还不如上次那个78的。

△散了散了，这新人也太菜了！

直播间的众人议论纷纷，然而很快，他们便发现赵一站在距离老人三米左右的位置停下了。

老人浑浊的眼睛里洋溢着迫切和急促。快来啊！快来摸我的手！他心里疯狂号叫着！

赵一藏在背后的手中不知何时出现了一把生锈的手术刀，他再次迈步,却绕开了老人的正面,来到老人背后。

老人笑容僵住:"你……你要做什么?"

赵一盯着老人的后脑勺看了许久,平静道:"我问你一个问题,答对了我就带你去厕所。"

"那……那答错了呢?"

"那我就会杀了你。"

刘老汉蒙了!直播间的观众也蒙了!好家伙,直接反客为主!这个新人,貌似有那么一点点……凶?

"好……好,你问,你问。"刘老汉因为系统设定根本无法转身,此刻凶猛如他也成了待宰的羔羊。

赵一用刀尖抵住刘老汉的后脑问道:"我有多少根腿毛?"

刘老汉:"啊?"

"扑哧!"手术刀入肉的声音响起。刘老汉面色惊恐,大叫道:"不要杀我!你再问一个问题!再问一个!"

赵一沉默了少时,点头道:"好。那我再问一个。"

"医院的门禁卡在哪里?"

刘老汉呼出了一口气,急忙说道:"医院门禁卡一共有三张,一张在后勤部门,一张在院长身上,还有一张……"说着说着,刘老汉忽然瞪大了双目,身体抽搐起来!

　　你的灵魂武器触摸了诡物的怨念,成功解封。手术刀可以对诡物造成额外伤害。
　　你击杀了刘老汉,手术刀获得轻微增强。

刘老汉挣扎了几下,最终垂下了头颅。

赵一抽出自己的手术刀,发现上面的斑驳锈迹少了一些。他看了一眼铁窗,床边角有一处细微地抬起,如果不够细心,根本不可

第一章 巨像医院

能看出来。赵一摸索了一阵，居然找到了一份房产证。与此同时，系统的提示也随之而来——

触发隐藏任务：刘老汉的遗愿。

注：副本之中，隐藏任务由玩家随机触发，难度高于主线任务难度，触发后玩家可以选择不完成，不会受到惩罚，也不会影响玩家完成主线任务；隐藏任务完成后玩家会获得额外奖励。

有了系统消息，刘老汉不知何时转过了身，静静地看着赵一，眼中已无狰狞之色，身影正在变淡。

"年轻人，谢谢你让我解脱。这本房产证是老汉生前唯一的积蓄。我的女儿曾为了它……"刘老汉在最后的时光中，将自己的故事娓娓道来。

原来刘老汉的女儿刘雪曾为了拿到这张房产证，私下里和巨像医院的院长偷情，企图与他合谋害死自己的父亲！但后来刘雪因为医院内的一场电梯事故意外死亡，于是这件事情最终不了了之。刘老汉托付赵一，让他帮忙杀死巨像医院的院长，作为交换，这张房产证将归赵一所有。

物品：刘老汉的房产证（未解封）
品质：绿色
简介：一个老工人毕其一生的心血。
效果：——

直播间内，几百名观看直播的玩家愣在了原地，而后猛地嘈杂起来！

△这新人居然打出了巨像医院的隐藏任务!

△原来刘老汉根本不能移动!可他怎么知道的?

△刚才谁说这个新人是傻子的?请站出来说话!

众人纷纷议论,忽然一个对话框很特殊的人在直播间发话了。

杨涛:虽然有些歪打正着,但在今年被纳入骨区的新人玩家之中,他的表现目前很不错。新手副本的结果往往不是很重要,重要的是玩家的心态、判断、反应能力。

△这不是吹角连营公会的副会长杨涛大佬吗?

△居然真的是杨涛!合影留念!

△杨涛大佬怎么有心情来新人直播间了?

△贵会是缺人了吗?大佬看看我!我已经12级了!

杨涛:不缺人,我只是恰好有空就顺便来看看,刚好可以分析一下今年新手副本的情况。

杨涛:以目前的情况而言,赵一最好的应对方式,是抛弃隐藏任务奖励的诱惑,专心完成主线。巨像医院的地图不大,怪物也并不算多,但出口有非常多的限制,必须拿到门禁卡才可以离开。

杨涛:但医院里目前已知的两张门禁卡,一张在院长身上,一张在后勤部那里,前者获取难度必然极大,后者探索难度可能较大,姑且看这个新人会怎么发挥。而且,刘老汉已经隐晦地告诉过赵一,他的女儿死在电梯里面,这意味着医院的电梯是不能够使用的。

直播间内,杨涛正有条有理地分析着,忽然,他停住了,因为他看见,赵一竟然拿着房产证直奔电梯而去……

02 电梯惊魂

电梯里的木质装饰十分破旧,有很多深褐色斑点,那是干涸的血渍，显然里面曾经发生过什么。赵一摸着自己的下巴，盯着电梯看了许久。这时，标注再一次浮现。

电梯：低级危险

注1：里面有一只诡物，它的力量与抗性被削减得很严重，但它仍然拥有人类五倍的体质，你无法徒手对抗。

赵一看见这个标注后，露出了一个笑容。电梯里的诡物，多半就是刘老汉的女儿了。力量和抗性被消减得很严重。好，好啊！

赵一大步踏出，走进了电梯，他的手也伸进了裤兜里，掏出了一个黑不溜秋的东西，放在了房产证的下面。

大部分地区医院的一楼都有地图，这张地图对于赵一完成任务非常有帮助，所以他要去一楼。按下按钮，电梯开始缓缓下沉……忽然，灯光开始不自然地闪烁，电梯也渐渐摇晃起来！电梯内的变化，让直播间的观众也随之一同紧张了起来！

△新人就是新人，容易忽略细节，看来他要止步于此了！

△常言道，电梯等于活棺材，在这么危险的世界里，进电梯实在是相当不明智的选择！

△的确！

△话说……这个新人的心理素质是不是太不正常了？到现在为止，他的精神值居然没有一点儿下降！

△真的哎！他完全不害怕的吗？

电梯内，赵一不停打量着四周。不知何时，一滴黏稠的液体从顶部滴落，刚好落在赵一的额头上，划过鼻尖。他目光扫过，一片殷红。是血！

有什么奇怪的湿润阴冷的东西搭在了赵一的肩头，寒意刺骨。赵一微微侧头，看见竟是如海草一样交错难缠的头发！毫无征兆地，一张血肉模糊的恐怖的脸猛地出现在赵一的面前！这一下，直接给不少直播间的人吓出了一身冷汗！

"我好惨啊……"

冰冷的幽咽在赵一的耳畔回荡，几乎要将赵一的血液凝固！赵一伸出舌头，居然舔了一下鼻尖上的血，面色竟有些诡异的兴奋："你是刘老汉的女儿，刘雪？"

△兄弟们，我怎么觉得赵一这家伙的表情……不大对劲呢？

△感觉他不像是害怕，甚至有点……小兴奋？

直播间内，本来被忽然出现的诡物吓住的众人，一看见赵一这表情，恐惧顿时打消了一大半。

见眼前这个男人居然完全不害怕自己，刘雪也蒙了。啥情况？是自己还不够吓人吗？

"我是刘雪……你是来帮我复仇的吗？"

鲜血淋漓的面容、湿润粘连的黑发、惨白的肌肤、阴诡森森的语气……赵一并不害怕，甚至想要给对方做一个开颅手术："你的父亲刘老汉有一份特殊的礼物要送给你。"

刘雪愣住了："我的……父亲？"

赵一点点头："他单独留给你的，说是很重要，让我务必带给你，好像和什么房产证有关系。不过还是先和我说说你的事情吧，你不是因为电梯意外才被变成诡物的吗，为什么要复仇？"

听到"房产证"三个字，刘雪便晓得赵一的确是受刘老汉托付而来，因为这件事情，整个医院只有三个人知道——她自己、刘老汉，还有院长。

刘雪目光冰冷，眼睛里满是怨毒，身上的气息也越来越不稳定："意外？是啊……所有人都觉得这是一场意外……你也觉得这是一场意外吗？你也这样觉得吗？"刘雪说着，猛地将那张恐怖的脸凑到赵一面前，怨毒的双目死死盯住赵一！

第一章 巨像医院

赵一眨了眨眼，问道："然后呢？"

气氛沉默了数秒。诡物吓人是一件很可怕的事，但吓不着人就是一件很尴尬的事。刘雪干咳了两声，缓缓收回自己的脸，冷冷地说道："是院长。他要杀我，将我从天台推了下去，还对外宣称我死于电梯故障！可惜了，我没死，还变成了诡物！"

赵一恍然："所以，你想让我帮你杀死院长？"

刘雪点头："如果你帮我杀死院长，将他的头颅带给我，我会给予你一份丰厚的报酬！"

没有系统提示，这意味着，刘雪在骗赵一，她根本没有准备给赵一报酬，甚至……很可能想要在事后杀死赵一！

"院长有什么弱点吗？"赵一仿佛没有察觉，自顾自地询问。

"他是这里最强大的诡物……但也可以说是最弱的一只。和别的诡物不同，他不知道自己已经不是人了！如果你能够让他知道真相，他的执念就会消失，力量也会流失！"

刘雪说完，赵一将房产证和下面的球体一同递到女诡手中："我懂了。这些东西是你的父亲要我交给你的。我去想办法帮你复仇，你自己先看看吧。"

刘雪冰冷的目光落在了那张房产证上，顺手接过了赵一给她的两样东西。这个过程实在太流畅，流畅到她甚至没有产生任何疑心。

赵一出门右拐，停下脚步，捂住了耳朵。一个奇怪的拉环赫然套在他的中指之上。短暂的等待之后，电梯内一道极度刺目闪耀的光芒炸破！

直播间内，所有人都傻了。

△他不是心理医生吗？为什么进入副本时会随身揣着手雷！

△怕不是战地心理医生？

△这波物理驱魔我给满分！

杨涛：精彩！利用话术转移诡物的注意力，让诡物将自己的注意全部集中于房产证——那是她的执念,也在潜意识里降低了对赵一的警惕……毕竟,大部分玩家在面对诡物的时候都只想着逃亡,谁会想到会有人类主动攻击诡物呢?

杨涛:而且赵一这是明显在钻游戏系统的空子。寻常情况下,物理手段对于诡物的作用可以忽略不计,但因为赵一目前的副本是新手副本,而且处于地狱难度,系统为了中和难度,大幅度削减了诡物的抗性,因此手雷才能够对诡物造成这样严重的伤害!

△说得在理!

△原本以为这赵一是个菜鸟,没想到他这么厉害!

杨涛盯着副本里的赵一,眼神烁然。短短时间,他已经有将赵一破例拉入公会的欲望了。这个新人的表现实在过于优秀,即便是许多执行过多次任务的玩家,也很难做到像赵一这样冷静和果敢。

地面上,已经被炸得只剩头颅、面目狰狞丑陋的刘雪死死盯住赵一,无比愤怒怨恨:"你敢……算计我!"

赵一跑到头颅边,像是发现了什么新玩具,拍皮球一样拍了拍头颅——一弹老高。

"哎!你的头很有弹性哎,就是……黏了些。"

刘雪:你礼貌吗?

下一刻,赵一的手里出现了一柄尖锐的锈渍斑驳的小刀,那是他的灵魂武器。

物品:生锈的手术刀

品质:唯一

简介:你的灵魂武器。

效果:——数据错误——

第一章 巨像医院

看着赵一手里的手术刀,刘雪怨毒的眼中浮现了极大的恐惧:"不!不要杀我!"她发出了刺耳的尖叫声!

"嘘——我的刀很快,不会痛。"赵一非常贴心地伸出左手安抚着她,然后在凄厉的惨叫声中缓慢将手术刀刺入。

诡物停止了叫唤。

手术刀沾染了诡物的鲜血,有什么被唤醒了。

你的灵魂武器进化,你的属性获得增长。

角色:赵一

等级:1

经验:0/25

能力:无

物品:手雷×2

生命:10/10

力量:5

精神:101(100+1)

运气:0

称号:无

灵魂武器:沾血的手术刀

"哒哒哒——"脚步声从不远处的楼道里传来。赵一起身,缓缓回过头,眼前出现了一个脑袋只有一半的老人,脸上还挂着诡异的笑。但当他看见赵一手里提着的那颗表情无比惊恐的诡物的头颅后,笑容渐渐消失了。

"有什么能帮助您的吗?"赵一礼貌询问。

老人被吓得浑身孞毛,头也不回地转身狂奔!妈呀,这家伙也太吓人了！电梯里的那个疯婆娘居然被他杀了！话说……他不会追上来吧？不行，我得跑快点！

看着那诡物转头就跑的狼狈模样，整个直播间都沸腾了，观看人数也从原本的几百人变成了上万人。不少大型公会每年都会派出代表来新人直播间，注意一些值得培养的苗子。

△我服了！这新人也太生猛了！居然把诡物都吓跑了！

△把诡物的头当皮球拍，他真的是心理医生，而不是精神病人？

吓跑了诡物的赵一低头看了看自己的手术刀，上面的锈迹已经消失了，但刀身会不停地渗血。赵一攥了攥拳，明显感觉到自己的力气提升了很多，力量从原来的2点变成了5点，感觉很好，很疯狂。

03 诡雾走廊

在医院的一楼大厅，赵一如愿找到了自己要找的地图，扫一眼，记住，然后继续摸索。他沿着地图一路北行，中间避开了几道高度危险的未知阴影。

赵一没有第一时间去院长的办公楼，而是选择了保安室。他需要一份证明来告知院长他已经死去的消息。保安室中有监控，兴许也会有打印机。与市中心的那些大医院不同，巨像医院建在山区，所以为了确保安全和方便，保安室里会常备联网的电子设备和打印材料的机器。

前方灯火暗淡，地面上横陈着几具诡物的尸体。赵一一进入保安室，第一件事，就是拿出自己的手术刀，把地面上那些尸体挨个儿捅了一遍！

第一章　巨像医院

"这样你们应该就不会活过来了吧……"他自言自语道。

他的举动让直播间的不少玩家后背发凉。这人……多少得有点心理疾病吧？

杨涛：虽然很变态，却是一种十分稳妥的做法。在新手副本里，个别诡物的力量被限制得十分严重，所以他们会选择装死来偷袭玩家。

杨涛：灵魂武器是玩家拥有的为数不多的对诡物杀伤力较大的武器，他这么做可以解决后顾之忧。

△大佬说得在理，不过这真的是一个刚进入游戏的新人能够干出来的事情吗？

△以后组队，他会不会杀得兴起，连队友一起杀了？

△这家伙是心理医生？请允许我为他的病人默哀三分钟！

做完了手里的事情，赵一淡定地在房间一角洗干净了手里的血，然后来到桌边登录电脑。打开网页一番搜索，终于找到了关于巨像医院的一些陈旧的新闻，他截屏了部分关键图片，放进 Word，全部打印在了一张纸上。认真翻看确认无误后，赵一将它折叠起来，带在身上，然后出门离开。

进入中心大厅之后，四周的阴影渲染出诡异的氛围。天色已经很暗淡，空气阴冷潮湿，赵一踱步，发现前方弥漫着一阵不正常的黑色雾气。

诡雾：中立

注：它会制造恐惧降低玩家的精神值，但对你完全没有效果。

△来了来了！诡雾走廊！

△啧啧，这道诡雾已杀了不少玩家，它会降低玩家的精神值，

不能逗留太久!

△我记得,在诡雾的深处,某个房间内关着一只爱哭的诡物,好像有一个什么支线任务。

△对!但是那里不止一只诡物,有开门杀,新人很容易死在那里!

△嘶——上次老张跟我说,他就是死在巨像医院的开门杀里的!

赵一毫不犹豫,直接迈步进入诡雾走廊。一进走廊,他立刻感觉到视线被阻挡遮掩了,耳畔也开始传来低语,神秘、隐晦。这些声音具有一定的精神污染,但显然对赵一完全无用。

因为早在从前,赵一同样每天都能够听见无数的恐怖低语声。从他苏醒之后到他入睡的前一刻,他从未有过安宁。那些声音要远远比他现在听到的这些低语更加极端,每一个声音都带着十分的恶意。

赵一淡定地在迷雾里踱步,感觉很亲切,像是回到了自己的家。狭长的走廊弯曲,共三百米左右,尽头便是楼梯。但赵一走到一半,一阵若有若无的哭声在耳畔响起……

支线任务触发:帮助一只爱哭的诡物完成心愿。

赵一循着声音而去,手术刀不知何时又握在了手中。他一路到了1007号房,哭声是从里面传出的。木门上的漆掉了许多,痕迹斑驳。赵一伸出手,握住门把手,尝试旋转——没有反锁。

直播间所有人的心也在这一刻被揪紧。他们知道,只要赵一开门……他就会死!短短数秒,他们却感觉度过了数年,所有人都屏住呼吸,全神贯注。

△他怎么……没开门?

第一章 巨像医院

△好家伙！这么警惕？

赵一最终还是没有选择推开门。他后退了数步，目光落在了门上。

门：极度危险
注：可破坏。

简单的数据也让赵一有了一个想法。他拿出手术刀，对着门稍微比画了两下，然后猛地将刀子刺入木门之中！一道凄厉的惨叫声从木门背后响起！声音之大，盖过了诡物的哭声。一刀又一刀……不知道捅了多少刀。赵一空洞的表情配合着恰到好处的阴影，以及稳准狠的机械挥刀的动作，让在直播间观看的玩家浑身发寒。

△这个新人是不是太生猛了一些？

△我甚至已经开始为院长担心了……

△以后要是遇见，可得小心点……我觉得他就是个疯子！

杨涛：这个新人身上有些古怪，在诡雾和哭声双重刺激之下，他的精神值居然没有下降！

△真的哎！精神值居然还是101？

终于，赵一再次收到了提示——

你击杀了开门诡物，你的灵魂武器获得增强。

赵一看着手里的手术刀，发现没有明显变化，显然增强的幅度很微弱。不过蚊子腿再小也是肉，有总比没有好。鲜血从门缝里渗出来，赵一眼前的门已经由危险状态转变为中立，他这才推门而入。

爱哭的诡物是一个小男孩。他躲在角落，看着手提尖刀进入的赵一，瑟瑟发抖！刚才的一切，他都看在眼里。

"不要杀我……不要杀我!"小男孩惊恐地大叫。他最引以为豪的攻击手段,对赵一完全不起作用!

赵一提着刀,缓缓朝小男孩走去。他蹲下,伸出手,缓缓抚摸着他的头。

直播间内,玩家们看到这么温馨的一幕,不禁纷纷感慨,一个如此杀伐果决的人,也有柔情的一面啊!

红缨:他的大方向是对的,先震慑诡物,再施以安抚,这样可以与诡物建立信任关系,对于接下来完成支线任务有着重要的帮助。

△红缨女神也来了!

△女神可以给我签个名吗?

红缨:今年骨区进来了许多厉害的新人,我刚从一个小胖子新人的直播间过来,这家伙通关《猎杀者游戏》居然只用了四十六分钟,刷新了三年都没有人破过的纪录!

红缨:这个叫赵一的新人也不简单,姑且看看这个支线任务是什么。

被赵一抚摸头发的诡物,情绪稍微平复了些,没有先前那样害怕了。"你不是来杀我的对吗?"诡物自言自语,"我在这里这么久,终于有人来帮助我了。"

赵一满面慈爱地笑着,继续抚摸他的头发。诡物彻底放松了下来,开始絮絮叨叨说起了自己的故事——

"当初,我的妈妈生了重病……"

赵一缓缓用力,攥紧了手术刀。

"这所医院的人告诉我,他们可以救我的妈妈,但需要巨额的医药费用……"

赵一微微扭动身子,调整到一个非常适合发力的姿势。

"我们家从小就穷……"诡物小男孩碎碎念,沉浸于过往的回忆。

第一章　巨像医院

就是这一刻！赵一猛地出刀，只一刀，便将诡物给解决了！他呼出一口气："安全了。"

△我人麻了！

△通过物理手段跳过对话，牛！

△这么一来，没有关键信息，他的支线任务就没有办法完成了呀！

△红缨女神白分析了，这家伙根本就不按常理出牌！

众人絮絮叨叨，赵一却目的明确。这个诡物是中级危险，这意味着对方还有某种对自己有明显杀伤力的手段。为了确保自己的安全，赵一决定直接杀死对方。至于支线任务，那并不在赵一的考虑范围内。

赵一开始在房间里面搜寻，最后找到了一本日记。他简单翻看，是那个诡物小男孩的日记。

11月12日，晴

妈妈的病情又加重了，我还在码字挣钱。之前因为照顾妈妈，晚上码字睡着了，这个月全勤没了。我求编辑通融，编辑说他也没有办法。这周末我再出去接点活儿，每天少吃一顿饭，希望能够早点给妈妈凑够手术费！

…………

12月12日，阴

我接到了一份送外卖的工作，虽然辛苦一点儿，但是有希望给妈妈凑够手术费了！

…………

12月27日，小雨

下了十多天的雨，小镇到处都是积水，今天送外卖摔了一跤，今天的钱没了，呜呜呜……

……………
2月9日，暴雨

连续近三个月的暴雨，外卖做不了了，妈妈的病又恶化了，我该怎么办？

……………
3月18日，雷暴

小镇……究竟发了什么？怎么会忽然变成了这样？街上如此空旷……人们都去了哪里？

日记到这里就算结束了，内容除了卖惨，并没有什么有用的信息。赵一将日记本扔到一旁，正要离开，忽然又停住。他重新翻开日记，认真查阅了一遍后，目光幽幽："妈妈……手术……"赵一似乎明白了什么。他将日记本带在身上，离开了房间，再次进入诡雾中。

他的脑海之中浮现出整个医院的地图。那张图画得十分复杂，但是对于赵一这个能够轻松记下数百名病人的病症且不混淆的"怪胎"而言，谈不上什么难度。

医院的大楼并不安全，路上徘徊着战斗力强弱不一的诡物。赵一并没有主动和他们发生冲突，而是小心避开，一路来到了诡物比较密集的住院部。这些病房条件极差，甚至可以说是脏乱，很明显不是为有钱人准备的，符合日记本里的描述——穷。

赵一并没有想要完成这个支线任务。他找那个诡物的妈妈，是因为有另外的想法。

赵一目光掠过，见走廊两排全是低级危险与中立单位。他踩在已经发潮翘起的地板上，脚步声细碎，而后站在门口挨个儿隔着玻璃往里面查看。

△他在干吗？

第一章　巨像医院

△不知道……也许是在探索地图？

杨涛：他是在排除选项。

△排除选项？请杨涛大佬细说！

杨涛：你们没有关注到吗？那本日记里，诡物多次忧心自己的母亲，很可能他的执念就是医院病床上的母亲，支线任务八成和这个有关系，所以只要赵一找到他的母亲，自然也就可能继续支线任务。

杨涛：现在的赵一，其实是在排除哪些病房里有女人，哪些没有。确定了范围，然后再进去探索，可以节省时间，也会更加安全！

△有道理啊！不愧是杨涛大佬，一眼就看穿了赵一的想法！

一群人拍着杨涛马屁，另外一些沉默的玩家则将注意力全部集中在了赵一的身上！这个新人……强得离谱！虽然目前和众人相比，他的实力还很弱，可这份果敢、判断力、随机应变的能力，许多老玩家都不具备。

杨涛：你们看，现在他已经找到了自己的目标，接下来，就是进去和目标进行互动，然后套出有用的信息，继续支线任务。

事情出乎预料地顺利。短暂地运用排除法后，赵一发现，这一层的所有病房，只有3004有一只躺在病床上的女诡物，所以，他几乎可以确定，日记里的母亲，就是这只躺在床上的女诡物。别看她孱弱瘦削，面色惨白，她和小男孩诡物一样，都属于"中级危险"，反而是前面几间房内看上去凶神恶煞的老诡物属于"中立"。

赵一来到了3004门口，一只手摁住门把手，缓缓推开门，带着礼貌的笑容问道："您好，请问您是阿孝的母亲吗？"

阿孝，是日记里面的落款。

女诡物转过头，一双散发死亡气息的瞳孔盯住门口的赵一："我……是……阿孝的……母亲……你有……什么……事……"

赵一脸上露出喜色："太好了！终于找到您了！那个……冒昧问一句，您的丈夫或者亲人什么的在医院吗？"

女诡物沉默了片刻："没……你找我……究竟……有什么……事情？"言谈之间，她的头发竟然开始诡异地生长，仿佛幽灵一样朝着门口飘去！显然，她不准备轻易放过赵一。当然，赵一也没准备放过她。

"没有就好，这样我就不用到处乱跑了……跑来跑去，找人也挺麻烦的……"赵一喃喃自语。而后，他扔进去了一个黑乎乎的东西，被女诡物用头发精准地接住。下一刻，赵一猛地关上了门！

轰！巨大的火光伴随着女诡物的惨叫声，在这一刻炸开，整幢楼都好似摇晃了一下。待硝烟散尽后，赵一推门一看，屋内一地狼藉，女诡物已经死得不能再死了。诡物的抗性被严重削弱，直接后果就是热武器有了用武之地。

直播间内的观众越来越多，但是此时竟没有人交流。眼前的这个新人，让他们感觉后背冰凉！

杨涛亦是沉默。这个新人，脑回路属实不大正常。正常人难道不应该是寻找女诡物，继续未完成的支线任务吗？赵一倒好，见面就送一颗手雷！而且，赵一杀死阿孝之后，担心阿孝的家人报复……毕竟医院只有这么大，诡物很容易找上他……于是，他做出了一个决定——先一步把阿孝的家人全解决了！这人……真的不是精神病吗？

这一瞬间，杨涛的眼皮微微跳动。

赵一做完了自己的事情，转头离开，继续朝着楼顶走。附近的诡物全部躲了起来，瑟瑟发抖，生怕赵一踢开他们病房的大门，送他们一发"极光"。

04 医院院长

赵一辗转一番，来到了院长的门口，眼前浮现了数据——

巨像医院院长：极度危险

注：不要尝试和他正面对抗。

还没有进门，赵一已经感受到了一股死亡的煞气！他摸着自己的下巴，思考了半秒，而后从身上拿出那张打印出来的纸，用从旁边的房间找到的一支红笔将其中一部分用粗线条圈了出来。他认真看了看，非常满意，然后直接用透明胶带把纸贴在自己的脸上。他手持沾血的手术刀，一脚踹开了院长办公室的大门。

"砰"的一声巨响！死亡的危机与院长的目光同时来到！一双苍白的手毫无征兆地从未知的角度掐住了赵一的脖子，赵一根本没有任何反抗的机会。对方出手太快，而且这双冰冷的手直接抽干了赵一所有的力气。

院长的嘴裂开到了耳根，他张开血盆大口就要将赵一直接吞噬！千钧一发之际，他的目光落在了赵一蒙住面颊的纸上，看到了上面被红框特意勾勒出的文字和图像。

3月6日
巨像医院被未知不祥入侵
所有人员死亡
无一幸免
附：图

那张图里，院长被吊在楼顶上，身体仿佛破烂的报纸一样摇曳着，舌头伸得老长，面色青紫，双目空洞地望着远方，嘴角被撕开，依稀还能看见在滴血。看见这张图，院长似乎回忆起来了什么，掐住赵一脖子的手上，力量在快速衰减。

冰冷退却，力量重回赵一的身体。就是这一刻！他握住手术刀，在力所能及的情况下用出了最快的一刀，直刺院长的眉心，准确命中了沉溺在自己世界里的院长。

未知的变故陡然发生！力量还没有完全消退的院长，忽然瞪大了自己铜铃般的血目。血丝在他的眼中游弋，如蜈蚣爬行。那双掐住赵一脖颈的苍白爪子上的力气，在院长濒死的那一刹那被全部抽干。

赵一狼狈地落在地面上，他掀开自己面前的纸，咳嗽了几声，脖子上已有几道淤青爪印！院长还吊在一根绳子上，但头已经垂下。

你击杀了副本BOSS，灵魂武器获得增强，属性获得小幅度增长。

角色：赵一

等级：1

经验：0/25

能力：无

物品：手雷×1

生命：10/10

力量：8

精神：101（100+1）

运气：0

称号：无

灵魂武器：染血的手术刀

物品：染血的手术刀

第一章 巨像医院

品质：唯一

简介：你的灵魂武器，因为吸收了诡物身上的恨意而轻微觉醒，具有了微弱的混乱伤害。

注：混乱伤害无视抗性，无视闪避，无视伤害减免，必然对一切单位造成全额伤害。

效果：——数据错误——

"混乱伤害……是某种高级属性吗？"赵一暗暗记住了这条特殊属性。

击杀了院长，赵一认真看着面前的诡物院长，将手术刀从对方身上拔了下来。赵一来到了院长的办公室，一阵翻找过后，在柜子里面找到了一封信和院长的门禁卡。他将门禁卡取下带在自己身上，又将信拆开看了看。

先前的日记让赵一对这个世界产生了一些兴趣。巨像医院和小镇明显遭遇过神秘力量的入侵，导致所有人死亡并被这份力量异化成了诡物，这个世界才变成了现在这副模样。虽然新手副本没有给赵一留下探索世界观的机会，但赵一仍旧想找些材料摸索一下。很难说以后他不会再进入这个世界观的副本之中。

信是从外面的世界寄进来的，信纸上笔墨寥寥，字迹也相当潦草。

老陈，我联系了当局，为你买通了镇子上的守卫。

谷悬镇不安全了！

早点收拾东西，就这两三天，去南镇门的车站，有一辆黑色的迪卡车在等你。再晚些……恐生变故！

一共就四行字，信封上甚至没有署名，对方显然知道谷悬镇里究竟发生了什么。但事情还是出乎了他的预料，这个叫作"老陈"的院长最后仍死在了医院里，且死状惨烈！

赵一眯着眼，将信纸折叠好，放回了另外一个抽屉里。而后，他转身离开院长办公室，并且锁好了房间。赵一带着门禁卡，一路小心躲避开一些极度危险的不明阴影，来到了医院的大门口。

一刹那间，赵一猛地感觉到了什么，目光锁定了阴影之中的一个扭曲人形。此刻，对方正背对着他，一动不动！

不明物：极度危险

注：不要让它离开你的视线，否则会发生恐怖的事情！

看见这泛红的标注，赵一汗毛乍开！他看不清那个诡异的扭曲人形，但无论是眼前的数据标注，还是他自己的本能，都告诉他这个东西完全不是他现在惹得起的！

赵一不动声色地走到门口，刷了一下门禁卡。"嘀——"黑色的铁门发出了刺耳的摩擦声，如同几百年没有运作的机器，缓缓打开。外面的世界被一片浓雾遮掩，什么也看不清楚。显然，这个新手副本并不想透露给赵一更多的信息。

赵一死死盯住那个黑暗之中的扭曲人形，缓缓后退，一点点消失在了浓雾之中……随着浓雾彻底遮掩了赵一的身体，他的眼前出现了一道白光，身体也突兀地消失在了这片浓雾之中。

赵一消失后，阴影之中的那道扭曲人形忽地转过身，如木偶一样定住，冷冷注视着赵一消失的位置……

恭喜玩家赵一——

主线任务"逃离巨像医院"完成，隐藏任务"刘老汉

的遗愿"完成，支线任务"爱哭诡物的心愿"失败。剧情探索度88%，世界观探索度16%。

获得评分：S+（击杀BOSS加成）

获得奖励：25经验（经验只有副本主线任务可以获取）

获得物品：刘老汉的房产证（已解封）

获得称号：诡见愁（唯一）

角色：赵一

等级：2

经验：0/50

物品：手雷、刘老汉的房产证

生命：15/15

力量：8

精神：101（100+1）

运气：0

称号：诡见愁

灵魂武器：染血的手术刀

直播间内一阵喧闹。一个新人，在地狱难度的阴间副本"巨像医院"居然打出了S+的评分！不少人亲眼见证了这一切，兴奋无比，仿佛是他们自己打通了这个副本！而赵一也在刚刚回到安全区后收到了无数好友申请！

诡校惊魂

第二章

01 混子公会

永夜营地是一个玩家们互相交流经验的安全区。事实上，这里并不是一处传统意义上的真实地域，而是一个虚拟平台，里面有整个区所有玩家的直播间，玩家也可以在这里互相交易物品。在营地之中，有论坛供某个区域的玩家们互相交流副本心得、自己所在区域的一些难题，以及开拓领土的经验。

赵一打量着四周，发现自己处在一个特别的环境里，面前有一个白圈，里面有两个不同的选项。

1. 请选择您要加入的公会——
2. 是否要独自创建公会？

一个是加入，一个是创建。赵一打开了自己的系统面板，里面的好友申请之中，有许多带着高贵的金色。那些人身份非同寻常，都是大公会的重要职员。他们没有多余的操作，直言想拉赵一进入公会，并坦言会予以资源培养，大幅度提高赵一在副本任务和世界任务之中的存活率。其中，便有五虎、吹角连营、天望等几个顶级公会的内部人员。

这些大公会收人相当严格，而且几乎不收新人！他们向赵一发起邀请，已经属于破例。要知道，寻常的玩家，就算是挤破头也很难跳槽到这几个骨区（游戏服务器分区之一）的顶尖公会之中。一个好的公会拥有各种丰富资源，可以快速推进大世界任务，扩展公会规模，获取更多福利。

在系统的一角，还有商城与排行榜。

第二章 诡校惊魂

商城之中的货物很多,包括一些镇压诡物所用的器具,也有可以提升自己能力的神秘药剂,而更多的好物则在高阶商城之中,需要特殊的条件才能够开启。至于商城积分,要在后续的副本之中获取。副本结算时评分越高,积分也就越高。

关闭了商城,赵一点开了一旁的排行榜。

排行榜一共有五个,分别是新人排行榜、公会排行榜、练级狂人榜、富甲天下榜、名震四海榜。目前,赵一靠着 S+ 的评分荣登新人排行榜榜一。而作为新人排行第一,赵一自然也获得了相应的称号:锋芒乍现。

新人排行榜记录了 5 级之内的新人的综合评分,除了考量本身已有的积分,最重要的还是副本结束后系统给予的评分。赵一扫了一眼练级狂人榜。目前骨区玩家等级最高的在 63 级,是吹角连营公会的会长薛道之。

赵一大概了解情况之后,对公会进行了查询。

原来,进入游戏之后,玩家将无法回到原来的世界,而是被分配到一个新的混乱世界之中的边缘角落。那里危险、贫瘠、苍凉,没有阳光,需要玩家应付各种危险,建设家园,开拓地域,储存资源,往世界的中心走。

赵一认真查阅了一下目前已经开拓的世界地图,发现"全是混子"公会所在的地方,距离某个熟悉的区域最近。谷悬镇!赵一的眼神微微发亮,他对谷悬镇发生的一切都很感兴趣。

点开"全是混子"公会,赵一发起了进入申请,接下来就是等待。没过多久,公会那边发了一条消息给赵一:我们是垃圾公会,没有什么资源。

显然,对方对赵一选择他们十分讶异。

赵一并未因为对方拒绝自己而恼怒。他回了简简单单几个字:我对谷悬镇很感兴趣。

乱界，遥远的边角区域，某个破旧公寓楼里，一名姿态妖娆的成熟女人注视着眼前的信息，微微讶异。她偏头对着坐在脏乱沙发上的几名队友说道："真有意思，今年的新人榜榜一居然申请进入咱们的公会。"

一个红光满面的中年道士正忙着收捡自己上个副本"坑"来的宝贝，笑眯眯道："福寿无量天尊！这家伙没有收到几个顶级公会邀请吗？还是这一届的新人实在太差劲了，连榜一都没法让那几个老鬼动心？"

成熟女人撩起自己的长发，慵懒道："一个在'巨像医院'这种地狱难度的副本打出了S+的评分的新人，你说呢？"

老道士脸上的笑容稍微收敛："那他为什么会选咱们公会？"

女人回道："他说……他对谷悬镇很感兴趣。权叔，给点意见？"

女人的目光投向了沙发正中央那名戴着黑色镜框眼镜、正在看书的中年人，后者微微抬头，抬了抬眼镜笑道："谷悬镇好像和咱们的世界任务有关吧？你们这几个家伙，天天世界任务不做，就知道打打杀杀，搞得这么久过去，公会还是这鸟样，新人都快跑光了。"

女人嗤笑一声："这难道不是跟您学的？上梁不正下梁歪，可别甩锅给我们，您老带的头。"

权叔有些尴尬地摸了摸鼻子："放他进来吧，难得还有新人想来咱公会。你们几个家伙，可千万别欺负新人。"

女人舔舐着红唇，桃花眼里闪过一抹光，笑道："好。"

备受关注的赵一去了"全是混子"公会的消息，很快便传遍了永夜营地。不少人不理解赵一的选择。

"啧啧，一手好牌打得稀碎。"

"去哪儿不好，去这么个垃圾公会，建立两年了，居然连去废城

第二章 诡校惊魂

的通道都没有打通！"

"这个家伙可惜咯，听说前面几个大公会的大哥们都对他赞赏有加，没想到这么作！"

乱界废城，某处繁华大厦中，杨涛坐在一台电脑面前，饶有兴趣地打量着赵一的资料，他对这个人很感兴趣。一名穿职业装和黑丝袜的女性敲门而入，将一沓文件递给杨涛："副会长，有人挖出了他原来世界的资料。资料已经上传永夜营地，这里是原文稿，请过目。"

杨涛拿起那份文件，认真浏览一遍，脸色凝重："他在业内很有名？"

女人点头："他治好过近千名的重度心理疾病患者，而且是完全治好！无论那人是抑郁症、有暴力倾向，还是心理严重扭曲……但凡经他之手，总能痊愈。不过被他治好的患者全部忘记了治疗过程，他们只记得赵一治好了他们的病，与治疗有关的记忆却都神秘消失了。所以在业内，一般没人直呼他的本名，而是给他起了一个特殊的外号——遗忘天使。"

杨涛沉默了许久，忽然想起什么："去，把巴尔叫来！"

女人迟疑道："副会长，巴尔那个人魔在上一次的副本里把NPC都杀光了，现在因为杀戮值过高，被系统关进了杀戮战场，得三天后才能出来。"

杨涛扫了一眼日历："我还有时间，可以再等等。"

疾风，骤雨，没有太阳，四周破烂不堪，仿佛经历过一场世纪大战，仅剩残骸。那座孤零零的旧楼此刻就在赵一的面前，里面有灯火。

"欢迎你，赵一同学。"丰腴的成熟美人站在门口，戴着酷酷的墨镜，对赵一打了个招呼。

赵一好奇道："这里就是'全是混子'公会的地盘？"

女人嫣然笑道："怎么？我们不像混子吗？对了，还没有和你介绍，我叫柳若晴，是公会的审核员，你可以叫我柳姐。"

她大方地带赵一回到了旧楼，一楼大厅里有不少人带着古怪的笑容打量他。柳若晴向赵一介绍道："黑框眼镜男是咱们公会会长，你可以叫他权叔。那位冰山美人是孟姣，也是咱们副会长，尽量别和她搭话，她不会理你的。至于那名道士叫江枭，最喜欢坑蒙拐骗，你可千万小心不要上他的当！"

江枭不满道："柳若晴，不会说话就别乱说话啊！道爷我上知天文，下知地理，测字看卦从不多收一文，怎么就坑蒙拐骗了？"一张嘴就没个正形。

"给你安排了房间，我们一般住在七楼顶楼，新人住一、二、三楼，你的房间号是404，老道我专门帮你申请的，吉利得很！"

赵一彬彬有礼地点头道："谢谢道长！"

江枭"嘿嘿"一笑："没事，来了就是一家人，能在千万人里杀出个新人榜榜一，我们可是很看好你啊！"

柳若晴翻了个白眼，将赵一带到了404房间，对他说道："你和房间绑定后，这房间将会成为你的安全房。除非你授意，否则其他人不能进。"

门口的猫眼射出一道光，采集了赵一的灵魂信息。门开后，里面装修得干净整洁，八十平方米，两室一厅，独立卫浴，热水二十四小时供应。

"食物和水要去两千米外的废旧火车站抢……啊不是，是拿，那里要至少3级才能够进入，你等级不够，姐姐我可以先为你提供一些。"

赵一甜甜道："谢谢柳姐！"

柳若晴摆摆手，一撩头发，坐在了松软的大沙发上，开了一瓶

第二章 诡校惊魂

可乐，说道："明天晚上来客厅，姐姐我和你们新进入的新人大致讲一下游戏流程。另外……公寓以外的地方，暂时不要去，那些地方并不安全！"

赵一点点头。柳若晴饮下可乐，在杯子上留下一道淡淡唇印，起身扭着腰肢离开了。

静待了一天。这个世界没有太阳，只有一些光芒微弱的星辰，唯一能确定时间流逝的，是游戏系统里的大世界时间。

次日晚，赵一穿着睡袍来到了大厅。这里壁画斑驳，墙皮老旧，灯影暖黄阑珊，厅内围坐着四五十人，有男有女。一些人面容带着忐忑和忧虑，一些则觉得兴奋。

"各位都到了，那么……简单说几句。"沉稳男人坐在沙发上，跷着腿，手里有一本画有奇怪符号的黑皮书。

"我是'全是混子'公会的会长，你们可以叫我权叔。我们现在所在的世界，是一个法则混乱的世界——'乱界'。这里非常危险，只有公会的这幢大楼是绝对安全的，所以没事不要乱跑。作为《地狱》游戏的玩家，一共有两个任务需要完成，一是副本任务，二是大世界任务。前者每个月每个玩家必须完成一次，至多完成两次。副本结束后，根据表现获得评分，根据评分和难度获得积分，积分可以在商城兑换相应的物品。值得注意的是，你们很可能会和其他玩家匹配在同一个副本，杀人越货是常有的事，所以不要轻易相信任何人！"

权叔说到这里，用手扶了一下黑框眼镜，眸子深处闪过一抹隐晦的兴奋。

"你们进入副本之后，永夜营地会有你们的直播间。尽可能表现得优异一些，吸引更多的玩家成为你们的粉丝。直播结束时，人气与礼物会给你们折算成额外的积分，虽然不会很多，但能让一些大公会注意到你们，日后跳槽会比较方便。"

他从来不介意公会里的新人是走还是留。

"至于世界任务，则更加简单，在你们系统里会有呈现。你们有兴趣的照着做，没兴趣或者怕死就别做，公会不强求。现在，你们还有什么问题吗？"

有不少新人举起了手，脸上涨红。

权叔扫了一眼："好！既然大家没有问题，那就散会！"说完，他们几个老人直接起身离开了。

众人：就走了？

"这个公会的老人这么不负责任吗？"

"怎么感觉上了贼船？"

"你自己要申请'全是混子'公会，可别怨别人啊！"

"我是看榜一申请了这个公会，所以才跟过来的！"

一群人絮絮叨叨，赵一坐在沙发上自顾自地喝水。

其实关于游戏的一切，都可以在系统之中查询到，他们讲不讲的没有什么区别。唯一让赵一觉得无语的是……这个公会的世界任务居然完全没有动！公会建立两年了，世界任务的界面居然还停留在"引导任务"上！那些公会的铁子真的就完全不演，集体摆烂！不过这样也好。赵一能从最开始体验剧情走向，看清楚谷悬镇当年究竟发生过什么事情。

世界任务：引导任务

任务目标：去火车车站搜集食物和水

推荐等级：1—3级

任务奖励：2天赋点（仅参与者获取）

简介：就这样，你忽然间醒来，发现自己已经身处恐怖的永夜之地，而你的目标就是脱困，离开这个危险的地方，但在此之前，你需要先想办法活下去……

第二章 诡校惊魂

附：地图

赵一看了一眼地图。废弃车站距离这栋公寓只有两千米，这段路不算长，但也足够发生意外。而且根据地图上的标注，废弃车站很大，阴影占了80%，这意味着那些地方和任务无关，可能出现的危险也会超过3级。

嗯，暂时还不能去，反正公会的储存仓库里还有小山一样的粮食，暂时吃不完。当下最紧要的，还是迅速提升自己的等级和积分，去商城里兑换需要的道具。想到了这里，赵一点开了系统。

副本匹配——

正在匹配中，请稍候——匹配成功！

副本：诡校惊魂

参与玩家：赵一（LV.2），杨琳琳（LV.4），振涛（LV.2），陆佰（LV.3）

主线任务：在石山高中之中活过七日

支线任务：破除学校诅咒

主线任务奖励：75经验值

支线任务奖励：替死玩偶

难度：地狱

简介：你顺利考入了市一流名校——石山高中，然而在学校生活一段时间之后，你忽然发现，这所学校有什么地方不大对劲……

一阵炽烈的白光闪耀，赵一直接消失了，留下一脸茫然的众人。

"这家伙谁啊？"

"这就进入副本了？"

"难道这就是传闻中的打本狂魔？"

02 数学测试

温暖的阳光从玻璃窗外射入教室，照在杨琳琳俏美的侧颜上。美丽的女人，不拉垮的表现，已经足够吸引众多的粉丝，尤其是男性粉丝。所以，杨琳琳进入这个副本不久之后，她的直播间很快便围聚了上千名观众。

虽然只经历了四次副本，但杨琳琳的成长他们都看在眼里。从一无是处的花瓶富家女，变成现在懂得思考、懂得包容的新人玩家，她的进步为她吸引了许多粉丝。

在副本出生点苏醒之后，杨琳琳的脸色立刻变得极其糟糕。系统上的"地狱难度"四个大字让杨琳琳浑身发软。

自己这才经历四次副本啊！怎么就这么倒霉，遇上了地狱难度？上一个副本是普通难度都把她折磨得要死，这次的地狱难度会发生什么，她根本不敢想！

她现在是 4 级，一共 25 点生命，之前在副本死了三次，扣除 15 点，剩下 10 点。如果再死一次，她下一次进入副本的压力将会极大！要知道，玩家的生命值一旦清零，将不再在公会驻地之中复活！

在原地愣住了几秒钟，杨琳琳慌乱地转头，看见教室里只歪歪扭扭地坐了一半的人，其中还有三人的头上有明显的标注，是匹配的和她一起做任务的玩家。

看着这哥儿仨，杨琳琳有些绝望。这三人的等级比她还低，是新得不能再新的萌新，根本没法指望他们啊！难道今天他们真的要白给？还有那个叫赵一的家伙，似乎完全没有意识到这个副本的可怕，居然还有心情东张西望！

第二章　诡校惊魂

杨琳琳痛苦地闭上眼睛，呼出口气。事到如今，只能走一步看一步了。

现在是午休时间，教室的学生要么在说小话，要么在睡觉。她看了一下课程表与大挂钟，距离下午第一节数学课还有十分钟的时间。好机会！他们正好可以互相商量一下，交换一下彼此的信息！于是，在杨琳琳的邀请下，他们四个人来到了教室外的一个草坪旁。

"听着，我们现在面临着史无前例的困难与危险！接下来的七天里，我们必须努力团结合作，才有可能活下来！现在，你们对这个副本有什么看法吗？"

振涛与陆佰摊了摊手，一脸无奈。刚进游戏，有个鬼的看法！

赵一单手揣兜，站在窗外认真打量着一楼内部的教室。每一个教室都没有坐满，并且人数比座位数的一半还少，一连八个班级，全是这样。很有意思的一个现象，但是……它预示着什么呢？赵一警觉起来。

"喂——赵一，你怎么不说话？我刚才说的要团结，你没听见吗？咱们现在一定要多沟通，互相交流有用的信息，才可能活下来！"杨琳琳看着赵一自顾自地在走，也没搭理他们，不禁有些着急。本来副本已经很难了，如果队友再不配合，那么难度会更大！

"赵一……这个名字好像在哪儿看见过……"振涛嘀咕了一句，忽然猛地抬起头，"你是不是就是那个在地狱难度的新手副本'巨像医院'打出 S+ 评分的新人排行榜榜一？"

另外二人听到这里也是一愣。很快，他们就通过系统了解了赵一。新人排行榜榜一！牛！这可是从千万人之中杀出来的大佬啊！

赵一看着三人炽烈的眼神，摸着下巴说道："你们还记得自己的座位吗？"

杨琳琳回道："当然记得，怎么了？"

赵一没有回答，转而意味深长地看了一眼三楼的教室："没什么。要上课了,回教室吧。如果不出意外……今天咱们教室应该会死不少人。哦——对了,记得一定要坐在自己的位置上……千万不要坐错了!"

最后那句话的语气,竟有些让人汗毛倒竖。三人面面相觑,振涛的脸色渐渐苍白。

"振涛,你怎么了?"

"我……我好像忘了自己的座位!"言罢,他望向赵一,"赵大哥,这个……这个很重要吗?"

赵一翻了个白眼道:"我不确定其他位置是否有危险,但我们的出生点在短时间内肯定是安全的。你如果实在记不住,可以回想一下你记住的参照物。"

△不愧是榜一啊!思路清晰!

△离开了新人推荐平台,赵一大哥的热度一下就没了,直播间居然才三百多人。

△拉倒吧,哪个刚进游戏的新人的直播间有这热度?三百多很多了好吗?

△又是地狱难度的副本,赵一真是老倒霉蛋了!

△对有能力的人而言,副本难度反而越高越好,噩梦以下难度的副本是不可能打出S级以上评分的。

△这一次没有系统帮忙削弱诡物的力量,他要不了小聪明咯!爷要看他怎么死。

△不会吧,不会真的有人以为靠小聪明能打到榜一吧?

"叮咚——"上课铃声响起。音乐还是熟悉的音乐,但杂音太多,隐约能听到某种哭号声,让人毛骨悚然!

高一(8)班的同学们全部坐直了身子,等待老师到来。看得出来,他们很紧张。

赵一目光扫过教室里的所有学生。他的瞳孔在那一瞬间又变成

第二章 诡校惊魂

了恐怖的猩红,如动漫《火影忍者》中的万花筒写轮眼一样转动,所有同学的数据被他尽收眼底。这间教室里……竟然全是诡物,没有一个人!不过好在这些同学都处于中立状态,不会莫名其妙就伤害他们这些玩家。

门被推开,一名女教师穿着职业装走进教室。

女教师:触发式中立

注:在未触发其猎杀条件时,该单位一直保持中立状态,触发猎杀条件后,该单位力量会暴涨,杀死目标后恢复。

触发式中立?赵一似乎明白了什么,瞟了一眼诡物手里的试卷。这个触发点,究竟是和她手里的试卷有关,还是和他们的座位有关?抑或……都有关系?

"这节课咱们考试。"女教师平静地说道。

女教师说完这句话后,赵一明显察觉到自己前排那只胖胖的诡物……在颤抖!

女教师将考试规则说了一遍,然后亲自发放试卷。从右边第一个,到左边最后一个。即便是没有学生的空位置上,女教师也非常耐心地将卷子和草稿纸放在了桌子上。

赵一瞟了一眼离自己比较近的一处空座位,上面的试卷和草稿纸都是纯白色,试卷上……没有字。而少数空座位的试卷上则有字。赵一看了一眼自己的试卷,上面有一些非常"基础"的数学题目,比如——请证明哥德巴赫猜想。

好!完全不会!赵一快速写上自己的名字和学号,剩下的,交给橡皮擦。

考场纪律很差,不少人东看西看,甚至有人拿出手机搜题,但

041

女教师似乎不太在意。她在讲台上翻开了花名册，认真核对教室里的学生。而赵一却敏锐地发现，坐在自己前面的那只诡物颤抖得更厉害了！它似乎……在害怕！

赵一的位置比较靠后，杨琳琳只能通过余光看他。在得知赵一是目前的新人排行榜第一的时候，她忽然又振奋起来，似乎看见了希望！

从游戏开始拉入新玩家，三个月内，进入的玩家数目有数十万甚至百万！能从这些人里面杀到第一的人，不可能全凭运气，他必然有着寻常人没有的本事！但余光之中，正在无聊地扔橡皮擦的赵一又让杨琳琳忐忑起来。这家伙……不会连高中的数学都不会吧？

她低头看着自己的试卷——一元二次方程组，选择题，简单得不能再简单了。这种题，还需要靠扔橡皮擦来决定选项吗？她开始怀疑赵一的智力。

忽然，讲台上传来了女教师的声音："不要东张西望！"

瞬间，一股刺骨的寒意包裹住了在场所有的学生！

女教师起身，压迫感瞬间袭来，学生全部正襟危坐！赵一也停下了手里的橡皮擦，掰起手指认真计算。一一得一，一二得二，三七二十一，四七二十八……很快，他写完了卷子上的所有题目，出乎意料地顺利。而女教师也背着双手从讲台上走下来，从右边第一个座位开始巡逻。

监考嘛，很常见的啦。不常见的是，女教师手里提着一柄沾着血迹的斧子！

路过振涛的身边时，女教师停下脚步，斧头的阴影正好映在了振涛的试卷上！振涛埋着头，右手紧紧攥着钢笔，冷汗直冒。这时候，他不敢抬头，心脏几乎要跳出嗓子眼儿！

自己……是不是坐错了位置？不应该啊！附近只有自己的文具袋是蓝色的……求求……求求……不要杀我！他内心狂号，整个人

第二章 诡校惊魂

已经魂魄出窍。此时此刻,他的精神值正在以每秒几点的速度飞快流逝,很快便跌破了70!

杨琳琳直播间内——

△振涛这小子完了,再这么下去,他估计第一天都撑不过去。

△新人大部分都是这样,琳琳女神的精神值都开始下降了……唉,担心我女神!

△那个赵一是怪物吗?精神值稳得跟老狗一样,居然还是101!

△赵一的心理素质,我佩服!但他的数学……我麻了!

△哈哈,刚从赵一直播间过来,我看了一下他的卷子,没一道题对!

振涛的精神值不断下跌,很快跌破了50!这时候的他已经处于半昏迷的状态,而站在他身旁的女教师也走出了他的范围。振涛直接瘫软在了桌子上,双目空洞。而后,诡物教师又停在了赵一的身边。

熟悉的压迫感再次袭来,甚至,赵一明显感觉到了一丝杀机。他抬起头,与诡物教师对视。对方眼中的狰狞被一层灰蒙蒙的罩子阻挡,即便已经充斥着相当大的恶意,可仍然保持着中立。赵一料想,这应该是规则在起作用。即便诡物非常想杀了他,但只要赵一没有触发死亡点,那么对方就不能动手。从某种角度来说,诡物女教师反而是这个教室里最无害的一只诡物。但现在无害,未必意味着以后也无害。

赵一摸了摸手里的手术刀,又将它收了回去。现在还不确定能不能杀这只诡物教师,他决定先忍忍。

"看我干什么?现在是考试!还不赶快做题!"诡物教师提着斧头,死死瞪住赵一,言语之间,杀气猎猎!

不管是杨琳琳直播间的观众,还是赵一直播间的观众,这时候心脏都提到了嗓子眼!

对方的面目已经开始逐渐夸张，但赵一还是盯着诡物教师，嘴里发出"啧啧"的声音。

诡物教师的脸凑得更近了一些，恶狠狠地道："你在看什么？我脸上有东西吗？"

赵一回道："没有，我就是觉得老师你挺好看的。刚才我遇见一只被人从楼上推下去摔死的诡物，脸都烂了，居然还恬不知耻地出现在我的面前，给我幼小的心灵留下了极大的创伤！"

听到赵一夸自己好看，诡物教师一下子变得和颜悦色，并露出了惊喜羞赧的神情："真的吗？老师真的很好看吗？不对！现在是考试时间，少给我套近乎！赶紧做题！"

女教师一只手摁在赵一的头上，强迫赵一看着试卷。苍白的手很冰凉，但的确没有伤害赵一。但赵一前排的那个学生就没有这么好运了。从一开始那个学生就在害怕，现在身体更是跟筛糠一样抖个不停。诡物教师经过他身边的时候，手里的斧子第一次扬了起来！

"不……老师……再给我一次机会……求你了！我保证……我保证下次绝对不会再……"那个学生猛地跪在地上，抱住女教师的腿，痛哭流涕，嘴里的话说到关键处便停住了——诡物教师的斧头已经挥下！那个诡物学生的头落到了赵一的脚边，双目圆睁，带着不甘和怨毒看着赵一。一人一诡对视了数秒，赵一缓缓伸出腿，"砰"的一脚踢飞了这颗头颅。那头好巧不巧，落在了振涛的桌子上。

刚经历了女教师给予的惊吓，振涛好不容易缓过神，一抬头，便看见一个诡物头颅和他正面相对……他两眼一翻，当场口吐白沫，昏了过去。教室里的人齐刷刷看向赵一，气氛有些说不出的诡异。

△笑死，是人是诡都在秀，只有振涛在挨揍！

△振涛：你礼貌吗？

△得亏振涛昏过去了，不然精神值继续下降，恐怕死的机会也

第二章 诡校惊魂

没有，直接沦为副本怪物！

诡物教师手持沾血的大斧子，转身冷冷地盯着赵一。后者没有犹豫，立刻将试卷交给对方："老师，我做完了。"

诡物教师接过了赵一递来的卷子，瞟了一眼，冷冷道："滚！再扰乱考场纪律，我就取消你的考试资格！"

"好嘞！"赵一微微一笑，屁颠屁颠地跑出了教室。一出教室，赵一脸上的笑容就消失了，眼中闪烁："我想，我大概明白一点儿了。"

直播间的观众不知道赵一究竟思考到了什么。他们大都觉得，这个新人榜榜一多少有一些精神方面的问题。刚才那一脚，怎么想也不该是一个正常人能干出来的事吧？而且在那种情况下做出如此不符合常理的行为，是不是过于冒险了？

考试结束后，有半个钟头的休息时间。杨琳琳几人找到了赵一。

"咱就是说，打副本的时候能不能稳健一点？你刚才的行为实在太危险了！咱们可是在地狱难度的副本里，稍不留神就会丢掉小命，任何一个人的死亡，对于团队都是不可估量的损失！"

赵一摇头晃脑："我只是试试那个老师而已。事实证明——只要不触发死亡点，那么那些NPC对于我们的容忍度便非常高！"

死亡点！这个关键词一下子便吸引了杨琳琳三人的注意力。

"大哥，请细说！"

赵一瞟了一眼走廊两侧，确认来往的人里没有老师之流，才低声说道："你们没有发现吗？那个女诡教师杀人是有规则的。"

三人蒙了。规则？啥规则？难道不是随机抽取的吗？

赵一带他们三人来到了操场，这个地方人多地阔，更重要的是视野开阔。

"中午午休的时候，杨琳琳带我们到了一楼草坪那里，我一共观察了八个班级。每个班级的人数都不超过座位的一半，而且越往前的班级，人就越少！刚才我提前交卷后去了二楼查看，发现二楼的十四个班级，和一楼的情况完全一样。我们是三楼最靠近楼梯的班级，按照顺序也算是第一个班级，我们后面的那些班级，座位数与人数一样，而我们的班级已经空了不少座位出来！"

"假如……我是说假如。"赵一分析道，"诡物学生的死亡是由某个诅咒引起的，那么诅咒从一楼开始蔓延，像是某种病毒，挨个儿班级感染，现在正好蔓延到我们班级。这种诅咒缔造出了某一种规则，而只要是违背这个规则的人……就会死！"

"你们想想看，我大声喧哗，踢飞了我前面那诡物学生的头颅，算是扰乱了考场的秩序，但即使这样，诡物老师也没有对我动手，反而是我前面的那个小胖子，莫名其妙就被砍了！他一定做了什么事情……那些死去的诡物学生应该都做了一件同样的事情，满足了同样的一个条件！而且，如果足够细心，你们就会发现，空座位上的试卷和草稿纸都是空白的，没有字迹，而刚才小部分学生手中的卷子也是空白的……最后这些拿到空白试卷的学生都被杀死了。"

赵一虽然没有看完监考的诡物教师杀人的全程，但他确信自己的推测没有问题。

杨琳琳惊讶地打量了赵一一眼，四下里眺望了一番，才略带佩服地道："这一点我也注意到了！诡物老师杀死的，都是拿到空白试卷的人！一共七个！难道……那张试卷就是死亡触发点？"

赵一摇头："你还是太天真了。试卷并不是死亡触发点。从我上一个副本的完成情况来看，哪怕是地狱难度的副本，单纯完成主线也绝不会太难，真正难的地方是探索支线任务、隐藏任务、世界观。既然主线任务的难度被限制过，便意味着玩家可以掌控。倘若试卷是死亡触发点，那么玩家岂不是只能够听天由命？"

杨琳琳哑口无言。

第二章 诡校惊魂

振涛双唇泛白，带着哭腔："你说了那么多，直接告诉我们死亡触发点不就好了？我不想死……我好想赶快离开这个地方！"

直到现在，他的精神值还没有恢复过来，仍旧在60左右徘徊。显然，赵一踢到他课桌上的那颗头，对他幼小的心灵造成了极其严重的创伤！

赵一摸了摸自己的鼻子："目前我也不知道死亡触发点是什么，虽然不是试卷，但八成和试卷有关系。也许是成绩，也许是其他什么。而且，有一点事情我得提前告诉你们……"

说到这里，他的眼神变得可怕了起来，另外三人被他的表情吓住了。

"什……什么事情？"杨琳琳吞了吞口水。

赵一："不开玩笑地说……这座学校……很可能……只有我们四个是活人！"

他话音一落，振涛双腿一蹬，直接晕倒在地。

△噗！振涛弟弟也太惨了吧……求求你不要再吓他了！

△这多少带点儿私人恩怨了！

△哎……你们说，赵一的话会不会是真的啊？

△怎么可能是真的？你看看那些操场的学生，热热闹闹，又蹦又跳，哪像是诡物啊？

△就是！教室里要是都是诡物，岂不是进了诡物老巢了？

杨琳琳无奈地翻了个白眼："你别吓他了！他本来胆子就小！话说……咱们接下来要怎么办？"这个副本让她觉得无从下手，时间不够紧凑，节奏似乎松散。

赵一眺望着远处的教学楼："等。"

"等什么？"

"等天黑。"

"为什么要等天黑？"杨琳琳和陆佰不解。

赵一反问道："那你们觉得，以我们现在学生的身份，白天有多余的时间去查我们想查的信息吗？"

杨琳琳又被噎住。可恶！这么简单的问题，自己为什么没有想到？直播间这么多人看着，这样会不会显得我很蠢啊？不行，得想办法装成大聪明！不然过了不多久直播间人就全跑了！话说……这就是榜一吗？感觉好像有点儿东西！

"那好，今夜咱们约个时间和地点，出来溜达溜达？"杨琳琳才说完，躺在陆佰怀里的振涛举起手，双目直直地瞪着天上的白云："我插一句嘴……那个，我可以不去吗？我怕撞见诡物。"

赵一点头："当然可以。不过我可提醒你了，晚上你一个人如果听到什么或者看到什么，可千万不要大叫！没人会来帮你的，我们都不在。"

振涛一哆嗦，苦着脸说道："哥，别吓我了，我去！我去还不行吗！"

03 表里世界

晚自习结束，学生们都依次回到了宿舍，振涛也心情沉重地背着自己的书包返回宿舍。因为学生在遵守纪律方面的表现十分优秀，因此，宿舍里并没有宿管。

早读的时候，倘若学生没到，一次没到会给予警告，两次没到回家反省，超过三次直接退学。作为A市最为优秀的高中，学校的做法诚然有一些过于严苛，但其极高的升学率还是让所有人打破头也要往里挤！

宿舍的环境不错，一间宿舍住六人，床并排着，铁支架很安全，下面有学校专门准备的台灯桌，供学生彻夜学习，可以说相当贴

第二章 诡校惊魂

心了。

振涛回到自己的宿舍，将书包往床上一扔，直接躺进了舒服的被窝里。今天下午的那一场考试，几乎让他虚脱，而晚自习的时候来的那个老头儿更是骇人，头上竟插着一把菜刀，还在淌血！

如果说数学监考老师尚且有一些人味儿，那么他们的班主任，这个头上插着菜刀的老头儿，则完全不掩饰自己是诡物的事实！晚自习共三节课，这个老头儿全程都在盯着他阴森森地发笑。

振涛的精神一直在一个危险的区间徘徊不定。好容易挨到了下课，他拖着沉重的步伐返回宿舍。路上，杨琳琳不停地给他做心理辅导，才让他稍微好受了些。

振涛一躺在床上便困得不行，脑子昏昏沉沉的，闭眼便失去了意识……

他做了一个梦。梦里，一名舍友面色苍白、双目空洞站在他的床前，带着诡异的笑容看着他，恶狠狠地咒道："你死定了！"

振涛猛然惊醒，出了一身冷汗。

宿舍内已是一片漆黑，窗外星辰的微光零星洒入宿舍，让已经习惯黑暗的振涛乍然发现，整个宿舍里竟然只剩下他一人了！

实际上，四名玩家都因为神秘的力量忽然睡去，再一次惊醒的时候，便发现了整个宿舍楼只有自己一人！赵一自然也不例外。他查看了一下手机的时间，晚上 11 点 57 分，距离他们约定的半夜 12 点只剩下三分钟。赵一迅速赶到约定的凉亭，但在那个凉亭下只有杨琳琳一个人。

四周的景物已经大变，满眼都是萧瑟景象，苍凉破败，墙皮甚至有些类似腐烂的尸体，流出了腥臭的黏液！杨琳琳等得急了，小心地四下张望，又跺脚抓手。看见赵一后，她整个人精神为之一振："你可算来了！他们人呢？"

赵一摇头："没见着。所有的人都消失了，我以为你们也不在了。"

杨琳琳闻言失神:"怎么会这样?难道他们……"

赵一说:"不用多想,目前应该没有人触发死亡点,他们多半还活着。从四周的景象判断,咱很可能进入了类似于'里世界'的地方。这是件好事,至少探索这座学校的时候,不会像白天那样束手束脚。"

以他们白天在学校里的身份,他们根本没有可能对学校的事情进行更深层次的探索。现在系统给他们开放了原来不开放的区域,让他们有了探索学校的机会。

赵一朝着教学楼走去,杨琳琳回过神的时候,才发现赵一竟然走远了。

"喂!你等等我啊!"她狠狠地跟上赵一的脚步。铁直男,好歹照顾一下身边的妙龄少女啊!她紧紧跟在赵一身边,寸步不离,仿佛这样才能获得安全感。

进入教学楼范围,二人立刻看见远处有一道模糊的黑影。距离太远,看不清楚,对方站在那里,似乎也在眺望他们。

"那……那是什么……"杨琳琳的声音都变了。

赵一大步朝着黑影而去,嘴上回道:"不知道,反正不是人。"

杨琳琳闻言脖子一缩,急忙一把拉住赵一:"那你还去?不要命了?"

赵一回头解释道:"如果它是中立单位,那么可能对我们搜集信息有所帮助。"

"那……那如果它不是呢?"

赵一掏出了一把不停滴血的手术刀,似笑非笑道:"那就把它变成中立单位。"

杨琳琳噎住。她认真看了赵一两眼,月光下,手持手术刀的赵一……似乎比诡物还吓人,尤其是他嘴角的笑容,竟然让杨琳琳有

第二章 诡校惊魂

种毛骨悚然的感觉!

△这货胆子是真的大!

△我是从上一个副本就跟着赵一老弟的,这家伙动起手是真的狠!他杀了巨像医院六只诡物!其中有一个诡物还是支线任务的NPC,因为被赵一怀疑有危险,不但自己被赵一砍了,连它妈都一起被宰了!

△嘶——真的假的?

△千真万确!当时直播间的杨涛大佬都看蒙了!

赵一大步朝着黑影走去。果不其然,对方见到赵一过来之后,直接一骨碌跑进了教学楼!因为距离太远,赵一无法发动特殊能力,看不清楚那黑影的情况。不过从对方的行为来看,应该不是具有高度危险的诡物。

赵一一路追进了黑黢黢的教学楼,杨琳琳紧跟其后。平心而论,她自己是绝没有勇气进入这种地方的,而且在明知其中有诡物的情况下,她就更加不敢多迈一步了!得亏是现在身旁有个人,不然她的精神值会因为恐惧而疯狂下降。

"你一直都这么勇吗?"杨琳琳吐槽道。

赵一想了想:"不,我一直都很谨慎。"

"谨慎?今天你可是当着监考的诡物老师的面扰乱了考场纪律!"

赵一沿着走廊向前,头也不回:"那是因为我有百分百的把握对方不会对我动手。即便是地狱难度,终究副本的等级不高,诡物被限制得很严重。今天下午考试的时候,你没有认真看吗?好几只诡物……好几个同学在监考老师的眼皮子底下作弊,那个监考老师发现之后也只是提醒了一句。这说明,破坏考场纪律、违反考试规则,并不会触发死亡点。"

杨琳琳闻言思索了一下,挠着头不好意思道:"这我还真没注意。"

"砰！"说话之间，她一下撞上了赵一的后背！

"喂！你怎么忽然停下，也不打声……"杨琳琳揉了揉自己被撞痛的头，苦恼地抱怨着，但话还没有说完，她就下意识住了嘴。

黑暗之中基本不太看得清楚东西，此时，二人已经来到了一间教室的后门。隔着窗户往里看，这间教室正是他们教室楼下靠窗的那间。白天的时候，他们四个人就在窗外密谋，赵一还挨个儿观察了一遍。

星光渗透过来，微弱的光辉在黑暗中也足够照亮教室里的一切。二人看见，原本应该无人的破烂教室，居然坐着密密麻麻的黑影！杨琳琳吓坏了，身体不自觉地一哆嗦，如果不是赵一在旁边，她恐怕已经忍不住跑路了！这些黑影……都是什么东西？

赵一扫了一眼，继续往下一个班级走。二人都没有说话，一连检查了一楼的八间教室，无一例外，里面全是密密麻麻的黑影，都坐在不同的位置上认真看书。讲台上也有黑影。

"这些黑影是什么？"杨琳琳小心翼翼地询问，将自己的音量尽可能控制在极低的范围内。

"不确定。"赵一的眼底闪过一道光，他的回复是不确定，而不是不知道，"走，去三楼。"

"啊？为什么去三楼？"

赵一没有回答她的话，而是一路沿着走廊尽头的楼梯上了三楼，来到了他们的教室后门。里面有很少的几个黑影。

赵一盯着里面的黑影，认真思考了片刻。

"赵一……"杨琳琳忽然开口，声音颤抖。

赵一蹙眉："怎么了？"

杨琳琳伸出手，隔着后门的玻璃，指着教室里的讲台，紧张得说不出话！赵一看去，发现讲台上的那个黑影竟然注意到了他们，

第二章 诡校惊魂

它那幽绿色的眼死死盯住了赵一和杨琳琳!一瞬间,冰冷沿着二人的脚底升起,直冲天灵盖。

"跑!"赵一没有任何犹豫,拉着杨琳琳一路朝着楼下跑去。

"桀桀桀!"然而此时,楼梯下方却传来了恐怖的诡笑声。是一只黑影!

祟:低级危险

注:一名石山高中的学生。

看着面前不远处的诡影,杨琳琳的精神值立刻掉了一大截。这也忒吓人了!然而赵一完全不怂!这个只有2级的家伙居然拉着她直冲不远处的黑影。在大约只有十步远的时候,赵一的另一只手中忽然飞出了一道隐晦的流光!

"扑哧!"利器入肉的声音传来,耳畔那恐怖的笑声也应声而止。黑影躺在地面上,脑门儿处插着赵一染血的手术刀!

你击杀了出来上厕所的诡物"祟",你的灵魂武器获得微弱增强。

瞟了一眼地面上的诡物,赵一拔掉了它额头上的手术刀,立刻带着杨琳琳往教学楼外跑。

"快!它不能出教学楼!"赵一看着有些因为恐惧脱力的杨琳琳,给她打了一剂强心针。

听到赵一的话,杨琳琳的眼睛一亮,她也不管身后那恐怖的脚步声了,疯了一样和赵一往教学楼外冲!十步……五步……赵一已经冲出了教学楼,她也快了!快了!就差最后一步!

杨琳琳眼中流露出劫后余生的狂喜,心脏几乎要撞出胸膛!但下一刻，一双恐怖的黑手猛地从身后掐住了杨琳琳的脖子！她脸上的笑容僵住，眼底的狂喜立刻转变成了惊骇与绝望，冰冷在一瞬间漫布全身！完了！

就在黑手就要将她拖入身后的黑暗时，一柄锐利的手术刀擦过她的脸颊，直接削掉了她的耳朵，并准确命中了身后的黑影！

"啊！"一声凄厉的惨叫声响起，那双黑色的手骤然松开。杨琳琳的肾上腺素在这一刻飙升到极点，她连滚带爬地冲出教室，猛地扑到赵一面前，双腿间瞬间流出一股热流。她也顾不上脸红害臊，大叫着拉着赵一朝着远处跑。

"好了好了，它已经走了！"赵一开口安慰了她两句，杨琳琳才渐渐回过神，坐在地上抹眼泪。然后她发现耳畔热乎乎的，用手一摸，坏了！她左耳没了！

"我……我的耳朵……"她声音里带着哭腔，疼痛缓缓扩散。

赵一翻了个白眼："差不多得了，没只耳朵算啥？反正副本结束会恢复原状的。"

杨琳琳瘪了瘪嘴，眼泪汪汪。

"谢谢。"她还是小声说道。赵一虽然切了她一只耳朵，但救了她一条命，如果不是刚才赵一及时出手，现在她已经重开了。

△我女神差点儿没了！

△不愧是已成为榜一的男人，赵一的反应真快，要是我估计头也不回地就跑了，他居然还想着救人！

△这飞刀够狠的！就是准头差一点儿，要是再偏一点儿，插杨琳琳脑门儿上，估计赵一就要被惩罚了！

△伤害队友也会受到惩罚，但赵一这一次的救人行为应该会给他增加不少评分！

就在众人惊叹于赵一的反应时，赵一又做出了一个让所有人惊掉大牙的决定。帮助杨琳琳止血后，赵一决定再一次进入那幢教学楼!

"你疯了?还敢往里走?万一它伏击你,那你岂不是自投罗网?"杨琳琳用一种看智障的眼神看着赵一,语气焦急。

赵一看了一眼教学楼里的黑暗,饶有兴趣地回道:"不会。这座学校的诡物不是自由活动的,它们和我们一样,在按照某些规则办事。就像追我们的那只诡物是监考员,所以我料定它不会跟着我们跑出教学楼,否则它就违反了自己的规则,会受到咱们想象不到的可怕惩罚。"

杨琳琳闻言,低着头,咬牙问道:"那幢楼里有什么很重要的信息吗?值得你如此冒险?"

赵一回道:"我需要一份花名册。去拿监考员手里的那个太危险了,咱们暂时不考虑,但一般老师不会只留一份花名册,所以在她的办公室里应该还有一到两份备用的。"说完,他起身就要进去,身后的杨琳琳却说道:"你可不可以带我一起?"

赵一诧异,回头看了她一眼:"你确定?"

杨琳琳深吸一口气:"确定。我不会给你找麻烦的,如果真的遇到了危险,你直接跑就行,不用管我。如果什么都不做,就算通关了,评分和积分也会很低。我跟着你,万一什么时候我能帮上点忙呢?"

赵一挑眉:"行。"

二人再一次进入教学楼。这一次他们有了经验,避开了有厕所的那条走廊,直接从另一边楼梯去了四楼的教师办公室。

"对了赵一……你刚才为什么要去三楼看我们的班级?"

"为了验证我的一个猜测。"

"什么猜测?"

"教室里的黑影……是白天死去的那些诡物学生。"

赵一站在四楼，找到了他们班主任的办公室，门口的贴纸上有内部教师的简单信息、照片。那个头顶插着菜刀的糟老头子显然也在其中，不过照片里的那个糟老头子很慈祥。

小心地推开门，房间里面无黑影，很安全。二人蹑手蹑脚地进入，小心地将门反锁。

赵一一边翻找花名册，一边解释："白天时候，一楼的八个班级，一共有四百七十二个座位、一百二十一个学生，分布在完全杂乱的座位上。我将他们的位置、大致的体态全部记了下来。而刚才的一楼教室内，黑影坐的位置，恰巧是白天教室里的那些空座位。如果只有一个班级这样，可能只是一场意外，但如果连续八个班级都是这样……我想，这已经足以成为一条规则。

"但我仍然不放心……我这个人做事一向非常谨慎，所以我又去了三楼。在那里，我看见了我座位前排那个小胖子——他白天被监考老师杀了，在他的位置上果然出现了黑影。所以，现在咱们可以得到一个最基本的结论——这些黑影就是白天被杀死的学生。"

赵一将自己的推论娓娓道来，听得杨琳琳一愣一愣的："你刚才说……你把一楼八个教室里四百七十二个座位和一百二十一个学生的位置全部记下来了？"

"对。"

"可是……可是你只是看了一眼啊！"

赵一抬起头，疑惑道："不够吗？"

杨琳琳噎住了。这一刻，她不再怀疑赵一的智力，而是怀疑起了自己的智力……同样是人，为什么差距会这么大？她开始怀疑人生。

"可是咱们知道这个又有什么用？"

赵一继续解释："很有用。基于这样的一条规则，我们可以做出一个关于规则的推论——白天的人是'活'的状态，晚上的黑影是

第二章 诡校惊魂

'死'的状态,活人和死人不可以同坐一个座位,否则视为违反规则,会被处决。"

杨琳琳感觉自己脑子转不过弯了:"那些黑影不是已经死过一次了吗?难道还能再死一次?"

赵一从柜子里面找到了一份花名册和一封信。他将信扔在一边,翻开了花名册,上面不但有班级所有学生的姓名,还标注了他们的座位。赵一回想起白天大挂钟下面的电子日历,立刻翻动花名册,与其一一对应。9月14日——

"看。"赵一用手指指着自己名字前面的那个座位。

那里没有名字,这意味着,那个座位不应该坐人,但是那个小胖子坐在了赵一的前面。事实上……他也意识到自己坐错了座位,但他不知道正确的座位是哪个,所以,他害怕。他知道自己坐错了座位就会死!

得知了他们的生死和座位的位置有关后,杨琳琳忽然兴奋起来:"那咱们直接把这份花名册带走,后面几天不就知道自己应该坐在什么位置上了?通关了呀!"

赵一平静道:"不,没有这么容易。"

他翻动花名册,从14日过后翻了六页。他们一共要在学校存活七天,所以理论上,如果白天的时间是连续的,那么他们离开副本的时候,应该是9月20日。但赵一手中的这份花名册,只有到19号的座位编排,后面全是空白。

"咦——为什么19号过后没有座位编排了?"杨琳琳歪着头,眼里疑惑无比。

赵一目光幽幽,嘴中的话让杨琳琳汗毛倒竖:"因为在20号那天,我们所有人……都会死!"

"你不要吓我,我胆子小!"杨琳琳瞪了赵一一眼,但她的心里已经隐隐接受了赵一的说法。

赵一快速浏览了一遍花名册的信息,而后将花名册放回了原位,打开了信封,里面除了厚厚的一沓钞票,还有一封简短的信。

校长,实在不好意思!
……(划掉)的事情给您添麻烦了,以后这种事情我一定多加注意!
关于……(整段划掉)
听说他的母亲是他唯一的亲人,现在这件事情闹成这样,他恐怕不会善罢甘休,还请您老多和上级沟通一下!

显然,这封信还未来得及寄出去。里面修修改改,很多字迹都被划掉了,而划掉的这些,明显都是相当关键的信息!

"这封信是寄给校长的……"赵一眼神一亮,下一刻便对着杨琳琳说道,"咱们去校长办公室。"

他和杨琳琳快速收拾了一下办公室,将物品归位,临走时,赵一抽走了一部分纸币。

杨琳琳好奇道:"你拿钱做什么?"

赵一意味深长地回道:"预防万一。"

杨琳琳一脸茫然,虽然全程她都跟在赵一的身边,赵一看见的,她都看见了,但赵一在想什么,她完全不知道。这感觉非常像当初看动画片《名侦探柯南》里的柯南找齐线索,一脸大彻大悟时,自己却什么也没明白的心情。杨琳琳现在心里想的唯一一件事情,就是副本结束之后,她一定要好好地去做一下 IQ 检测!

二人从办公室出来,小心地将门关上,继续往楼上走。

"可以细说吗?我还是想不明白你为什么要拿那些钱。"

赵一反问道:"我为什么敢去办公室找线索?"

"因为你胆子大!"

第二章 诡校惊魂

"为什么我胆子大？"

"我……我怎么知道为什么你胆子大？"

赵一挑眉道："因为我知道办公室没人，所以我才会带你进去。我和你说了，不管这座学校里的是人还是诡物，大家都在按照各自的规则做事。老师在监考，没有特殊情况，不能够离开教室太久。但校长不一样。你要明白，校长在学校里的大部分时间是没有老师那么忙碌的。如果校长在办公室里面，我们就得想办法把他引出办公室。懂了吗？"

杨琳琳眼睛一亮："我懂了！可是……和这些钱有什么关系？"

赵一示意她噤声。他们进入顶楼，沿着漆黑的走廊一直靠右行，最终来到了宽敞的校长办公室。他小心地在窗户边观望了一下，里面果然有一道黑影！而且，那些不稳定的数据也在这个时候再一次浮现出来！

　　校长：高级危险
　　注：这显然不是你们这些菜鸟能够正面对抗的存在，但他的行动能力受到了极大限制，导致他在跑步的时候，必须同手同脚。

诡物校长果然坐在自己的办公室，而他正在做的动作，也让杨琳琳知道了赵一的真实想法——对方此时此刻正在数钱。显然，对方是一个不折不扣的财迷，赵一是想要用钱将校长引走。

"你待在这儿帮我盯着他，我去铺钱。"赵一低声交代了一句，开始往地面上铺纸币。

他要利用这些纸币，将诡物校长吸引到较远的地方去，这样他们才能够有时间去校长办公室查询和当年有关的事情。赵一的速度很快，大约不到十分钟他便折返了回来，而后他们脱掉了鞋子，敲了敲校长办公室的大门，随后飞快地跑去了通往天台的楼梯。

没过多久，门被打开，一个浑身上下充满邪异的黑影站在了门口。他的头转动了三百六十度，没看见人，但似乎空气之中有一些奇怪的味道……就像是……学校里的流浪狗跑到它门口撒了泡尿。

黑影觉得疑惑，低下头，一张鲜红的钞票骤然出现在了他的面前！他愣了片刻，身体似乎有些不受控制，不由自主地将钱捡了起来。于是，在他弯腰的时候，他又看见了不远处的第二张钱！

校长蒙了。今天什么情况？走狗屎运了？地上为什么会有这么多的现金？嗯，这边尿骚味也更重了。校长好奇地看向了通往天台的楼梯，但思考了许久后，仍然选择了下楼捡钱。流浪狗哪里有钱重要？

待他稍微走远了，赵一和杨琳琳才重新出现在校长办公室的门口。

"杨琳琳，希望下次行动之前，你能够提前上个厕所。"赵一非常认真地告诫道，刚才他们差点儿就因为杨琳琳身上的尿骚味暴露了。

"知道了！"黑暗遮掩了杨琳琳脸上的滚烫羞红，她的粉嫩脚趾死死抓地，恨不得在校长办公室门前抠出一个三室一厅。

二人没有浪费时间，他们都知道校长绝对不会离开太久，迅速在办公室里面搜索起来。

"从先前的那封信件之中可以看出，某个学生的母亲和学校有过冲突，而且学校对他的母亲造成过很严重的伤害，所以咱们现在要找的是档案。"

正在翻柜子的杨琳琳迷惑不解："如果真的如你猜测的那样，这种有损学校声誉的事情，应该不会记录在学校档案里面吧？"

赵一认真翻看着手里的一份档案记录表，随口说道："但是学生退学会有记录。学校和学生的家里人发生巨大冲突的动机本身就不多。家长会为了孩子和学校大闹，无非出于孩子的安全健康和学业这两方面考虑。石山高中是封闭式管理学校，学生一个月回一次家，校规严厉禁止学生在学校打架斗殴，并且看管严格。作为 A 市排名第一的学校，石山高中内出现校园暴力这种事情的可能性几乎等于零。所以，能够让学校和学生的家长大闹起来，甚至大打出手的动机，多半涉及学生的退学问题！"

杨琳琳眸子一亮。对啊！她怎么没有想到？

△恕我直言，这波我被赵一圈粉了！

△作为一个新人，他实在太优秀了！

△我也是新人，好想匹配到赵一大哥，这样我就可以躺赢了！

△我要去关注这个赵一，感觉能从他身上学到很多东西！

很快，赵一从一份档案中查到了一个有意思的人——陈琼。

这人是高一（8）班的尖子生，也常年在年级排行第一。直到他被开除的前一次周考，他仍然是年级第一。开除的理由是早恋。

"一个将来会为学校带来了不起的荣誉的优等生，因为早恋被开除了学籍。"赵一的语气意味深长。

一旁的杨琳琳凑过来看了两眼，面色古怪："学校有被发现早恋就开除学生的规定？"

赵一回道："我大概翻过了这里所有受到处分的学生档案的备份，他是唯一一个因为早恋被开除的。这么优秀的学生，正常情况下不可能因为早恋而被开除，除非……"赵一停住，似乎想到了什么。

"除非什么？"杨琳琳好奇。

"除非，在早恋过程中，他招惹到了一个完全招惹不起的人。或许是他的早恋对象，或许是他的竞争对手，但我个人更加倾向于后者。毕竟一个成绩如此优秀的人，想必自尊心也很强，倘若被自己的早恋对象正面拒绝，应该不会继续死缠烂打。而且早恋是双方的事情，你看看这些档案——但凡受处罚，必然都是两人同时被处罚。唯独这个陈琼是个例外。这说明，他的竞争对手背景很强大，不但给学校施压，使其开除了陈琼，还保下了他自己喜欢的那个女孩。我们得去查一查关于陈琼的事情，或许会有不错的线索。"

赵一找到了自己要找的东西，将档案收好，放回了原位。

"去哪儿查？咱们的手机是学校发的，没有办法联网，只能定闹钟。非得说联网的话，只能去机房。"

赵一回道："就是去机房。"

他话音落下，杨琳琳瞪大了双目，死死盯住赵一的身后。一股杀气弥漫开来，透过皮肉直接传入了赵一骨髓！赵一背对着门口，只是一刹那便从杨琳琳那惊骇欲绝的表情之中明白发生了什么事情——校长……提前回来了！

刹那之间，整个房子的墙皮开始脱落，背后竟露出了血肉一般的猩红！无数黑色甲虫从墙皮之中钻出，涌向了门口，以血肉将门口堵死！短短时间内，二人已经成了瓮中之鳖！

"你们……都……该死……都……该死！该死！"怨毒的声音从校长的嘴中发出，但这并不是一个中年人的声音，而是……一名少年的！

赵一几乎想也没想，就从物品栏里面摸出了一张房产证，转过身盯住诡物校长的黑影大声问道："你是不是陈琼？我们是来调查真相的！当年你和你的母亲究竟发生了什么？"

听到"真相"二字，黑影猛地捂住头，号叫了起来。刺耳而恐怖的声音震得二人头昏脑涨，耳膜渗血。

这个时候，杨琳琳的精神值开始疯狂下降，而赵一虽然精神值依旧稳如磐石，却明显感觉到了自己的生命在流逝！

"我……我是……我是……我不是……陈琼……母亲……张雅……庞潇……啊！"最终，黑影仰天长啸，头部直接炸开，里面竟然伸出了许多带着尖刺的触手,如鳗鱼一样疯狂扭动,看得人精神值急剧下降!

本来已经从物品栏里面掏出一把猎枪的杨琳琳看见这一幕,直接一屁股坐在了地面上,枪也拿不稳了。这究竟是什么怪物?

校长的黑影朝着二人一步步走来,将二人逼退到了死角。杨琳琳张大嘴,腿抖得跟筛糠似的。

"赵一,你快跑,我拖住他!"她抬枪欲射,却被赵一猛地一脚踹在胸口,整个人滑出去几米远。与此同时,赵一自己则朝另一个方向躲开。下一刻,几道锐利的尖刺便猛地戳在了刚才二人的位置,尖刺上面渗出黑色的脓水,滋滋冒着浓烟,显然带有强烈的腐蚀性!

几乎是同一时间,一根带着尖刺的粗壮触手猛地朝着赵一抽来,速度极快,竟发出音爆之声!这一下若是抽实了,赵一当场就得归西!以赵一目前的反应能力,他根本不可能躲开这一下攻击!关键时刻,一道枪声响起,校长发出了号叫声,被迫中止攻击,后退两步。

是杨琳琳!她双手抖得和筛糠一样,死死咬住嘴唇,抓着猎枪不松手。普通的枪支对诡物基本不能够造成有效的伤害,但子弹之中的冲击力帮赵一化解了这一次致命的攻击!

"你快走!我掩护你!"杨琳琳尖叫道,疯了一般又对着校长射出两枪。

赵一看着陷入了轻微硬直(游戏角色的短暂无操作状态)的校长,双目深处绽开一道猩红,随后朝着对方翻滚了过去,大幅度拉近了二人的距离。

这个疯狂的举动让杨琳琳瞪目。他是傻子吧?自己拿命给他制造机会,这家伙不赶快逃,居然还迎上去,这不送死吗?

赵一接近校长后,用最快的速度掏出一张房产证,猛地对准了校长。与此同时,那根再次挥下的触须也来到了赵一的头顶,触鞭距离他的额头只差一厘米!再多一厘米,赵一的头就会像西瓜一样被打烂!但这一刻校长如同木头人一样一动不动,被定在了原地。

物品:刘老汉的房产证(已解封)
品质:绿色
简介:一个老工人毕其一生的心血。
效果:强制封印五米内的一只怪物十秒。
冷却时间:1天

赵一在诡物校长黑影静止后的第一时间,转身拉住杨琳琳疯狂朝着外面逃去。十秒,他们一共只有十秒!每一秒钟,都决定了他们的生死!

还沉浸在惊讶之中的杨琳琳回头看了一眼一动不动的校长,赵一经过门口的时候,甚至还不忘捅这只怪物一刀!刀尖刺入校长黑影的心脏,但并不能杀死这只强大的怪物。当然,赵一也没有想过一刀就把校长宰掉,只是顺手收点利息而已。

来到门边,杨琳琳举起猎枪对准被黑虫包裹的门锁狠狠开了两枪。门开后,二人头也不回地朝着黑暗中逃去……

二人一路狂奔,身后一个扭曲的诡影蹦蹦跳跳地追逐着他们,但诡影同手同脚,身体极不协调,所以在赵一的带领下,二人很快就甩掉了校长。

"有这么厉害的东西,你怎么不早用?"杨琳琳一手捂着胸口一边喘息着问道。

赵一:"因为冷却时间很长。还有,你捂着胸口干什么?"

杨琳琳瞪了他一眼:"你说呢?"

刚才赵一为了救她,一脚踢在她的胸口上,那一脚虽然不算多狠，但生死关头，赵一绝对是用力了，给杨琳琳疼得不轻。

"不好意思，特殊时刻，特殊处理……要我帮你揉一下吗？"

"滚！"

赵一翻了个白眼。女人真是奇怪的生物。自己好心要帮她揉一下，她还让自己滚。

机房在另外一幢楼里，现在距离第二天的早读还有三个小时，赵一和杨琳琳决定再去机房碰碰运气。万一能够查出来呢？

"对了，你的猎枪是哪儿来的？"

"我的上个副本是野外求生，我担心还会遇到，就买了很多枪支、小刀、帐篷、干柴、绳索、鱼线、防晒霜、防水被褥等。"

看着杨琳琳物品栏里一大堆东西，赵一赞道："没想到你准备得还挺充分的，这一次得亏你带了枪支，不然咱们只能走窗户，搞不好还得留下一个。"

听到赵一夸赞自己，杨琳琳高兴起来，扬起了自己精致的下巴，哼道："那是！我杨琳琳可不是什么菜鸟！"顿了顿，她从物品栏里面摸出一把猎枪，递给赵一，"喏，送你一把猎枪。以后会开启领域系统，你现在使用猎枪，也可以增加枪械领域的熟练度。"

赵一接过杨琳琳递来的猎枪，道了声谢。这把猎枪不是外面世界的普通猎枪，而是在游戏商城里面兑换的物品，虽然对诡物的杀伤力不大，但能把诡物打出硬直状态，并且消音效果不错，对于新人而言，也算是很珍贵的物品了。

△"击溃者"在商城要卖2000积分，我女神就这么把它送人了？

△杨琳琳不会喜欢上赵一这个精神病了吧？我要取关！

△赵一救了她两次，不谈个人喜恶，回赠一点礼物是应该的。

△呜呜呜，我的女神……我的女神……不过没关系，我还是会继续喜欢你的！

找到了机房，赵一掏出枪对着门锁开了一枪，门开了。

高中的机房大多不常用，学生们进去学习也多是在玩，只是在大多数申请特别工程的学校，机房几乎是必备的公用措施，不一定会用，但一定要有。

杨琳琳帮赵一望风，后者利用学校的网络在网上查询关于陈琼此人的信息。

"怎么样了？"杨琳琳见赵一的手指疯狂敲击键盘，忍不住问了一句。

赵一目不转睛地回答道："对方来头很大，网上的那些消息居然都被封锁清理了！不过没关系，我可以进入'黑海'查询。"

杨琳琳蒙了："黑海？那是什么？"

"互联网的垃圾场。"赵一解释道，"通常来说，互联网之中的信息不会被彻底删除，所有曾经出现过的数据，在被清理掉时，代码都会被排入黑海之中。但黑海那个地方，进去的密钥很麻烦，需要现编译、试错、修改，然后登入。"

他不解释还好，一解释，杨琳琳直接傻在了原地："你以前是黑客吗，为什么懂这么多？"

赵一神色认真："不，我是心理医生。我从前有一个病人，他是个黑客，患有极其严重的妄想症，每天跟我说他可以将自己的精神注入互联网之中，在无垠的代码海洋遨游……"

杨琳琳翻白眼："精神病的话你也信？"

赵一继续说道："一开始是他自己在虚拟世界瞎晃悠，后来经过一段时间的治疗，我俩终于可以一起进去玩了。"

杨琳琳："啊？"

△笑死，敢情被"治疗"的是你啊！

△我就说这人精神多少有些问题，会不会是和精神病待久了，被传染了？

第二章 诡校惊魂

△你没看他的资料吗？赵一肯定在开玩笑啊，他可是治疗过上千名重度精神疾病患者啊！

△我当初也是医学生，虽然我不是心理学专业，但"遗忘天使"的名号在心理医学界真的很有名！

"后来呢？"

"后来里面就剩下我一个了。"

"为啥？"

"因为我治好了他的妄想症。"

杨琳琳翻白眼："所以你想说你自己也得了妄想症吗？"

赵一成功登录黑海，打了个响指："妄想症？不，这不是妄想症。我的精神真的可以和数据沟通。"

杨琳琳听了这话，"扑哧"一声笑了出来，只当是赵一在逗她玩，并没有多想。但如果杨琳琳走到电脑的正面，就会惊骇地发现，赵一的电脑根本就没有打开任何程序，键盘的线也根本没有插在电脑上！

"找到了。"赵一眯着眼，认真看着电脑屏幕。光照在他的脸上，留下些许阴影。

"陈琼的母亲，因与石山高中高一（8）班的班主任起争执，出现了意外，从三楼走廊摔落，经抢救无效，死于3032年8月13日。死因：脑组织严重损坏。

"一周后，陈琼混入学校，手持菜刀，行凶伤人，然后逃出学校。自那以后，陈琼彻底人间蒸发……而石山高中里的师生也开始在一个月内陆续神秘失踪，无一幸免……其间A市派出大量的警员搜索石山高中，但一无所获……"

赵一的叙述让杨琳琳失神："3032年8月13日……一周后是8月20日，再过一个月是……3032年9月20日！那不是……咱们主线任务结束的那一天吗？"

杨琳琳猛地惊醒，似乎发现了什么重要线索！白天的时候，她看见教室的大挂钟下面有一个电子日历，上面标注的日期正是3032年！也就是说……他们回到了过去的时间线，回到了诅咒发生的最后七天！

"难怪……难怪那份花名册上的位置编排只到9月19日！赵一，你的猜测是对的！9月20日那天，所有人……都会死！"

04 神秘浓雾

杨琳琳心中冰凉。本来拿到了花名册的她，以为只差一步就能够活过这一次的地狱难度的副本，然而这一刻她忽然明白……自己还是将地狱难度的副本想象得太简单了！如何活过第七日，才是这个副本真正的难点！

杨琳琳呼出一口气，暗自苦笑。自己真是个笨蛋。这个难度的副本，怎么可能会通过得这样轻松？好在今天才是第一天，他们还有许多时间。从目前的情况来看，只要她跟着赵一走，活下来的机会很大！

经过了刚才的一系列危险，杨琳琳已经清晰认识到，他们这一趟里……赵一才是那个真正的大佬，抱好赵一的大腿，不但可能通关，搞不好还能混一个不错的评分！要知道，高等的评分在《地狱》游戏之中极其重要，光是在前期开启中级副本商店就需要三个S级以上的评分。没有评分，再多的积分也买不到中级商店里的货物。

想清楚这些，杨琳琳放松了不少。兵来将挡，水来土掩！她继续小心观察着四周可能出现的黑影，手里紧紧攥着一把手枪。这把手枪与她送给赵一的那把"击溃者"比起来威力差得不是一点半点，但手上有点东西，能让她安心不少。

第二章　诡校惊魂

星光微弱，月影阑珊，淡淡雾气不知从何处忽然升起，渐渐变浓。原本在黑夜里不算清晰的视野再次衰减。杨琳琳敏锐地感觉到不对，立刻对着机房内的赵一说道："赵一……起雾了！"

赵一抬起头，无数的数据自他的眸子里闪过，而后在极短的时间内被全部删除。他迅速关掉电脑，将键鼠复位，走出了机房。看了看外面的雾气，他一把抓住杨琳琳的手："快跑！"

杨琳琳被他拉住，直接奔逃到了白雾之中！

到了这个时候，雾气已经比较浓烈，二人的视线被限制在了二十米左右的范围，并且还不断在缩减。最可怕的是，这神秘的雾气居然在不断吞噬杨琳琳的精神值！她感觉脑子昏昏沉沉，忽而惊醒，迅速咬破了自己的舌头，剧痛和嘴里的血腥味让她勉强可以保持理智。

△这大雾，有寂静岭那味儿了！

△难不成一会儿还会有个三角头扛着大刀出现？

△这雾气光是吞噬人的精神值就已经很恐怖了好吗？一分钟要降五六点，谁来也顶不住啊！

△为什么赵一的精神值完全不掉？这家伙果然不对劲啊！

"精神值掉得这么快吗？"看着杨琳琳越来越空洞的眼神，赵一迅速做出决断，朝着远处的那座高高水塔跑去！他本来想回到宿舍里，但现在已经来不及了。

水塔一楼被铁门锁住了，好在杨琳琳送了赵一一把猎枪。他对着水塔的门把手来了一枪。

进入水塔的第一层，赵一猛地关上门，又搬来里面一些遍布灰尘的木箱子将门堵住。好在那些雾气并没有渗透进来。赵一站起来，隔着猫眼看着外面。雾气愈浓，已经将人的视野范围缩减到了五米。

与此同时，与浓雾有关的数据也浮现在了赵一的眼前。

雾：高级危险

注：里面有很多诡异的东西，如果不想撞见它们，你最好赶快找到一个庇护所躲起来。

果然，这些雾气里有想象不到的危险！

没有了诡雾的影响，杨琳琳的精神开始恢复，虽然脸色依然煞白，但眼睛已经有了神采。

"谢谢，你又救了我一命。"杨琳琳感激地望向赵一，却发现赵一持枪对准了她！她还没明白是怎么回事，便听见赵一说道："出来！这话我就说一次！"

杨琳琳愣住了片刻，便听见身后的黑暗之中传来了窸窸窣窣的声响。

她瞬间回头，才发现她身后的一堆杂物后面，居然有一个蓬头垢面的男人！这男人举起自己的双手，满脸堆笑："别……别杀我，我不是坏人！"

人：低级危险

注：恭喜，你居然在一座诡校之中发现了活人！但是没有奖励。

赵一缓缓收回了手里的枪，问道："你是谁？"

男人苦笑道："说来话长，这里不安全，一会儿会有恐怖的东西进来，我先带你们去地下室吧。"

赵一点点头。男人移开了自己脚下的一大块砖，下面居然有光亮！二人跟着男人来到了地下室内，男人小心地将入口复原，反复检查了好几遍，这才呼出一口气。

"自我介绍一下，我叫李胜，原是 A 市警局的神秘事件调查员，

第二章 诡校惊魂

这是我的证件。"李胜将自己的证件递给了赵一,彼此交换了简单的信息。

"你一个人来的?"赵一挑眉,手指划过台灯的柜角,搓了搓,没灰。

李胜坐在破旧沙发上,叹了口气:"并不是。大约在三个月前,我们盯上了石山高中……里面的学生、老师一个接一个地神秘消失,仿佛人间蒸发,A市的警方出动了大批人员查询,却一无所获。市长在各方面的压力下,不得不找上了我们。一番准备之后,我带着特别机动小组来到了这所学校参与调查,没想到却遇见了怪事……"

李胜将他的经历缓缓道来。原来,他们前来调查的机动小组一共二十七人,但那天学校恰巧也起了雾气。李胜等人在雾气之中被可怕的不明生物袭击,全副武装的他们甚至连对方的面都没有看见便几乎被团灭!最后,重伤的李胜带着仅剩下的六名队员,逃入了一幢宿舍楼,才得以幸免。待雾气散去之后,他们发现学校根本出不去,校门外全是恐怖的浓雾,他们剩下的七人只能够在充满诡异的学校之中苟延残喘!

"冒昧问一句,和您一起那六名队友呢?"赵一话音落下,看见李胜脸色变得难看起来:"死了。"

赵一又问道:"照你的说法,你在学校里面至少待了三个月,平时吃的什么?"

李胜的脸色更难看了:"可以不说这个吗?"

赵一若有所思。

这时候,他们的头顶响起了诡异的声音。"吱呀——"如放置了数十年的机器再度运作,发出了呕哑啁哳的摩擦声,紧接着,便是密集杂乱的脚步。三人屏息,大气都不敢喘上一口,认真倾听着头顶的脚步声。他们很难想象出,是什么生物在走路的时候会发出这种让人头皮发麻的脚步声。它来来回回转了许久,才终于离开。

"我也是不久前才发现了这里有一处避难所,不然我早死了!"李胜压低自己声音,来到了二人身旁。

这时候,二人的系统忽然弹出了消息。

  玩家振涛因为精神值过低,被同化为副本怪物。
  玩家陆佰受到不明生物的袭击,已死亡。
  恭喜玩家赵一、杨琳琳触发隐藏任务——调查石山高中背后的真相。
  任务奖励:S评分 ×1

隐藏任务触发后,另外两名队友的死讯也同时传来。

与振涛相比,陆佰似乎解脱得很快。至于振涛,虽然他的生命值还没有清零,但精神值严重缺失,让他直接沦为了副本怪物!这听上去似乎要比死更加让人难以接受。

看着身边的男人,赵一好奇道:"你在这所学校生活了三个月,没遇见过可怕的事情吗?"

李胜露出苦笑:"怎么可能没遇见过?我虽然不知道你们是怎么进来的,但看得出来你们才进来不久。这所学校的危险要远远超过你们的想象!你们目前在学校里面看见的绝大部分人……都不是活人!"

他话音落下,杨琳琳险些原地夯毛!

早在白天的时候,赵一就已经告诉他们,这所学校里很可能只有他们四个是活人,那时候他们还以为赵一在开玩笑,现在她才晓得,赵一说的是实话!

"石山高中正处于恐怖的轮回诅咒之中,七天一次轮回。这些如同行尸走肉的校内人员,会相继在七天内全部死去,然后重生,重复死亡的轮回。诅咒越是往后,越是会有可怕的事情发生!我曾亲

第二章 诡校惊魂

眼看见,上上次轮回诅咒至第七天的时候,全校的人都提着自己的头,在学校内的每一个角落巡视……一旦被它们找到……"说到这儿,李胜不自觉地打了一个哆嗦。显然,当时的经历对他的心灵冲击极大,他并不愿过多地回忆与描述。

"那……你是怎么安稳躲过去的?"杨琳琳面色略带焦急。眼前的这个男人既然能够在这所学校里面活过三个月,那么帮助他们活七天肯定不是问题!

李胜拍了拍屁股下面的沙发:"喏——我那个时候逃到了水塔,无意间发现了这间地下室,才逃过一劫!"

杨琳琳闻言,兴奋地抓住赵一的胳膊:"我知道了!水塔肯定是隐藏的安全区,只要我们待在这个地方不乱跑,就能够活过七天!"

赵一的脸上并没有任何欣喜。

"唉……"李胜看见杨琳琳那副欢呼雀跃的模样,忍不住叹息一声,"杨小姐,事情恐怕要比你想的更加麻烦。"

杨琳琳脸上的笑容渐渐收敛:"你……什么意思?"

李胜愁眉苦脸:"这所学校诅咒力量的范围正在不断扩大!之前水塔的确安全,外面的那些诡物会无视这个区域,甚至不会多看水塔一眼……但后来,它们渐渐开始在水塔外面徘徊,甚至敲门,试探房间里究竟有没有人,再往后……它们索性强行进入水塔,搜寻这里的一切……上一次轮回的第七日,我躲在地下室,差点儿就暴露了……所以我料想,诅咒的力量已经扩散到这里了,如果这一次诅咒轮回,咱们还躲在地下室里,只怕……"

李胜忽然闭上了嘴,头顶的脚步声不知何时又响了起来,而且这一次更加密集!三人的心已经紧绷到了极点,就连直播间的观众也觉得紧张无比!他们屏住呼吸,大气也不敢喘上一口!此时楼上显然不止一只诡物,他们一旦暴露,便是瓮中之鳖,必死无疑!

"砰砰砰"!地面上忽然传来了撞击声!似乎有一只聪明的诡物

正在检查地面！冰冷沿着众人的脊梁一直传入了天灵盖！赵一思绪急转，立刻从身后的杂物堆里面搬来了梯子，然后站在梯子上，用自己的后背顶住入口。杨琳琳和李胜见状，心里明白了赵一想要做什么，他们小心地走上前去，用力帮赵一扶稳了身体。那块特殊的砖下，有连接和没有连接，敲击起来的声音是完全不一样的。现在诡物还只是怀疑，并没有确定下方有一个密室。只要他们处理得当，完全可以避免诡物的勘察。

不多时，赵一的背上果然也传来了敲击。对方气力不小，隔着一块厚砖，三人的身体也被上面传来的力量震得肌肉痉挛。他们咬着牙，死死支撑，不敢有丝毫放松。

那只诡物敲了一会儿，确认没有问题，便又去其他地方敲了敲。二人才放松，赵一立刻对他们做了一个手势，杨琳琳便和李胜继续用力扶住赵一的双腿。果不其然，没过一会儿，头顶的那只诡物又回到了这个地方，猛烈地跺了跺脚！剧烈的力量让下面的二人腿肚子都在打战。最终，这只诡物确认的确没有什么问题，才停止了试探，撤离了水塔，去了其他地方。

杨琳琳和李胜瘫坐在地，浑身发软。

"看吧，我说了，水塔已经不安全了……"李胜满面愁容，"要想活过这一次的诅咒轮回，要么继续寻找下一个庇护点，要么……打破诅咒！"

赵一漫不经心地瞟了他一眼，没有说话。

一旁的杨琳琳闻言却双目一亮："破除诅咒？你知道如何破除诅咒？"

李胜沉默了许久："方法是知道，但是执行起来困难极大，我一个人不行，需要帮手。"

杨琳琳："我们可以帮你！"

李胜神色露出了一抹迟疑，许久后才咬牙点头道："行！信你们

第二章 诡校惊魂

一次,反正再这么拖下去也是死路一条,不如放手一搏!经过我们先前的研究和调查,我现在可以确认,这所学校的轮回诅咒,始于一个学生。"

他话音落下,杨琳琳下意识脱口而出:"陈琼?"

李胜面色诧异地打量了二人一眼:"你们知道?"

赵一回应道:"知道得不多,好像陈琼的母亲是在石山高中内出事的……"

李胜叹了口气,揉揉自己的头:"没错。这件事情说来话长。

"陈琼家本是市里的贫困户,早先日子还算可以,但后来父亲在老家采矿的时候,矿洞塌了,他爸被埋在了里面。那之后,他们家里的日子一天比一天难过,身有残疾的母亲只能做一点裁缝活儿勉强度日。好在陈琼从小就争气,成绩一直很优异,不但考上了市里最好的高中——石山高中,还因为名列前茅,获得了一大笔助学金。这里本该是孕育他梦想的摇篮,但后来出现了意外……

"石山高中为了刺激学生竞争,每月进行两次考试,根据考试成绩来决定下一周的座位编排,成绩优异的陈琼一直坐在最前排靠近讲台的位置,所有从各地考进来的优异学生都望尘莫及!除此之外,他们班还有一个成绩特好、人又漂亮的女生,叫作张雅。她长时间位居班上的第二名,是陈琼的同桌……高中生嘛,你们也晓得,正处于血气方刚的年纪,本来荷尔蒙分泌就比较多,再加上相处时间久了,陈琼便疯狂迷恋上了张雅。

"本来这也算是郎才女貌,但后来班里来了一名转校生庞潇。这人家里有些权势,虽然次次考试成绩都倒数第一,但因为也喜欢上了张雅,便直接让班主任梁鸣将他的位置和陈琼调换了。梁鸣当然不敢拒绝他的要求。于是,班里成绩第一的人坐在了最后一名的位置上,而最后一名坐在了第一名的位置上。

"每一次的周考成绩,那鲜艳的满分,仿佛都在狠狠抽打陈琼的脸！他知道自己家境贫困，没有办法和庞潇争，便一直忍耐……但某次，他上课时看见庞潇将手伸进了张雅的衣服里，而张雅不敢反抗，他终于再也按捺不住内心的愤怒，私下里用自己的助学金贿赂了一批同样家境不好的同学，在一个夜晚用围巾蒙住脸，把庞潇拖到小树丛里狠狠揍了一顿！然而这些还是被校内的监控拍了下来。经过年级主任的严厉审问，终于有学生扛不住压力，指认了陈琼。于是……陈琼被勒令退学。

"事后，陈琼的母亲来到石山高中，找到了陈琼的班主任梁鸣，跪在他的办公室里哭着求他开恩。然而梁鸣哪里管得了这些？二人在推搡之下，陈琼的母亲闫芳竟意外从楼上摔了下去。因为摔下去的时候头朝下，血流了一地……后面的事，你们大致能够猜到了，陈琼的母亲死于抢救无效，最后事情却被压了下来，没人敢管。数日后，陈琼独自潜入校内，用菜刀砍死了梁鸣，又在安保的围堵下逃走，自此杳无音讯……"

说到这里，李胜忽然顿了顿，看着聚精会神的二人，压低了自己的声音。

"外界的消息是这样的。但其实……陈琼根本没有跑……他……死在了学校里。他死在了B区的地下车库里，因为怨气太深，怨念影响了整所学校。咱们的目的就是要摧毁他的尸体！只有摧毁他的尸体，才有可能终止诅咒！

"巧的是，我们刚进入学校的时候，带来了一样很厉害的武器……但那件东西在接近陈琼尸体的时候，因为遭遇陈琼怨念的袭击，被遗落在了西区地下车库一个标有'污火'的竖井之中。那件特殊的武器需要身份识别，但不会太久，只要你们能够帮我吸引住陈琼怨念的注意，很快我就能够启动那件武器，摧毁陈琼的尸体！"

杨琳琳咬着嘴唇："大概需要多久？"

李胜回道："前后大约三分钟就可以！"

第二章　诡校惊魂

杨琳琳看着赵一，眼神里带着询问。赵一伸出手，与李胜一握："大概什么时候行动？"

李胜沉吟道："今晚来不及了，明晚入夜，你们还来水塔这里，我带你们去西区的地下车库！"

赵一："可以先踩点吗？"

李胜挠头道："差点儿忘了……你们不熟悉地形，先去外围踩点是应该的！"

三人约定后，在这里静坐了大约四个钟头，直到外面的诡雾消失，赵一才带着杨琳琳离开水塔，前往宿舍楼。第二日，他们按照花名册上的位置坐下。班里又有几个人坐错了位置，被当场杀掉，但一转眼，尸体就全部不见了。

二人有惊无险地熬过了白天。晚上在食堂吃饭的时候，赵一一边往嘴里扒饭，一边问身边的杨琳琳："有鱼线吗？丝线也行……得够细、够长、够坚韧。"

杨琳琳还在想着今夜的事情，无心吃饭："有。不过……你要这个做什么？"

赵一回道："杀人。"

杨琳琳愣住。"杀谁？"

赵一："李胜。"

杨琳琳注视着不停干饭的赵一，他说话的样子轻描淡写，似乎是在描述一件微不足道的事，但只有当事人知道，这话究竟有多疯狂！

"你疯了？杀了李胜，谁帮我们破解诅咒？"杨琳琳不知道赵一又发哪门子疯，可从赵一的语气来看，他不像是开玩笑，他是真的要杀李胜！

吃掉了碗里最后一口饭，赵一抬起头，优雅地开了一瓶豆浆，认真说道："如果你还指望着他帮咱们破解诅咒，那就真的离死不远了。"

杨琳琳瞟了一眼四周嘈杂的食堂,凑拢了些,低声道:"你什么意思?"

赵一一口气喝光了豆浆:"他说了谎。"

杨琳琳蹙眉:"说谎?你怎么知道?"

赵一食指轻轻敲击桌面,回忆着昨晚的一切,娓娓道来:"第一,他只是个调查员,不是高一(8)班的学生,你不觉得他对于陈琼的描述过于细致了吗?细致到连陈琼上课看见庞潇将手伸进张雅的衣服他都知道。"

杨琳琳身子一僵。

"第二,花名册里少了三个人:陈琼、庞潇、张雅。这三人都不在花名册里。如果事情真的如李胜描述的那样,那么我想,拥有能够让整个学校都陷入诅咒的诡异力量的陈琼,不可能会放过庞潇和张雅——至少他不会放过庞潇,因为庞潇是酿成他悲剧的源头!"

杨琳琳陷入了沉思。

赵一继续说道:"第三,那间水塔的地下室并不是他偶然发现的,甚至我怀疑这间地下室是他建造出来的。"

杨琳琳抬起头注视赵一,满脸问号。如果说前面两点她尚且可以理解,这第三点,她真的觉得赵一在瞎扯淡:"这所学校的诅咒已经蔓延到了大部分的角落,涉及里面的所有师生,他哪里来的时间在这么多诡物的面前建造一个这么大的地下室?"

赵一目光幽幽:"没灰。"

"啊?"

"我说,地下室里没有灰。"回想起昨晚的事,赵一解释道,"昨夜,我还刻意试过许多角落、灯台、沙发,甚至⋯⋯那些杂物上,都几乎没有灰尘,非常干净。地下室内,一般不会有人去打扫,除非那里经常有人住。正如你所说,诅咒发生后,几乎不可能在诡物

第二章　诡校惊魂

的眼皮底下建造这样的一个地下室,所以地下室只能是在诅咒发生前建造的。入口如此隐蔽,又没有灯光,机关更是藏在几乎没人能想到的砖后面……你觉得是他在被诡物追杀途中偶然发现了地下室的概率大,还是他一早就知道这个地下室存在的概率大?"

杨琳琳傻了,这赵一的观察力……未免也太恐怖了吧?

"可如果他欺骗了咱们,目的又是什么呢?"

赵一解释道:"心理学上认为,有目的性的谎言通常是真假参半的。为了让谎言更加具有逻辑性和真实性,往往需要加入一些真实的元素。譬如,在西区地下停车场里,就算没有陈琼的怨念,也绝对有咱们想象不到的危险。而李胜也是真的想要进入那道写着'污火'的竖井,只不过他一旦进去,就不会再出来了,所以他才会说谎,让我们去帮他吸引外面的那只诡物。"

层层剖析下,杨琳琳已经相信,看上去完全人畜无害的李胜其实就是个骗子!

△这观察力和判断力,真的绝了!

△实话实说,我也感觉这个李胜不大对劲!

△这倒霉孩子居然想算计赵一这个疯子,估计下场会很惨!

△不过赵一既然发现了问题,为什么昨晚不杀掉李胜,非要今天杀?

△你想不到很正常,毕竟我们是正常人,而他是个疯子!

杨琳琳从身上拿出鱼线,递给了赵一。赵一收好后,杨琳琳又问道:"今晚需要我怎么做?"

赵一说道:"你什么都不用做。能不能成功,就看今晚这一次了。运气好,咱们今夜就能够破除这个诅咒!"

夜色朦胧,月黑如潮。赵一和杨琳琳在约定好的地方见面,二人都已经准备妥当,朝着水塔走去。

"赵一，我还是没有想太明白。你要鱼线做什么？你想把李胜勒死吗？"

赵一伸出手指竖于唇前："嘘声。"

他并不想跟杨琳琳解释。这个姑娘虽然听话，但太能唠叨了。赵一防了她一手，免得她戏不好，暴露了自己。

面对赵一的保密，杨琳琳也不再多言。

来到了水塔的地下室，二人见到了在此地等候多时的李胜，他似乎有一些……焦急。

"你们来得怎么这么慢？"李胜埋怨了一句，"咱们赶快去踩点，留给我们的时间不多了，子时结束后，第三道铃声响起时，那些诡雾就会再度弥漫在校园的每一个角落！"

赵一点头："没问题。"

三人出了水塔，在月光下小心前往西区地下停车场。这里一共三个出入口，二人跟着李胜在外围踩过点，详细听李胜跟他们规划了逃跑路线，如何和诡物进行牵扯……

李胜说话的时候，神态呈现出了一种不自然的兴奋。有意观察他的杨琳琳越发笃定了赵一的猜测，这个人有问题！

二人从东面进入的地方，也就是计划之中李胜潜伏的路口。李胜走在最前面，所以他并没有看见赵一悄悄摸出了一个同样暗绿色、圆鼓鼓的东西，卡在了入口侧墙上的铁杆上。上面的套环，连接着一根在黑暗中几乎不可见的鱼线，线的另一端则藏在赵一校服的袖子里。

李胜躲在了一个角落，对着二人说道："陈琼的怨念就在前面的C区徘徊，你们过去后，故意发出一些声音，吸引它的注意力，而后直接分开跑，一个往北出口，一个往西出口。之后便按照咱们规定的路线绕开。它不会离开这里很远，只要你们能够将它吸引出地下停车场，我就能够拿到武器，摧毁陈琼的尸体，破除诅咒！"

第二章　诡校惊魂

赵一朝着C区看了一眼："没问题，你等我们把它引走再动手，我们的机会只有一次，千万不要着急！"

李胜点点头："好！"

赵一与杨琳琳便朝着C区躬身前行，他们小心贴墙，借用车辆作为自己的掩体，尽可能观察着周围可能出现的陈琼的怨念。阴风从入口吹入，杨琳琳在黑暗中哆嗦了一下。她现在紧张得要死，甚至感觉自己的心脏就抵在嗓子眼儿疯狂地跳！

事实上，紧张的不止她一人。李胜同样紧张得要死。自从那件事出现了意外之后，他在这诡校之中已经苟延残喘数月，如今早已经弹尽粮绝。他越来越饿，同伴也越来越少，能不能活下去，就看今天这两人能不能帮他引走那只恐怖的诡物了……

朝着C区摸索过去的赵一，一直保持着精神的高度专注。他眼睛里的红色猩芒也越来越重，甚至隐隐泛着微微红光，瞳孔也不再是圆形，变成了诡异而瘆人的图案！他的眼前，一切的死物都在渐渐变淡。原本黑暗不可视物的区域，竟然在赵一的眼中越发清晰起来！

玩家赵一的源代码发生错误紊乱，尝试修复中……

修复失败……修复失败……修复失败……

系统烦人的声音一直在赵一的耳畔响着，但被赵一和那些奇怪的低语声一同忽略了。这一刻他仿佛置身于上帝视角，地下停车场的一切，都被他看在眼里，包括那道藏在边角处的扭曲人形！

暴乱的量子态：极度危险

注1：移动速度极快，可以穿越大部分障碍物！

注2：攻击极强，你无法对抗！

行为方式：屠杀一切看见的活物！优先攻击声响大的单位！

弱点1：薛定谔的猫。

弱点2：本体。

得到这些数据，赵一眼中猩红缓缓消退，又恢复了正常。他失神了数秒，眼中才再一次恢复了神采。赵一带着杨琳琳小心地绕开了那只扭曲的人形和李胜的直线区域，回头对着李胜比了一个"OK"的手势。

李胜也回了一个"OK"的手势。黑暗中，他的脸上写满阴狠与病态的笑容。死吧……死吧！你们死了，我就能活下来！要怪就怪你们运气不好，陌生人的话，怎么能够轻易相信呢？李胜的嘴角露出了一个惊人的弧度。

下一刻，赵一抓住了袖中的鱼线，猛地一拉！黑暗与死寂之中，拉环脱离手雷的声音显得有些突兀。"叮！"拉环坠地，声音脆响，角落里静止的扭曲人形蓦地转身。而李胜的身体也在此刻绷紧，他心中疑惑，刚才——究竟是什么声音？

回头，火光炸裂！璀璨的烈焰如凤凰展翅，剧烈的爆鸣声震彻地下停车场。可怕的冲击力让李胜狠狠撞在了附近的车门上，他尚且没来得及思考究竟发生了什么，便隐约借着刺目的火光看见了远处朝自己飘来的恐怖黑影。

完蛋！李胜心头大骇。死亡的阴影笼罩下来，肾上腺素在此刻飙升！没时间多想，他在第一时间朝着远处逃跑。再不走，必死无疑！接近出口时，他下意识回头望了一眼，却赫然看见——赵一站在地下停车场里，对着他挥手道别。

事到如今，他哪能猜不到，自己这是被赵一反算计了？他双拳紧握，双目喷火，几乎气得咯血，但眼下已经没有时间让他多想了，那只扭曲人形正以极快的速度朝他追来，他必须立刻远离这个地方！

李胜带着黑影狼狈地远离了C区，赵一便迅速和杨琳琳前往那处刻着"污火"的竖井。

"你居然揣着手雷这种大规模杀伤的武器！新手副本不是没有积分吗？"杨琳琳脸上写着"震撼"二字，一边拿出撬棍帮赵一撬开了井盖，一边听赵一说道："我以前有个病人是军火贩子，我治好了他的嗜杀症，于是他送了我一箱特制的军火作为报酬。平时我没事喜欢带几个手雷在身上，无聊了拿出来盘一盘。"

△神经病啊！谁没事把手雷拿出来盘？
△我越来越笃定，赵一就是跟精神病接触太多变成了疯子！
△抛去个人的古怪行为，赵一这波反算计真的太精妙了！
△确实！从识破，到布局，看似最简单的操作，竟有如此摧枯拉朽的效果……

此时，赵一直播间的人数已经从几百人变成了现在的六万人！

在新人里，他的人气俨然已经冲进了前几名。前面的几波亮眼的操作，为赵一圈到了不少粉丝。尤其是一些同为新人，想要进入副本却又胆小不敢进的菜鸟，更是已经将赵一当作了自己的大哥！

05 邪神模因

两人轻松撬开了井盖。竖井下一片漆黑，杨琳琳掏出一个手电筒递给赵一，自己也拿上一支。打开手电，光亮照射在井壁上——没有污秽，也没有灰尘。光滑的合金井壁反射着手电的光芒，井壁正中央有一个按钮，表面刻着奇怪的图案。简单确认后，二人发现这竟是一个通往地下的电梯！

"这种地方不都是用来排污的吗……怎么会有电梯?"杨琳琳掩嘴,美目里满是惊讶。

赵一回头看了一眼。漆黑的地下车库,死寂的风,这种感觉并不好。

"走吧,没时间耽搁了,不知道它什么时候回来!"

二人迅速进入电梯,摁下了按钮。电梯丝滑地运作起来,一阵轻微的失重感传入身体,二人便开始不断下降……这样的过程持续了足足三分钟才停止。

面前的一扇合金井壁忽然分开,二人被强烈的光芒刺得睁不开眼,好一会儿才恢复视觉。前方是一条狭长的纯白色甬道,灯光将甬道的每一个角落都照得雪白,没有一丝黑暗。走出电梯,身后的合金门自动合上。

"这里是……什么地方?"单纯的震撼已经无法叙述杨琳琳此时此刻的心情。谁能够想到,在这所高中的地下数百米处,居然修建有如此精妙的地下建筑!

"也许是某个奇怪的实验基地。"赵一摸着下巴上的胡茬,眼中闪烁微光。

自从遇见了校长后,他就隐隐觉得不对劲。头上长触手这种事情,怎么看也和诡物沾不上边。上一个副本里,他遇见了好几只诡物,尤其是巨像医院的院长,那是一个典型的例子。越是强大的诡物,攻击往往越偏向于唯心,寻常的手段很难抵挡。而这个副本之中的校长虽然也很强大,但攻击手段完全是物理性质,这说明,校长不是诡物,而是某种……怪物。显然,《诡校惊魂》并不是一个纯粹的恐怖副本,它的世界观比自己预想的更大。或许,这座学校如今的模样,是某种人为的产物!

二人一路走过甬道,地面竟然出现了大量血迹!一条一条,虽然已经干涸,但仍然能闻到空气之中淡淡的血腥味和腐臭味。这些

第二章　诡校惊魂

血迹的终点，是几具穿着特殊衣服的男子尸体，他们的脸上戴着面罩，看样子像是实验人员。他们的尸体残碎而狰狞，像是被大型野兽撕咬过，看得杨琳琳头皮发麻。

"这些人……究竟遭遇了什么？"

赵一谨慎打量了一下四周："可以肯定的是，这个地方也不安全。"

他迈开脚，走入一个拐角。前方出现了一扇被加密的合金大门。赵一来到控制台的旁边，发现进入这扇大门需要人脸身份验证。

"咱们好像进不去。"杨琳琳愁眉苦脸。

如果这里无法进去，就意味着他们需要折返回去，而回去的路上随时都可能遇见从外面回来的恐怖黑影！连赵一这样胆大包天的"疯子"都要避开那道黑影，足以见其究竟有多危险！

"哎？你要做什么？"杨琳琳看着赵一忽然掏出了手术刀，朝着那几具尸体走去，没由来地眼皮一跳。

赵一没有回答她的话，但接下来的一幕，让杨琳琳差点儿吐出来！

在一堆马赛克的遮盖下，直播镜头里的赵一提起了一个实验人员的头颅，来到了合金巨门前。

△正看得精彩，打什么马赛克啊！

△这也能打码？瞧不起谁？

△楼上的都是心理变态吧？我姐受不了！

△恕我直言，这实在太重口了，我现在大约能理解为什么法医这么少了……

△我赵哥牛啊，干这种事情，居然眼睛都不眨！

"嘀——人脸识别成功。"

"咔嚓——"一声，巨大的合金巨门裂开了一条缝，赵一顺手将人头收进了自己的物品栏。

> 物品：赫蒂的人头
> 品质：白色
> 简介：赫蒂永远不会想到，他死了以后还会遇见一个心理变态，连他唯一保存完好的头颅也不放过！
> 效果：开门。

看见系统对自己的吐槽，赵一忍不住翻了个白眼。把全人类拉进这么恐怖的游戏里，你才是心理变态吧！

合金巨门之后，有三条岔路，岔路上遍布着更多的血渍和残骸。杨琳琳已经拿出了手枪，手心直冒汗。显然，这座地下实验室里有着巨大的危险！

二人靠着最右边的岔路探索着，途中还从一只沾满鲜血的断手中拿到了一份特殊的文稿。

> 我最爱的琳娜，听说巴别游乐场已经建好，我说了要回来陪你一起去玩。
> 工作已经到了收尾的阶段，最多再有半个月，爸爸就能回家了。
> 放心吧，这一次……爸爸一定赶回来！

读完文稿，杨琳琳叹了口气。

赵一却非常厌恶地扔掉了手稿："所以说，鸽子什么的真是太讨厌了！一有什么事情就咕咕咕。"

杨琳琳叹息道："他只是一个爱女儿的父亲，临死前还惦记着自己的女儿。"

第二章 诡校惊魂

赵一漫不经心地说道："是啊，他是个好父亲。但除此之外，他很可能还是个杀人狂，学校外面数千人的死，很可能都和他脱不了干系！"

杨琳琳噎住。赵一这么一说，她忽然一点儿也不同情这个男人了。死得好啊，渣男！

"刺啦——"远处的拐角传来了刺耳的摩擦声。那种声音，像是有人在拖动某种沉重的金属物体，并且与地面相贴的部分十分尖锐，甚至在划过地面的时候带出了火星子，大概只有这样，才会发出这种令人感到牙酸的声响。

两人紧张地注视着远处的拐角，肌肉瞬间绷紧！然后二人迅速躲到一面墙后，露出一点头查看着远处拐角的情况。

随着声音越来越大，一条白色的巨腿出现在了二人眼前！它上面延伸出数百条触须，每条触须末端都长着一颗拳头大小的畸形的头。二人听见的恐怖声响，便是那些头摩擦地面时发出的响声！

"这……是什么东西？！"看见这只怪物，杨琳琳感觉自己整个人都不好了。

然而一旁的赵一似乎入了迷，眼睛里居然隐隐有了兴奋。他赞叹了一句："好美的造物！"

杨琳琳："啊？"

△赵一你什么审美啊！这种东西哪里美了啊？！

△看来赵一不但精神有点问题，连审美也出问题了！

△赵大哥这口味，我也只能够说一声佩服！

△我忽然开始理解，为什么上一个副本他看见电梯里的诡物会兴奋起来了！

"我们接下来怎么办？"此时，杨琳琳已经失去了方寸。这种掉精神值的玩意儿不能够长久注视，毕竟不是所有人都是赵一。

赵一回道："这座地下试验基地里必然有着重要线索，但也伴随着诸多危险,咱们需要稳扎稳打,徐徐前进。"

杨琳琳神色凝重地点头,然后就一脸茫然地看着赵一拿起手术刀朝着远处那只怪物冲了过去!这家伙又犯病了?说好的稳扎稳打呢?这么刚真的好吗?愣了片刻,杨琳琳一咬牙,也拿起她的小手枪跟在赵一身后,对着怪物发起了冲锋。她觉得自己一定是疯了!但是对于赵一,她已经无条件地信任了。

对方显然也不是好惹的。这只怪物发现赵一之后,猛地转过了身子,用一种无比诡异的姿势朝着赵一跑来,在地面上划下了一道冗长的血迹!就在二人即将交会的那一刻,赵一猛地掏出刘老汉的房产证,直接将眼前的这只诡异怪物关进了小黑屋!十秒,够了!

这只怪物看似骇人,其实和校长相比差了一大截。它只是中级危险,而且有致命的弱点。

暴乱的变异体:中级危险

注:一个半成品而已,和外面的量子态差的不是一星半点儿。

弱点:屁股上的痔疮。

附:显然那些疯子在做恐怖实验的时候,并没有想到变异体也会因为久坐而得痔疮。

自从先前在地下车库中自己的数据发生紊乱后,赵一看见的东西批注得更加详细了,其中最有用的信息,自然是弱点。

赵一决定杀这只变异体有两个原因。第一就是刘老汉的房产证虽然冷却时间为一天,但其实刷新时间为半夜12点。也就是说,如果他晚上11点59分使用一次,那么过了12点就又能用一次。第二便是这只变异体很容易杀死,赵一甚至不用刻意去找它的痔疮,因为这只怪物的屁股就长在上面。出刀——"咻!"稳准狠,微创

第二章　诡校惊魂

手术成功完成，怪物的身体如同烂泥一样瘫倒在地。

> 恭喜你击杀了暴乱的变异体，你的灵魂武器吸收了变异体内残碎的邪神模因，正在尝试重建该模因……0.01%……力量不足……无法继续重建模因，已暂停重建。
> 你的灵魂武器获得特殊能力——纠缠。被你灵魂武器伤害过的单位，伤口会不断生长出"贪食者"，直至该单位死亡，"贪食者"强度与你的实力和等级相关。
> 你的属性获得提升！

> 角色：赵一
> 生命：15/15
> 力量：16
> 精神：101（100+1）
> 运气：0

击杀了这只暴乱的变异体，赵一居然从中吸收了部分"邪神模因"！虽然他不知道"邪神模因"究竟是个什么玩意儿，但只是重建了万分之一，就让他力量增加了8点，还获得了一个特殊的被动技能，感觉很厉害啊！

身后的杨琳琳小心翼翼地走过来，看了一眼地面上已经完全不动的变异体，吃惊道："它死了？"

"对。"赵一盯着地面上的尸体，双目流露出浓烈的兴趣，"它本应该是很完美的生物，但是它的造物主不太行。"

手中的手术刀闪过一道寒光，赵一用精妙的手法切除掉了它外围的肌肉组织，露出了脊柱的神经部分，还有内脏。

"这家伙，居然长了十八个肾脏！"赵一无语了。显然，便是赵一这样精神不正常的年轻人也根本猜不到这怪物长了十八个肾脏，不知道参与改造培育这头怪物的那些疯子科学家究竟在想什么。

甩了甩刀子上的血，赵一带着杨琳琳从这只怪物经过的路线深入。甬道那头有一个庞大的培养皿，上面有恶心的霉腐胎盘，附近的操作仪器被鲜血染红，四处还散落着许多实验数据。赵一弯腰，从地面上一具尸体手中拿过了实验日志。

8.17

X-163的状况良好，所有器官都在按照计划生长。有趣的是，当实验员小黑不小心给它注入三倍的雄性激素时，它的肾脏竟然比之前成长得更加健康壮硕！

…………

8.24

上级过来视察，对于我们的工作进度高度赞赏，不久后，大家就能够分到数百万元的红利，甚至还能够造福全人类……而我的名字，也将被载入史册！

…………

8.26

听说内苑的那些疯子成功完成了对于量子态的塑造，我不知道那是什么玩意儿，但总觉得心里不安定……

…………

9.3

吃饭的时候，我问Alex，如果那只怪物发生暴乱，他们是否能够阻止，Alex却对我的话充耳不闻，大肆和我吹嘘他们创造出来的造物是如何完美，未来甚至可以借用这种手段让人类永生。当我再三询问他关于怪物暴乱的问题后，他却生气了，不但骂着难听的话，还打翻了我的

第二章　诡校惊魂

餐盘……

…………

9.12

看看这些该死的疯子,他们究竟创造出了什么?

…………

9.13

我们为自己的愚蠢付出了惨重的代价,所有人都会死……包括我!

…………

"实验室发生了未知暴乱,那个他们创造的实验体似乎脱离控制,然后……杀了所有人?"杨琳琳凑近了些,认真阅读了赵一手上的实验日志。

赵一将书直接扔给她,翻阅着仪器上的一些数据:"无论是外面的暴乱量子态,还是我们刚才遇见的那只奇形怪状的东西,都不可能凭空产生。它们一定有一个'基态'。"

他将仪器上的数据一点点还原,身后的杨琳琳拿着实验日志在出神,没明白赵一嘴中的"基态"究竟是什么意思。

仪器缓缓振动,不少数据被还原到了初始状态。

"你能看懂?"望着这些繁杂的数据,杨琳琳头都大了!

"看不懂,但没什么关系。我只需要将这些数据按照它们原来运作的方式还原,然后看看最原始的'基态'是什么就足够了……"赵一一边喃喃自语,一边不停操作着。

眼前的仪器上显示着怪物的图案。在一点点剥离身上的数据之后,它的怪异模样也逐渐还原……先是头,然后是私密器官,然后是脚……将怪物完全还原到最初的基态后,二人赫然发现,这只怪物的前身……竟然是人,而且还是个女人!

杨琳琳直接傻了！她实在不能接受，刚才那个恶心的怪物，居然是对一名可爱的女孩改造而来的！

"那只怪物的细胞具有较高的活跃性和适应性，这意味着这个女孩很年轻……如果咱们再大胆一些推测……这个女孩很可能是学校里面的某个学生……"赵一盯着屏幕上的那个投影图，若有所思。

他的猜想，让杨琳琳和直播间的观众浑身发寒。在学校地下建造如此庞大的神秘实验基地，目的是将他们改造成为怪物？这些人是不是疯了？

"刚才的那个小女孩，身上有十八个肾脏，每个肾脏都十分年轻……如果他们的实验成功，这个女孩的细胞可以继续培养出新的怪物，他们便能拥有源源不断的肾脏，一旦这些肾脏流入黑市……"赵一言及此处，望向远处通向更深处的长廊，目光深邃。

"这座实验基地显然不止这一个项目。刚才那本实验日志上提到过，里面的实验人员似乎在塑造关于量子态的某种造物……而且他们成功了！咱们在外面遇见的那只黑影，可能就是实验日志上描述的那只暴乱的怪物！"

之前，赵一在身上的数据发生紊乱时，曾看见怪物的弱点有两项，其中一项就是它的本体。

杨琳琳愤怒道："这些杂碎，居然在学校的下面建人体实验基地，将人培育成这种怪物，简直丧尽天良！"

赵一摇头纠正道："不，你错了。我得纠正你一点，他们不是在学校下面建人体实验基地，而是在人体实验基地的上面建学校。"

他指着这些仪器，对着震惊到无以复加的杨琳琳说道："这座地下实验基地的复杂程度，远超学校十倍不止。如果等学校完工了，他们再背着上面的几千人开工建设地下的实验基地，是根本不可能做到的！显然实验基地是先行建造的。而且，在他们的计划之中，石山高中也是他们的一部分。他们需要足够年轻、足够有活力的对

第二章 诡校惊魂

象来进行各种实验测试。"

赵一话音落下,杨琳琳觉得浑身发冷。

"走吧,咱们现在只需要一些材料证明咱们的猜想,就能够完成隐藏任务了。"

隐藏任务是让他们二人调查关于石山高中背后的真相。既然是调查,那么就需要材料证明,否则光猜想是不足以完成任务的。

赵一和杨琳琳返回的路上,赵一顺手收走了那只长了十八个肾脏的怪物的皮。

"你一定要做这么变态的事情吗?"杨琳琳看着赵一如获至宝般将那块皮放进了自己的物品栏中,开始怀疑人生。

△我麻了!我见过各种奇奇怪怪的癖好,就是没见过这种,今天真是长见识了!

△太恶心了!我受不了了,兄弟们,我先去吐一会儿……

△这也太下饭了吧!

△我常因为不够变态而和各位格格不入!

二人继续沿着长廊另一头前行。在这个如同迷宫一样的复杂实验基地里,如果没有极强的方向感,随时都可能迷失!穿过长廊,尽头居然出现了一座巨大的白色食堂。除去座椅,一切背景都是以纯白色为主。刺目的白色中,也夹杂着猩红。他们从门缝里瞥见,食堂里居然有数不清的怪物正在徘徊。

"居然……有这么多的怪物!这是……多少人啊?他们就不怕太多学生失踪后,警方介入调查吗?"

眼前的景象给二人带来了巨大的冲击。在这偌大的食堂内,至少有上千只奇形怪状的怪物,也就是说,石山高中至少失踪了上千名学生!可这些事情完全没有被报道出来,网络上甚至没有一丁点儿痕迹!

"建造这座实验室的人……只怕手段通天。"赵一的面容凝重，"种种迹象都表明，那个人权势很大。但一个人只怕做不到这些，他的背后，恐怕还有一个庞大的团队！"

在这些扭曲怪物的身体里能够找到邪神模因，光是这一点，就足够让赵一充分发挥自己的想象。

"咱们现在怎么办？再往里，恐怕……"杨琳琳声音颤抖。门后那上千只恐怖的生物让她身体发软！

赵一从物品栏将那张从怪物皮掏出来，拿出手术刀，手指如蝴蝶飞舞，快速将皮分开，并做成了两件诡异的"皮大衣"。

"你不会想……不，这太恶心了……"杨琳琳看着赵一不怀好意的眼神，隐约知道了赵一的想法，她转身就跑，但被赵一一把薅住了脖领子。回来吧你！

在杨琳琳那吃了屎的表情中，赵一直接把简陋又恶臭的大衣套在了她的身上，然后自己也穿上了皮大衣。

△笑死我了！已经截图，琳琳女神的表情包要出炉了！

△把这种东西穿在身上属实反人类啊！

△赵一难道是想和那些怪物混在一起吗？这么做很危险啊！

△应该没有问题，毕竟目前看上去，这些怪物没有彼此攻击……大哥就是大哥，虽然恶心了点，但是点子是真的多！

此时的二人，像极了披着羊皮的狼……哦，不是，是披着狼皮的羊。杨琳琳知道，一旦那些怪物发现了他们的伪装，那么他们会在瞬间被撕碎！

血和怪物皮上的浓烈味道掩盖了二人身上的味道。食堂大门被打开的那一霎，上千个形态扭曲的生物因为声响而看向了这头。被如此多恐怖的目光注视着，杨琳琳腿软得差点儿瘫倒在地上，她抓住了赵一的胳膊，才勉强能站着。

一些怪物疑惑地看向了二人，似乎觉得二人像是同类，但又不

第二章 诡校惊魂

完全像，于是它们朝着二人缓缓走来，想要试探一番。

看见这些怪物走来，杨琳琳的腿抖得更加厉害了。与杨琳琳不同的是，赵一显得异常兴奋，他甚至拖着杨琳琳往前走，来到了这些怪物的面前，并且模仿它们的喘息声。

这些人造出来的恐怖怪物虽然具有极强的攻击性，但都是针对人的。对于同类，它们反而非常包容。其中一只头顶长着骨刺刀、脸烂了一半的怪物发出了诡异的声音，手舞足蹈，似乎在向赵一询问什么。赵一模仿着它发出的那些声音动作，一字不差。

来回几次后，这只怪物和它的"朋友们"似乎总算明白了什么——眼前的这个同类是个没有感情的复读机，于是对赵一和杨琳琳失去了兴趣，各自散开了。

它们走后，杨琳琳才惊觉自己后背已经出了一片冷汗。刚才真是惊险！赵一这个家伙……完全不走寻常路啊！她有过许多关于赵一如何化解眼前危机的想象，但就是没有想到……赵一会搁这儿装复读机！关键是还真给他装到了！就离谱！

从某些方面来说，赵一也算是极具语言天赋了，能一遍就把那些怪异的音符全部记住并且复读出来，也的确是一种本事！

没有了这些怪物的阻拦，赵一带着杨琳琳在食堂内晃悠了一会儿。他有意观察这些怪物的行为习惯，很快便发现食堂一共有十六道门，而其中最靠近角落的一扇门一直没有怪物进出。并且其他的怪物似乎对于那扇门相当忌讳，每次经过那扇门附近的时候，它们都会有意绕开。这些行为，让赵一对于那扇门产生了浓厚的兴趣。

那扇门背后究竟有什么东西，居然让这些凶狠的怪物都觉得害怕？不过眼下境况特殊，他暂时没有去那扇门附近。食堂这个区域还有没探索到的关键信息。

最终，赵一把目光锁定在了那几具尸体上。他注意到了他们衣服里有一些散落的手稿。他要将这些手稿搜集起来。

一些怪物以为他也要吃肉，居然热心地为他腾出了位置。为了不暴露自己，他捡起一条蛆虫塞进了自己嘴里，吞了下去。这一幕，让不远处的杨琳琳差点儿吐出来。直播间的观众更是直呼"过瘾"。

看见赵一吃下了东西，怪物们对于赵一仅存的疑心也打消了，于是赵一搜集起那些手稿来也更加方便了。这些手稿大多是记录的实验数据，对于二人而言，并没有多少价值。但其中的一份粉色手稿之中夹的一张纸被赵一敏锐地注意到，因为上面提到了谷悬镇。

又是谷悬镇！赵一的眼皮猛地跳了起来，他迅速摊开信纸。

X-2融合失败，部门接到了销毁指令。

大家很不甘心，努力了这么多年，却落得了这样的一个结果。

没有人甘心……

明明理论数据完全符合……为什么……为什么？难道……石山实验基地又会重蹈多年前谷悬镇的覆辙？

我们不畏惧死亡！可……我们无法容忍失败！

上级让我们带着实验数据撤出石山实验基地，有关石山的一切他们会想办法销毁。

但我们不甘心……

今夜，我们要最后放手一搏！

这张纸被赵一发现之后，二人的耳畔立刻传来了系统的提示音。

恭喜玩家赵一、杨琳琳，隐藏任务——调查石山高中背后的真相完成。

任务奖励将在主线任务结束后发放。

第二章 诡校惊魂

字条证明了赵一的猜想——石山高中是为了实验基地而建设的，那些从A市各个地方聚集而来的优秀学子，不过是实验基地的实验品！

完成了隐藏任务，二人将会获得丰厚奖励。可以说，二人就算现在就死掉，回到公会驻地，也已经是血赚！换作以往，杨琳琳一定会兴奋地手舞足蹈。但现在，她只觉得手脚冰凉，浑身发冷！

眼前这座食堂里的怪物，在不久以前都是青春靓丽的莘莘学子，他们怀抱着憧憬，费了不知多少汗水与努力才考进这所学校，却不承想，自己竟然进入了一个恐怖的人造地狱！

她无法想象，当这些被送到实验室的学生面对各种残忍的手段时，他们该多么绝望！

赵一看着字条出神了片刻。他记得自己在《巨像医院》的副本之中，即将走出大门时看见了某处檐下的一个扭曲黑影。从字条上来推测，那道黑影也许就是X-1？只是……它为什么会出现在巨像医院？难道巨像医院也……

赵一正沉思的时候，一旁的杨琳琳凑到了离赵一很近的距离，用几乎不可闻的气声询问道："赵一，诅咒的事情怎么办？"

现在她已经几乎确定，只要接下来的时间他们继续混在这个实验基地里，主线任务就能够轻松完成。但以杨琳琳对赵一的认知，这个不安分的家伙绝对不会安于现状，不把这副本搅个翻天覆地，他是不会收手的！而且，她也非常想要摧毁这个充满罪恶和鲜血的地方。

"诅咒和这座地下实验室应该没有多少直接关系。"赵一语气笃定。

在食堂里面多晃悠了两圈，二人也算是在大部分怪物面前混了一个眼熟，而后赵一带着杨琳琳离开了这里，回到了外面的那间实验室里。

"你这么确定？"杨琳琳红红的小嘴抿紧，每次赵一发言，都让她觉得自己像个傻子。明明他们一直在一起，看见的线索都一样，但她永远猜不到赵一的脑子里究竟在想什么。

"如果这里是诅咒诞生的源头，那么为什么这里的怪物没有受到影响？对比一下教学楼的一切，你不觉得这座地下实验室过于和谐正常了吗？"

杨琳琳面无表情。该死，这座实验室哪里和谐正常了啊？明明全是可怕的怪物啊！

赵一继续道："从目前已有的信息分析，外面的那只黑影很可能就是这个实验基地的终极造物 X-2，它可以穿墙，可以飞行，而且状态相当不稳定，我相信在刚才它追杀李胜的时候，你已经观察到了这几点……"

杨琳琳点点头，但其实脑子一片空白。黑影能力什么的……完全没有注意到！好像是会飞来着？算了！赵一说有那就有吧！反正自己就是个混子，跟着赵一就对了！

"它拥有这样的能力，却一直待在入口处到处乱晃，你不觉得奇怪吗？"赵一靠在门后，露出了意味深长的笑容。

"也许是它找不到地方去，才一直徘徊在外面呢？"杨琳琳并没有刻意去揣测一只诡物的行为动机。

赵一摇头道："与其说它找不到地方去，不如说……它在守护入口。基地里面的怪物这样可怕，是一股堪比小型军队的战斗力，寻常的威胁对于它们而言根本不算什么威胁。唯一能够对它们造成威胁的，是……诅咒！"

杨琳琳震惊："它们……也怕诅咒？"

赵一："还记得李胜之前跟我们讲过的吗？诅咒的第七天，全校所有的诡物都提着自己的人头，在每一个角落搜查，寻找它们的猎物……那些诡物，才是这个副本真正的猎杀者，也是咱们主线任务

第二章 诡校惊魂

和支线任务需要解决的问题。"

顿了顿,赵一似乎想到了什么:"昨夜,学校弥漫起了一片诡雾。而诡雾除了会降低活物的精神值,里面还有许多极其可怕的东西。我想,外面的那个黑影守在竖井口,就是在防止这些东西进入实验基地。它在保护这座实验基地里面的怪物!"

杨琳琳吞了口唾沫:"那些诡物比这下面的怪物还要可怕吗?"

赵一认真道:"理论上是这样。而且,要比实验基地里的怪物……恐怖得多!这些怪物说到底也只是改造生物,纵然奇形怪状,力大无穷,但也只是在'人'的范畴之内。譬如这张皮大衣的主人,它的战斗力其实并不算高,并且具有致命弱点,就算我没有使用那件封印道具,只要愿意付出一些代价,我们也可以做掉它。但那些诡物……可就难说了。"

说到这里,赵一迅速拿出刚才那张关键字条,铺展在桌子上,指着一行字说道:"看——有人让实验人员直接带着数据撤出石山实验基地,他们会想办法帮忙销毁这里的一切。"

杨琳琳掩嘴,目光流露惊骇:"你的意思是……这场诅咒也是人为制造的?目的就是……抹杀这里的一切?"

赵一缓缓点头,脸色呈现出诡异的兴奋。

一旁的杨琳琳见他表情诡异,忍不住后退了半步。我的天啊,这个副本明明这么危险……他兴奋个什么劲儿啊!

"现在矛盾已经确立了——A市有人想要通过诅咒销毁关于实验基地和石山高中的一切,而实验基地之中暴乱的实验体X-2则想要保存这一切,它显然是有自我意识的。这对我们而言,是一件好事,毕竟……敌人的敌人就是朋友!如果我们有办法和它好好交流,或许能从它的嘴中获得关于诅咒的关键信息,甚至可以帮助我们直接走捷径完成支线任务!"赵一越说越兴奋,大脑高速运转。

显然,正常情况下,他们需要在学校经过后面几天的死亡考验,从一些规则的漏洞之中分析出诅咒的源头,再想办法破解!但现在,他们或许可以走捷径,提前完成支线任务。那个奖励"替死玩偶",光是看名字就已经知道它的珍贵程度。在这样一个充满危险与恐怖的世界之中,最宝贵的是什么?当然是性命!任何能够保命的物什都弥足珍贵!

杨琳琳沉默了一会儿,忽然伸出小手摸上了赵一的额头,自言自语道:"没发烧啊……怎么今天尽说胡话……"

赵一翻了个白眼,一巴掌拍掉了她的手:"你真是太没有想象力了。"

杨琳琳噘着嘴,双手叉腰,严肃道:"这可不是想象力的问题,外面那个家伙究竟有多危险你又不是没有看见……它见人就要杀,速度那么快,别说交流,你连自我介绍都讲不完就会……"

赵一无语:"谁告诉你我要跟那个东西交流了?"

杨琳琳:"啊?"

赵一:"算了,跟你解释起来真是麻烦,一会儿你跟着我就行了。"

杨琳琳鼓着腮帮子,做出了一副生气的可爱模样,但并没有还嘴。现在能不能完成支线任务,就全看赵一的发挥了,她还想跟着赵一混一个"替死玩偶"的奖励呢!

二人在实验室等待了许久。赵一一直注意仪器上的时间,实验基地的外面入口有 X-2 守着,所以无论是诡雾还是里面的诡物,都不可能进来,这里很安全。

他不时将头伸到门缝处,观测食堂里面的那些怪物。这些东西既然是由人类改造而成的,那么就会累,累了就会回到自己的房间睡觉。他想要进入最靠边的那扇门,但不想引起其他实验体的注意。如果它们都不靠近那扇门,而赵一靠近了,那么很容易暴露赵一是异类。

大约凌晨2点，实验体全部离开了食堂，回到了自己的实验舱内，显然它们已经将那里当作了自己的领地。赵一又观察了十分钟。确认没有问题，这才带着杨琳琳从自己的实验舱小心翼翼地走出来，朝着最靠近角落的那扇门摸索过去。

门上写着"X-2"。

"果然……这扇门的背后是那个最强大的实验体所在的实验舱！难怪白天的那些怪物不愿意接近这里，具有领地意识的它们，应该很害怕X-2攻击它们吧？"赵一摸着下巴自言自语，然后推开了门。

门内的景象，让杨琳琳和直播间的不少观众头皮发麻！

06 潘多拉盒

铺陈在二人眼前的，是一个装着透明绿色液体的巨型罐子，在罐子的内部，有一个连接着密密麻麻的神经网络的大脑。这场面带给人的冲击是巨大的，远远比淋漓的血肉骇人！

"这是……"杨琳琳双目圆睁，指着那巨型罐子，根本说不出话。

赵一摸着下巴，带着欣赏的目光说道："只保留大脑和重要的血管、神经，用营养液和适宜的环境保持其细胞活性，并以外界刺激代替心跳，完成能量输送。这种全神经剥离手术在我从前所认识的病人里，只有一个人能够完成。"

△麻了，赵一这家伙的病人都是些什么人啊！

△他不会在吹牛吧？这种手术现实生活里怎么可能完成？

△我是××学院毕业的，我非常负责地告诉各位，这种手术现实里也是可以完成的，只不过学院使用的都是大体老师，没有用活人做过实验……

△的确。我也是外科医生,行医二十三年,可以明确告诉大家,这种程度的神经剥离,麻药已经完全没有任何作用了,几乎就是在病人清醒的时候做完的,过程实在过于残忍!

△这也太反人类了!

杨琳琳小心翼翼地靠近了培养罐,忍不住打了个寒战:"赵——……你的意思是……他还活着?"

赵一点头:"对。这些营养液和机器造价都极其昂贵,那些疯子研究人员没有必要为了一个死人费这么多心思。"

杨琳琳转过脸,表情僵硬。罐子里面的这玩意儿……居然……还是活的?他现在会是怎样的一种感觉?冰冷?痛苦?绝望?

赵一来到了另一边的实验台,上面摆放着一本笔记,记录相关的实验过程。他大致扫了一眼,无非就是如何用尽各种非人的手段折磨这个实验体,带给他无穷尽的痛苦,却又不让他死去。

笔记的第一页写着——

上神说——

专注,是凝聚精神的必需品质;善良,是封印力量的锁;愤怒与恐惧,是开锁的钥匙。

似乎是某些神学与哲学的语录。

"赵一,快来看!"培养罐那边的杨琳琳发出一声惊呼。赵一走过去,顺着杨琳琳指的方向看见了培养罐的背面,上面贴着电子标签。

X-2
原生体:陈琼(16岁)
适应性:96%

第二章 诡校惊魂

活性：高度

脑电波契合度：92%

精神凝聚度：极佳

上面显示的名字让二人猛地一怔。陈琼？那个因为早恋被开除的尖子生，居然……变成了眼前这一堆杂乱的神经和血管？杨琳琳没由来地一阵反胃，几下干呕后，脸色铁青！

"有意思……陈琼居然被用来制作了 X-2。"赵一摸着下巴，目光幽幽。他转过身，扫了一眼实验参与者的名单，突然发现上面居然有几个熟悉的名字！

"张雅……庞潇……李胜？"赵一挑眉，大脑飞速转动了起来！

"原来如此……我明白了！庞潇根本不是什么有钱人家的儿子，张雅也不是高一（8）班的女神！他们都是伪装成学生的实验人员，在学校里面帮忙物色实验体。这两人故意先后接近陈琼，目的就是按照笔记上记录的那样，消解陈琼的善良，释放他内心的恶魔！

"一般而言，成绩越好的学生，专注度自然也越高，三心二意的人很难在学业上有所建树！这所全市最好的学校，其实是用来筛选那些专注度极高的实验体的！难怪那个花名册上面没有他们二人的名字。这两个狗东西，可能早在诅咒发生以前就已经跑路了！"

赵一话音落下，背后忽然传来了一个阴冷的声音："你猜的基本没错。不过这两个人并没有跑路，他们也成了牺牲品。"

二人迅速转身，发现浑身是血、少了一条胳膊的李胜正竟手持MP5（冲锋枪）对准二人，脸色无比狰狞。他身后的桌子下，竟然还有一个密道！

"没想到吧？千难万险，老子还是进来了！老子命不该绝，你们这两个小杂种……游戏到此为止了！"李胜双目通红，有些歇斯底里,但他乌青的嘴唇昭示着他目前的状况极差。

被黑洞洞的枪口指着,杨琳琳立刻举起了手,而赵一还在若无其事地走动。

"站住!你再动老子就打死你!"李胜状态极差,但还是不忘威胁赵一。

但赵一完全不怂,抖抖肩膀:"你射啊?你要有子弹,你早射出来了,我就不信你忍得住。"

"砰!"李胜开枪,一枪打在了杨琳琳的左腿上!杨琳琳闷哼一声,倒在了地面上,捂着自己的腿,欲哭无泪道:"又不是我挑衅的你,你射我干吗啊?"

李胜有些慌乱道:"啊,对不起!"

他再次瞄准赵一,神色狰狞,但因为失血眼前已经出现了重影。"砰!"杨琳琳的腿又炸开了一道血花!

"我的腿!"杨琳琳惨叫。

李胜:"啊……"

△笑死,这枪法多少沾点儿私人恩怨。

△这枪是不是叫"妇愁者"?

△虽然但是,我承认我笑出了鼻涕泡。

△为琳琳女神默哀……哈哈哈,对不起,哈哈哈……

"好了,你算计我们一次,我们也算计你一次,四舍五入,你现在欠我们一个人情。说吧,你有什么可以帮我们的?"赵一侃侃而谈,无耻得让李胜几乎窒息。

狗屁的四舍五入我欠你们一个人情!要不是你还有点用,老子真想送你一梭子!

"既然你们已经来到了这里,就证明你们已经大致了解到了事情的经过。没错……事情是我们做的,包括这所学校的诅咒也是。要想离开这里,就必须想办法关闭诅咒。"

第二章 诡校惊魂

李胜拖着枪来到了罐子面前。这个罐子的材质很特殊，就算是穿甲弹也不能在上面留下痕迹!

他正要操作仪器，赵一却拦住了他:"你如果关停仪器，X-2失去能源供给，外面那些雾气之中的诡物，很快就会大批涌入实验基地，你觉得你能够抵抗住这些诡物的进攻?"

李胜眼神阴鸷，面色铁青:"只要关闭了X-2的生命舱，外面的暴乱X-2就会死亡，剩下的变异体基本没有威胁，组织很快会派人来关闭诅咒，并将它们全部清理掉。我参与过这场实验，掌握着他们没有掌握的隐秘数据，具有很高的价值，组织不会轻易抛弃我的!"

赵一回道:"自欺欺人。如果你真的对他们很重要，他们早就派人过来救你了。你身在诅咒之中，甚至能够联系上他们，然而直到现在，你还是孤身一人。与其期望你背后的组织来救你，还不如相信我们，至少目前……我们勉强还算是一条船上的人。"

李胜被激怒了，他用MP5死死抵住赵一的额头，双眼血丝暴凸，咬牙切齿道:"你住嘴!再敢乱说，老子崩了你!"

赵一眼中全无慌乱，嘴角微微扬起，露出一个瘆人的诡异笑容:"被抛弃的滋味很难受吧?你像条狗一样忠诚，最后却落得这样的下场!他们用你的时候给你画大饼，扔你的时候却像扔垃圾……别傻了，想不想活?就一句话。现在，只有我们能帮你……你杀我，就等于自杀!"

李胜抓着枪的手在颤抖，喘息声极大，这场面看得杨琳琳和直播间的观众无比紧张，生怕他一个不小心走火把赵一爆了头!这个副本眼看就要打通了，很多谜题即将浮出水面，如果折在这个地方，实在太可惜了!

最终，李胜痛苦地闭上了眼。他放下了枪，由于体力不支，一屁股坐在了地面上，脸上的狰狞变成了颓废。他缓缓从身上摸出一根烟含在嘴里，拿出打火机，为自己点上。香烟的味道驱散了空气中一些剑拔弩张的气氛。

"我现在的样子是不是很可怜？"李胜吐出一口烟，惨笑道。

杨琳琳捂着自己受伤的腿走了过来，咬牙切齿地骂道："你也好意思说自己可怜？那些被你们折磨改造的学生，那些被你们破坏的家庭，还有这个罐子里的这些神经……难道不比你可怜？"

李胜长叹了口气，头缓缓靠在了柜子上，双目失神。他抽完一根烟，又点上一根。就这么一会儿的工夫，面容沧桑了很多。

"我的女儿在他们手里。七年前，妻子患癌去世，临走前嘱咐我一定要照顾好我们的女儿。我对不起我的妻子，现在……也要对不起我的女儿了。"说到这里，他像是得了失心疯一样笑起来。

杨琳琳看他这副可怜模样，恨意消减了大半，她忽然想起了他们先前在外面那只断手上看见的写给自己女儿的信，便问道："你们所有人的妻子和孩子，都被那个组织……控制着？"

李胜闭目，呼吸逐渐变弱，枪也扔到了一边："不然呢？你们觉得我们罪无可恕，其实我们哪里又有选择的权利？如果要你在自己的家人和陌生人之间选一个去死，你会怎么选？"

杨琳琳沉默了。她看不起李胜，认为李胜是一个罪大恶极的坏人，但如果让她站在李胜的位置上，只怕她会做出和他一样的选择。人都是自私的。

"你们能混进这所学校，想来也不是什么普通人……如果你们愿意帮我个忙，我就告诉你们关闭诅咒的办法。"

赵一双手揣兜，笑道："别是让我们帮忙救你女儿吧？"

李胜摇头，反讽道："就凭你们？还救我女儿……你们这样的一旦接近组织，会在最快的时间被发现并且处理掉。"顿了顿，他瞟了杨琳琳一眼，"当然，如果你不带上这个傻女人，以你的小聪明，应该会活得久一点。"

第二章 诡校惊魂

杨琳琳怒道："你才傻！你全家都傻！"

李胜懒得理她。

赵一直视着李胜的双目，迟疑了片刻："你希望我们帮你什么？"

李胜努力从地上爬起来，蹒跚着来到实验室某个不引人注目的角落，打开了一个柜子。他撕开了柜里一张与其他部分颜色完全一样的壁纸，露出背后的一个小洞，里面存放着一个金属保险箱。李胜通过指纹检验打开了保险箱，将一个古怪的绿色试剂递给了赵一。

"这是什么？"

"另一个项目的产品，手段仍不成熟，但危险程度不亚于……X-2！"李胜交到赵一手里，嘴唇越发乌青，"组织不会放过这件东西的，或许是几个月，或许是几年，等这里彻底变成一片废墟，他们一定会派人来搜查！这种东西，一旦落入组织的手中……"

他没有继续说下去，晕眩感因为失血过多越来越严重。

李胜甩了甩头，努力保持清醒，喘着粗气："关于诅咒……所有的一切，都来自一个魔盒。只要关掉那个盒子，诅咒就会消失！那个盒子……在……那片雾的中心……"

"雾里的不祥……不会攻击疑似死物的东西，如果你能尽可能减少自己的情绪起伏，也许就能够……走到那里。它们……没有眼睛、鼻子，也没有耳朵……它们通过生物情绪波动时散发的脑电波来判断目标是否属于自己的攻击对象……记住……无论在那片雾里看见什么……都不要惊讶……也不要害怕……一旦你出现较大的情绪起伏……就会被附近的魔鬼……闻见肉香……"

李胜勉力支撑，坚持着说完了最后一句话，休克了。一旁的杨琳琳急忙上前，拿出一些绷带想要给他止血。

赵一摇头道："不用白费力气了。长时间的饥饿已经让他的身体虚弱到了极点，在刚才逃亡的过程之中，肾上腺素又对他的身体进行了二次压榨……现在失血这么多，除非附近有正规的大医院，能够立即给他输血，不然华佗再世也无能为力。收起绷带吧，这玩意儿已经没用了。"

"你觉得他的话可信吗？"

地面上的李胜正在逐渐失去生命体征，体温越发冰冷，脸色也渐渐苍白，他断裂的胳膊处流出的鲜血已经凝固。

杨琳琳站在巨罐旁，心头不是滋味。李胜显然是个不折不扣的坏人，但他的故事让他显得格外真实，以至于杨琳琳忘记了他只是个副本里的NPC。

赵一的注意力仍然在罐子里的那堆神经上。

"站在一个心理医师的角度上来看，我认为他说的是实话。但这显然不是系统留给咱们的生路。破解诅咒应该还有一个更简单的方式，如果一定要按照李胜的思路走，那么就算新人知道了这个方法，也会有99%的人死在这条路上！"

杨琳琳闻言默然。诡雾之中降精神值实在是一个致命的杀招！这种持续降低玩家精神值的手段，要比里面可能出现的骇人不祥更加恐怖！

"那咱们还要去找另外一个破解诅咒的方法吗？"

赵一认真思索了一遍发生过的事情，说道："倒也不用，能走捷径对咱们都是一件好事。捷径意味着出现意外的可能更低。"

他盯着李胜进来的那条密道，跃跃欲试。寻常玩家不能够在雾气里面待太久，但赵一无所谓。一来他不会因为雾气之中的神秘力量降低精神值，二来作为一名曾经治疗过上千名患有精神疾病患者的心理医师，赵一能非常完美地把控自己的情绪。

"我现在就动身。"

杨琳琳没有跟着赵一，她知道自己不能像赵一那样维持精神值

第二章 诡校惊魂

稳定不降。虽然她十分眼馋支线任务的奖励,但作为一个合格的混子,她非常清楚自己什么时候能混,什么时候不能混。现在跟着赵一,既会给赵一带去麻烦,也是在找死,她可不想像振涛那样,精神值降到 0,沦为副本之中的诡物,能混隐藏任务一个 S 的评分,已经是血赚!现在的她,只要待在这个实验舱里面,等待赵一完成支线任务,就可以通关了!

赵一从秘密通道绕行许久后,终于看见了前方的一抹星光。

这条秘密通道开在极深的地下,同样是靠着竖井电梯来运作的,但与 X-2 守护的那个竖井不同,这个竖井的运作需要成员权限,所以外面的诡物进不来。毕竟它们不会像个傻子一样蹲在地面上往下刨土刨几百米。它们虽然是诡物,但有清晰的自我认知。它们是杀手,是猎人,不是挖掘机!

赵一来到电梯内部,拿出了赫蒂的人头,对着人脸识别仪器一照,电梯便运作起来。

"真是高级的人脸识别,都成这样了,亲妈来了也不一定认识吧?"赵一吐槽了一句,将赫蒂的人头收回了物品栏。

电梯来到顶部,开门便是一股极强的煞气。星光在这里显得格外阴鸷。

电梯门外,一个浑身是血的红衣女子背对着他,低头伫立。赵一看见面前的一切,并不吃惊。李胜之所以宁愿冒险去招惹 X-2,也不愿意使用这边的秘密通道,想必便是有什么极其可怕的东西在这里徘徊。

重新感觉到诡物身上传来的刺骨寒意,赵一感慨了一句"天凉好个秋",走出了电梯,非常友好地贴近她的背后。他倒不是想做一回亡灵骑士,但没办法,这娘们儿堵这儿了,这是必经之道。想往外走,赵一必然得和红衣诡物来个亲密贴贴。

红衣诡物感觉到后背的火热,疑惑地转过头,她那恐怖的狰狞面容吓得直播间的观众直冒冷汗。一人一诡对视数秒，赵一露出了一个尴尬而不失礼貌的微笑，缓缓走了出去。

红衣诡物：极度危险

注：一只被邪诅咒过的可怕诡物，恐惧是她最爱的营养品！

弱点：被规则遮蔽了六感的他们，只能靠着活物身上的情绪波动觅食，但遇见像你这么冷漠的男人，他们只会将你当作一块石头。

附：这么漂亮的诡物，真的不来个亲亲？

赵一吸了吸鼻子。这奇怪的数据更新之后，他看见的备注越来越不正经了。

这里是学校体育馆的杂物间，推开门，诸如刚才的红衣诡物的恐怖黑影在体育馆中到处都是。这里没有雾气，却有一道诡异的童谣传来："八月八，剪头发，剪完头发剪妈妈，妈妈缝进洋娃娃……"

赵一一路走到了那个唱着童谣的小孩面前，摸了摸她的头。嗯，有点油，这诡物该有几天没洗头了。

"小朋友，请问这雾的中心怎么走？"

小女孩停止了歌唱，抬头愣住。她沉默了许久，麻木地朝着一个方向指去。赵一说了一声"谢谢"，朝她指的方向走去。

他走后，小女孩停止了歌唱，站在原地陷入了冗长的深思……为什么石头会说话？她不理解。

被规则剥夺了六感的他们，并不能通过声音、味道和光影来判断活物。恐惧、惊骇、兴奋等情绪波动，才能够引起他们的注意力。即便赵一攻击他们，他们也大概率不会反击，就像你被石头砸了一

第二章 诡校惊魂

下,第一反应是去寻找砸你的人,而不是捡起刚才那块砸你的石头给它两拳。

其实昨夜在水塔,无论赵一挡住或者不挡住地下室的入口,结果都不会有变化。那些诡物只是按照规则来水塔巡视一番。当然,赵一不想冒这个险,谨慎永远是他的第一要义。

体育馆外,浓雾弥漫,诡物也越来越多。无数诡物藏在雾的后面,可能会忽然出现,甚至可能会直接撞上赵一!但无论发生什么,赵一的精神值始终保持在101,完全没有下降。

越往浓雾的深处走,赵一遇见的诡物越是凶狠可怖。一只诡物婴儿啼哭了一声,赵一立刻七窍流血,险些暴毙!一头纯黑色的麋鹿看了赵一一眼,他的一条腿便开始腐烂!一张满面鲜艳油彩的纸人对着赵一呼出一口气,他身上便立刻出现了诡异的火,烧得他面目全非!但赵一自始至终都没有情绪波动,脸上甚至没有出现任何痛苦的表情。直播间的观众紧张得不敢用力呼吸,生怕赵一不小心挂掉!

最终,前方的雾气开始缓缓消散。他拖着重伤之躯来到了一片空地,地面上是两具被扭成麻花的尸体。赵一停下来打量着他们,从衣物上来观测,一个是女人,一个是男人。他猜测这两人可能是张雅和庞潇,但他们的身份已经不重要了。

赵一蹲下身子,从自己的一条腐烂的腿上扯出一根长长的蠕虫,而后拿出自己的手术刀,戳了一下蠕虫的肚皮。很快,它的身上长出了许多黑色的细小藤蔓,将其紧紧缠绕!这是由邪神模因衍生出来的贪食者。

很快,蠕虫死去,身上的藤蔓开出艳丽的花朵,而后渐渐凋零。没有了这条蠕虫,赵一的腿不再继续腐烂,他蹒跚着来到了地面上的一个拳头大小的盒子旁。

这个盒子做得相当精妙,打开之后,里面的机关会缓缓旋转升起，变成一座小型的古塔。塔中发出一些星辰灿烂般的音乐声，优美而典雅，高贵又端庄，惹人沉迷。

在这样的音乐声之中，赵一只是微微失神了片刻，便恢复如常。他抓住盒子，一把将盖子盖上。盒子表面的魔纹散发出黑色的雾气，在天穹之上缓缓聚集，渐渐成了一副巨型狰狞的诡面，一双燃烧着黑色火焰的魔瞳冷冷注视着石山高中的一切，而后它猛地张口一吸，所有诡雾与里面的不祥诡物一同被吸进了它的嘴中，消失不见。

恭喜玩家赵一完成支线任务——破除石山高中的诅咒。
奖励将在主线任务完成之后结算。
恭喜玩家赵一获得隐藏物品——潘多拉之盒。

副本之外的另一处，苍凉破败的建筑群与此地的繁华显得格格不入，不少店铺都以古怪的方式修建而成，譬如两条街道之间有一个两面通的餐馆，行人从中间穿过，两旁就是食客。再比如有一家网吧开在半推掉的泥巴别墅上，很多地方看起来摇摇欲坠，上下靠着一个木梯，走路十分困难，总会让人担心在这个地方上网会不会忽然出现安全事故……废城的风情十分怪异，但这正是乱界的特点。

远方一座数百层的通天大厦中坐着一名西装革履的男子，他目光悠长地望着窗外，此人正是吹角连营公会的副会长杨涛。他经历了许多困难，勉强在废城找到了一份工作。当然，能在乱界之中找到一份稳定又体面的工作是相当了不起的事，对于玩家而言，会获得巨大的好处。

门外传来敲门声。

"请进。"杨涛对着半透明的玻璃整理了一下自己衣服上的褶皱。他转过身，看见自己美丽的秘书带着一个蓬头垢面、满脸邪异笑容的男人走了进来。

第二章 诡校惊魂

"副会长，你找我有事？"男人开口，一旁的秘书在杨涛授意下退出了房间。

"坐。"杨涛打了个手势，也不嫌他脏，"找你来，跟你了解一个人。"

巴尔坐在了沙发上，跷起二郎腿："谁？"

"赵一。"

巴尔眼中流露出一抹疑惑："谁？"

杨涛将一份报告复印件扔在了巴尔面前的茶几上："遗忘天使。"

巴尔注视着报告复印件上的信息，脸上那邪异的笑容收敛了个干净，灯光让他的脸有些阴影："他也进来了？"

杨涛点头："对。你了解他吗？"

沉默了许久，巴尔似乎并不是很想聊起赵一此人，他觉得不舒服。

"副会长，你知道我们家族……有一种病，但我更愿意称之为天赋。我们血液之中流淌着对于屠杀的渴望，世世代代以来从未变更过。我父亲的天赋是我见过最优异的，他曾辗转诸多战场，很多战争的背后都有我父亲的影子。从小我就以超越自己的父亲为毕生的终极目标！直到……"

巴尔的语气低沉了下来。

坐在他对面的杨涛端起咖啡，挑眉接道："直到你的父亲，军火之王卡帕尔，遇见了遗忘天使，他的嗜杀症被治愈了，是吗？"

巴尔漠然的脸上看不清楚任何表情。对他而言，这是一种耻辱！杀戮，是刻在他们基因里的东西，这种东西，怎么可能消失？可他的父亲卡帕尔的确被遗忘天使治愈了，也因为这，他杀死了他的父亲！巴尔无法接受曾经的军火之王、战争黑手，那个站在世界食物链顶端的父亲，忽然有一天变成一个整天钓鱼下棋的慈祥老人。他宁可自己没有这样的父亲！

"关于他对你父亲的治疗，你了解多少？"杨涛发问。

巴尔认真思索了一会儿："他们的治疗是秘密进行的，而且虽然他们相处的时间很长，但其实治疗的时间很短……这个人治愈我父亲的嗜杀症大概只用了一天，也许是一个小时……正因为时间短促，我才会明显感觉到我父亲像是换了一个人。"

杨涛眯着眼："你没有和他接触过吗？"

巴尔似乎回忆起了什么可耻的事情，手指轻微颤抖："接触过一次。"

"什么感觉？"

"恐惧。"

一个自认为站在食物链顶端且极度残忍的疯子，居然亲口承认了自己恐惧的事实！杨涛内心十分讶异，对赵一的兴趣越发浓烈："他很残忍吗，让你这样害怕他？"

巴尔死死攥着拳头，良久，他吐出一口浊气："副会长，他在哪儿？"

显然，他不太想回忆起曾经和赵一接触过的种种，而且那段不算太久远的记忆也诡异地模糊起来。有关于赵一的一切都在消融，唯一深刻的，是如附骨之疽般的恐惧！

"目前在'全是混子'公会，你知道的，虽然这个公会人少，建设度也差得离谱，但……"杨涛话说了一半，对着沉思的巴尔笑道："好了，你去休息吧，好好准备，一个月后'魔灵之潮'会出现，你压一下自己的等级，到时候在里面好好发挥，也许能从魔灵之潮中捞上一笔……"

"我知道了……有机会的话，我一定会亲手洗刷家族的耻辱！"巴尔眼中出现了凛冽的杀机！

石山高中，实验基地内，赵一坐在 X-2 的实验舱内，在尝试着

第二章 诡校惊魂

操作这些仪器。

完成支线任务之后,他原路返回,回到了X-2的实验舱内,利用这里的一些医疗措施对伤口简单消毒,并切掉了自己那条腐烂的腿。一旁的杨琳琳看得直呼下饭!无麻醉的情况下,自己给自己动肢体切除手术,自始至终眼睛都不眨一下,是个狠人!

做完了这些,赵一开始学习如何使用这些机器。他学得很快,尤其是"上帝视角"打开后,更是如此。

杨琳琳从密道带回来一份饭菜,学校的食堂里还有不少储备粮。

"任务已经结束了,为什么你还要冒险和它沟通?"

赵一边吃饭一边回道:"有句古话叫作'礼尚往来'。他们摆了这样的一道诅咒给我,如果我不回敬他们一些礼物,实在是太失礼了!"

杨琳琳闻言,似乎明白了一些,但又没有完全明白:"你想用X-2去对付李胜背后的那个组织?我觉得不太可能。对方能够制造这样恐怖的诅咒,背后的势力一定大得惊人,区区一个暴乱的实验体……"

其实杨琳琳还有话没说完。X-2具有致命的弱点,那就是它的本体。无论外面那个暴乱的量子态究竟有多么厉害,只要实验舱里的陈琼本体死亡,那么它也会消失!

赵一操作着机器,露出了让人浑身一颤的微笑:"对啊,所以我才要……教它。"

"教……什么?"

"教一些十分稀松平常的知识啦!"赵一咧嘴一笑。

三日后,主线任务结束的前一刻,实验舱内,X-2竟回到了这里!

杨琳琳险些被它吓尿,她迅速掏出自己的小手枪,对准了这个暴乱的实验体,然而对方完全无视了她,转头居然对着赵一恭恭敬敬地鞠了一躬!

杨琳琳傻了,直播间的观众也傻了。还真就把副本BOSS教成了学生?这合理吗?这不合理!但的确发生了。

二人的身影渐渐化作白光消失,而X-2的嘴角缓缓扬起,它转头,露出了一个灿烂的笑容。这个笑容,是赵一教它的。

"无论发生什么事情,都不要忘记保持微笑哟!"

石山高中的外面来了一支全副武装的军队,他们带着不少的特殊装备。下车后,一名士兵对着军官行礼:"长官,初步排查,石山高中的诅咒的确是被人提前关闭了。不过经过我们的仪器检测,里面并没有活人。"

站在车后货箱上的军官摘下了自己的墨镜,打了个手势:"很好……让A小队提前探头。进入实验室后,遇见任何情况,第一时间汇报!"

"是!"

很快,一批武装机动人员便朝着石山高中内部探去。然而他们并不知道,等待他们的,究竟是怎样一个可怕的存在……

  恭喜玩家赵一———

  主线任务"在高校之中活过七日"完成,隐藏任务"调查石山高中背后的真相"完成,支线任务"破除高校诅咒"完成。剧情探索度60%,世界观探索度100%。

  获得评分:SS

  获得奖励:75经验、替死玩偶、8000积分(含直播人气折合积分544)

  获得物品:潘多拉之盒(伪)、T-202(溶液态)

  获得称号:犯规者、好为人师

第二章　诡校惊魂

评价：你的一举一动都透露出与众不同的变态，虽然你最后抄近路通关了，但你的亮眼表现仍然为你带来了极高的评分，至于你（——数据删除——），望你好自为之！

第三章

世界任务

01 引导任务

永夜营地——

△居然是 SS 评分？！假的吧！

△啥玩意儿？

△刚才有一个新人打出了 SS 的评分！

△谁这么牛？

△就那个新人榜榜一，好像叫什么赵一，貌似这是他第二次进入副本！

△我看了他的直播，人家确实牛，打出 SS 很正常，主线、支线、隐藏任务全部打通了。

△不对啊，为什么他世界观探索度都 100% 了，剧情探索度只有 60%？

△因为他支线任务走了捷径，所以严格来讲算是提前终止了副本。

△还能这样？

在赵一通关之后，他的名字很快便广为人知，而关于《诡校惊魂》的副本精彩录像剪辑也被传到了骨区的论坛里。这个视频的播放量和点赞量呈指数型增长，而赵一的名字也渐渐火了起来。

杨琳琳在自己的公会驻地里浏览着关于赵一的帖子，嘴角流露出一抹苦笑。不得不说，人跟人的差距还是蛮大的。同为新人，在地狱难度的副本里，赵一显得游刃有余，而她是个典型的混子，如果这一次没有赵一这个 BUG 级的怪物队友，那么等待他们的多半就是团灭！这种巨大的差距刺痛了杨琳琳的心，她暗暗发誓，自己一定要变得和赵一一样强！

第三章 世界任务

光影暗淡,赵一再一次睁眼,已经是熟悉的破旧世界。周围的一切都笼罩在阴暗之中,暮色幽冷,只有不远处的那幢破旧大楼有光。

赵一走到公会驻地门口,发现柳若晴穿着轻薄的丝制睡衣靠在门边,手持红酒杯,神态慵懒。她的身后小广场里围着许多人,不知道在看中间的什么东西。

"恭喜你顺利完成了副本,赵一弟弟。你的直播姐姐已经看过了,表现很棒哦!"她对着赵一风情万种地抛了个媚眼,看得不远处的一些新人直吞口水。

毫无疑问,柳若晴这种把容颜、身材、气质全部拿捏到位了的女人,对于男人的杀伤力是巨大的!进来的新人不少很喜欢这个成熟妩媚的妖女。他们想征服她,但他们知道自己是个废物,无论是实力还是在公会的权力,他们都是弟中弟,于是只敢背后偷偷瞟上两眼。见到她主动对赵一抛媚眼,不少人都嫉妒得有些眼红。

赵一露出了完全没有诚意的谦逊笑容,摆手道:"哪里哪里?这么简单的副本,有手就行。"

柳若晴白了他一眼。这臭小子……

"对了柳姐,那头出了什么事情?为什么围着这么多人?"

柳若晴轻抿一口红酒,淡红的酒水沾些在唇瓣上,月光下闪烁着妖冶:"没什么,死了个人。做世界任务死的……以后你就会知道,这种事情实在是常见。"

对于生命的逝去,她显得有些漠然。毕竟这种事情,她曾经见过太多。随着自己越来越强,身边的朋友却越来越少。强者往往都伴随着孤独,这几乎是一条铁律。

她闪身,为赵一让开一条路。赵一走进了公会驻地,又挤进小广场内的人群中,赫然看见了地面躺着的一具诡异男尸!他的十根手指头被全部切掉,从头到脚都被拧成了麻花状,手脚不但被打了结，而且拉长了好几米！这一看就知道不是正常的死亡，而是某些诡异力量造成的。

赵一蹲下身子，翻过了他的头。尸体的脸上洋溢着瘆人而诡异的微笑，附近不少新人觉得浑身发毛，都后退了数步。赵一伸出手，捏了捏他身上的许多部位，眼中闪过了浓烈的兴趣！

"后背有一条丝滑的伤口，骨骼被全部剔除，没有留下任何残余……但有意思的是，对方完整保留了骨骼以外的组织……能有这种精妙绝伦的手法的，要么是医生，要么是屠夫，不过从这大开大合的刀痕上来判断，对方似乎……"说到这里，他的神色认真起来。他偏头，对着身边的一位小姑娘说道，"有碳酸饮料吗？"

小姑娘点点头，虽然不知道赵一用碳酸饮料做什么，但还是飞快地给他拿来了。

"光有碳酸饮料还不行……"赵一目光深锁，"再拿一个鸡蛋，最好是熟的。"

另一个人自告奋勇，去自己房间煮了个鸡蛋送到赵一手中。

一旁的柳若晴似乎很好奇赵一究竟想要搞什么鬼，于是便走了过来，认真观察着。

赵一当着众人的面，将碳酸饮料打开放在一旁，而后熟练地剥开了鸡蛋壳。众人越来越好奇，鸡蛋和碳酸饮料对破案有什么特殊的帮助吗？

只见赵一将剥好的鸡蛋在面前缓缓转了一圈，确认没有碎壳片之后……一口塞进了自己嘴里！他咀嚼了几下，又拿起碳酸饮料往嘴里猛灌！待咽下鸡蛋，赵一这才起身，而后在众目睽睽下理直气壮地离开了。

赵一："在副本里吃了好几天土豆，杨琳琳那个蠢女人，居然连炒土豆都不会，炒得跟穿山甲似的！还是煮鸡蛋好吃啊！"

还以为你在破案，敢情你搁这儿骗吃骗喝呢？对于赵一的无耻，

第三章 世界任务

众人一阵唏嘘。

赵一回到了自己的房间,门一锁,直接瘫在床上,打开了自己的系统面板。

角色:赵一

等级:3

经验:25/100

物品:刘老汉的房产证、潘多拉之盒(伪)、替死玩偶、T-202、击溃者(霰弹猎枪)

生命:20/20

力量:16

精神:101(100+1)

运气:0

称号:诡见愁、锋芒乍现、犯规者、好为人师

灵魂武器:染血的手术刀(纠缠)

积分:8000

评分获取:S+、SS、S

领域:未激活

"系统,询问一些事。玩家升级为什么没有力量的提升?"赵一看着自己的属性,觉得很奇怪。他每次升级,只有生命在增加。

系统道:"玩家的等级只影响不同的副本开启,并不会提升力量。力量属性包含了玩家的体质、自愈、战斗、气力、速度等多个方面。

"如果玩家想要提升自己的力量属性,只有三种方式——一是完成大世界任务,获得天赋点,加在自己的属性上;二是开启中阶商城兑换血脉、诡物残肢、异能、功法等;三则是在副本之中获得一

些特殊赠予，譬如你手中的T-202。"

赵一恍然，原来等级跟实力并没有多少关系。

"那领域呢？"随着他这一次升级，赵一赫然发现自己的人物信息下面更新了一个"领域"。

"领域属于专精类型，用于提升玩家某一方面的上限。目前初级领域有精神领域、枪械领域、元素领域、强身领域。领域等级分为F、E、D、C、B、A、S、Z八个等级，更多高级分支在领域达到D级后才可以升级。"

关于领域专精，骨区的论坛有许多帖子都有过完整的分析。新人碍于权限无法查看后面的领域分支，但帖子仍然做出了一些基本汇总，供新人参考。

枪械领域用于机械方面的前沿，也是最适合新人选择的领域，毕竟前期的新人几乎开不了中阶商城，而低阶商城里杀伤力最大的基本都是枪械。

使用枪械，自然需要准头。如果没准头，枪和烧火棍没有区别。枪械领域到了最后，还能演变成机甲高达，虽然不算很强势，但也绝对不弱。正因为如此，新人里选择枪械领域的玩家占了很大一部分。

"检测到您精神值非常高，是否要选择精神领域？"系统热心地为赵一推荐匹配。

精神领域可以演变成念力，这种领域，越到后面，晋升就越难，但和强身领域一样，一旦到达S级以上的级别，实力就会和其他同级领域彻底拉开差距。

赵一没有急着同意，而是向系统询问道："一个玩家只能够选择一个领域吗？"

"对。以您的精神值，在精神领域一定大有作为！"

赵一点点头："说得好！既然这样，那我就选强身领域吧！"

第三章 世界任务

在系统的眼中，赵一这完全就是在暴殄天物，浪费自己绝佳的天赋！似乎从选择公会开始，他就一直在浪费自己眼前的大好机会！

倘若他去了其他几个大公会，配上这一次的 SS 级评分，他必然会被当作核心成员培养，获得极多资源！然而现在，即便他这么优秀，"全是混子"公会的大佬们也完全没有培养他的想法，直接将一块璞玉往地上一扔，任其自生自灭。

不过赵一也不介意。他成功激活了自己的强身领域，这意味着，他可以开始通过锻炼和战斗来让自己的力量属性不断提升！领域激活后，他自己的力量也来到了 18 点！

紧攥双拳，赵一明显感觉到了一股不属于自己这副孱弱身躯的爆炸力量！他猛地对着空气挥出一拳，甚至能听见较大的破空声！

"砰砰砰！"正在赵一疯狂殴打空气的时候，门口传来了敲门声。

赵一穿上了衣服，来到门口开门，入目是一个穿着朴素、背着一个小破布包包的可爱小胖子："您……您好，请问您是赵一大哥吗？"他那双如鼠的眼里充斥着精明。

赵一闪身，邀请道："请进。"

小胖子走进了屋内，坐在了松软沙发上，对着赵一伸出手："您好赵大哥，我叫方白，是和你一届的新人，现在也 3 级了。"

二人握过手，赵一拿出一瓶矿泉水递给方白，问道："你找我什么事情？"

方白小眼睛转了转："也没什么，就是想请大哥带咱们做一下大世界任务。"

赵一没有回答。

于是方白又急忙说道："我们会支付一定报酬的！玩家之间可以相互交易，交易商品可以是积分、物品，或者玩家的承诺。如果赵大哥愿意带我们完成主线引导任务,我们会支付给大哥积分!"

赵一眯着眼:"多少积分?"

方白咬牙道:"每人1000积分!"

赵一讶然:"还有其他人?"

方白"咕噜咕噜"喝下两口水,盖上盖子,为赵一耐心解释道:"是这样的——'全是混子'的大佬们根本不管事,而中间的那部分人又整天想着跳槽,这个公会的凝聚力非常差,大家基本是各自为政,互相拉帮结派。而新进入的新人越来越多,后面可能还会有。一个没有领袖的纷乱团体,在一个没有明确规则制度的环境下,会有多乱就不用我为你详述了。为了更好地活下去,我只能先组建一个小团队,暂时抱团取暖。"

赵一好奇道:"公会内部应该是不允许相互厮杀的吧?"

方白笑道:"虽说如此,但你知道,如果真的想要杀死一个人,那方法实在是太多了。而且强者就算不能直接杀死弱者,想要打压也很容易。我们来找你,一方面是觉得可以加强自己团队的实力,另一方面则是希望能够一起去完成世界任务,毕竟世界任务的奖励很丰厚,难度也很大,我们不想让给其他人。"

赵一拧开饮料瓶盖:"从我进入副本到回来,已经过去了三个小时,应该有不少人去做世界任务了吧?为什么这个世界任务还是停留在引导任务上?"

他的系统面板显示,当前的世界任务仍然是引导任务。

世界任务:引导任务

任务目标:去火车站搜集食物和水。

推荐等级:1—3级

任务奖励:3天赋点(仅参与者获取)

简介:就这样,你忽然间醒来,发现自己已经身处恐怖的永夜之地，而你的目标就是脱困，离开这个危险的地方，但在此之前，你需要先想办法活下去……

附：地图

方白的面色略显尴尬："第一个任务的难度有些离谱，目前一共有六组人去做了引导任务，总计二十七人……无人生还！"

关于大世界引导任务的一些攻略，他们去论坛查看过。大部分公会的任务都相当简单，但奖励也基本等于没有，像"全是混子"公会这种引导任务就有 3 点天赋点的……极少。与丰厚奖励对应的，自然是非同寻常的难度。

"原本我们以为公会的大世界任务没有人去做，是集体摆烂，现在我们才知道，当初恐怕有不少人去碰过这个引导任务，不过最后都死了。"

赵一放下手中的饮料，眼中兴趣浓烈："刚才外面那家伙就是做引导任务的时候死的？"

方白点头："引导任务叫咱们搜集食物和水，而做这个任务，需要在火车站台内部的杂货铺和肉铺跟小丑与屠夫完成两个游戏。玩家获胜后，可以解锁这两个场景，小丑与屠夫也将从中立变更为公会一方的盟友，杂货铺与肉铺将会无限制地为玩家提供水与食物。外面那个家伙玩游戏输了，尸体是被他的队友抬回来的。"

赵一摸了摸下巴，眼里闪着光："你们有多少人，准备什么时候出发？"

方白："咱们目前的小团队一共有五人。除了你和我，还有一个精神不太正常的可爱少女田甜、从前靠卖身生活的美女白水吉、憨厚老实的中年大叔刘翰。至于任务的话，他们随时都可以动身，就看你什么时候有空了。"

赵一："那就通知他们吧，咱们现在过去看看，摸一下情况。"

方白点头:"好!"

02 小丑游戏

公会内部各自为政的状况并不罕见。小胖子方白看上去平平无奇,但其实很擅长和人交流。而那个憨厚的中年人……面相甚是稳重,眼中透露着还未完全适应这里的惊慌。

几人简单互相介绍了一下,便从公会驻地之中离开。出门便是一条极长的盘山公路,由于公会驻地建立在山中的一块平地上,所以这里的环境格外萧瑟阴冷。破旧的公路两旁偶尔有路灯,但昏黄惨淡的灯光会让人心里更加发毛。

远处的山林,偶尔有未知的怪影闪烁而过。显然,这些危险不是目前的玩家能够触及的。但它们碍于规则的束缚,也不会刻意进入低等级区域,所以玩家们在这条通往废弃车站的道路上还算安全。

在道路尽头的薄雾之中,偶尔也能看见几个人影,他们都是试图完成世界任务的玩家。沿着公路走了两千米,一座破烂又寒酸的小站台出现在了远处,顶部的雨篷到处都是洞,附近长满了荒草霉菌,入站口的墙壁上满是狰狞的划痕,似乎被不知名的可怕不祥特殊照顾过。

薄雾阴冷,来到了这里,没有几人觉得舒服。

入站口的青石阶梯上站着一个头发染得五颜六色的青年人,他正在抽烟,眼神阴鸷,身旁还有不少小弟。这些人脸色苍白,一些人明显才吐过,地面还有呕吐物。

"向卫山,里头情况怎么样了?"方白上前一步,露出一个鸡贼的表情。

那个满脸杀气的染发男子瞟了他一眼,没理他,但眼光扫到赵

第三章 世界任务

一身上的时候,忽然眯起了眼:"哟,这不是榜一吗?咋?也想来分一杯羹?"

赵一的出现让附近不少人提高了警惕,纷纷围了过来,毕竟赵一榜一的名头在这里。他们之中的一些人看过赵一的直播片段,知道这个家伙不但强,而且多少有些……疯。有这样的一个人来抢奖励,他们不得不紧张。

"我知道这个奖励很丰厚,大家都不想让给其他人……但你们想过没有,这只是个引导任务,后面还有很多任务和奖励。如果大家都卡在这里,那么谁也拿不到后面的东西。一起发财,还是一起饿死?"赵一露出一个友好的微笑。

一句"一起发财,还是一起饿死",让不少人的心态发生了微妙的变化。

向卫山扔掉手里的烟蒂,面色微变:"行。你们想去,给你们一个机会。不过我提醒你们,里头已经死了很多人了。另外……我可以告诉你们小丑游戏的规则。

"小丑游戏一共需要至少三个人进入游戏,和小丑猜拳,轮流来,一个人猜十次,输的一方切掉一根手指,十次内赢他三次就算游戏获得胜利,否则参与猜拳的玩家将会被扔进他身后的杂货间,我不清楚那里有什么恐怖的东西,但进去的人没有再出来过。

"前一名和小丑猜拳的玩家失败被杀死后,将由参与游戏的后一名玩家继续和小丑猜拳,游戏重新开始!另外,我们目前探知到,小丑第三次和第六次出的拳是固定的,第三次他一定会出剪刀,第六次他一定会出布。"

方白好奇地问道:"如果按照这个规律来的话,他第九次或者第十次应该也是固定出拳,你们为什么还没有完成这个任务?"

向卫山嗤笑一声,仿佛看白痴一样看着方白:"所以,你愿意拿命去试出后面的固定出拳,来给他人作嫁衣吗?"

方白沉默了。的确，如果说前面的试错，让人看见了希望，让不少人跃跃欲试，那么最后一次试错，反而没有人愿意去做。他们脑子里的热血已经冷却，不愿意用自己的生命去为他人作嫁衣。人都是自私的，凭什么自己挨打，别人吃糖？

在向卫山的示意下，这些小弟给赵一几人让开了一条路。反正一定要有人去试错，无论赵一成功不成功，他们都是获益者，无非获益多还是获益少。

几人进入车站之后，一旁某个穿着鼻环、耳钉的青年才上前对着向卫山询问道："大哥，你是不是给他们说错了？我记得小丑划拳的固定出招不是……"

向卫山瞟了他一眼，后者脸上的肉微微抽搐，但还是非常懂事地从兜里摸出了一根烟为他点上。向卫山吸了一口烟，看向车站内部的眼神出现了一抹阴狠毒辣："莫耀，你傻啊？他是什么人？新人榜榜一！之前在一楼大厅里，你没发现柳若晴看他的眼神不对吗？这种人只要活着，你觉得公会的管理者还会让咱们上位吗？"

莫耀闻言恍然大悟，看向向卫山的眼神里多了一丝畏惧。这个家伙不愧是个变态杀人犯，真够阴的！赵一死了也好！这样少了一个日后和他们抢奖励和女人的强力竞争者！嘿嘿……公会里那几个富婆又强又漂亮，日后要是能够一亲芳泽，岂不是飞黄腾达？

进站口内，黑暗中弥漫着刺鼻的血腥味道。田甜抱着自己的一只破布小熊玩偶，好奇地四下张望，而打扮略显俗气的白水吉则走到了赵一旁边，好心提醒道："赵大哥，刚才那家伙眼神不对，我觉得他可能说了谎。"

赵一回道："他是有一点儿不对劲。"

白水吉见赵一心里有数，也不再多言。

很快，几人朝着不远处一间亮着灯火的精致杂货铺走去。杂货店的门口外围散落着一地沾血的手指头，如爬虫一般，看得人心惊肉跳。

打扮滑稽而诡异的小丑对着赵一几人挥了挥手，非常热情地招呼他们："欢迎各位来到机灵鬼杂货铺！请问你们是来买东西，还是来玩游戏的呢？"

小丑身材矮小，约莫一米五，穿着奶奶缝出来的大花棉袄子，脸上的笑容十分友好。

赵一来到柜台，一只手搭在上面，问道："玩游戏有什么好处？"

小丑拍了拍手，非常开心说道："我亲爱的客人们，如果你们愿意和我玩猜拳的游戏，并且在十次猜拳之中，有三次赢了我，那么我将会永远为你们免费无限量提供杂货店的一切商品。"

赵一点点头，慢条斯理道："那如果输了呢？"

小丑礼貌地微笑道："如果输了，那么你们需要付出一点小小的代价。毕竟您也知道，如果一个游戏失去了赌注，那可就太没有意思了！"

他向众人陈述了游戏规则，和向卫山描述的一样。

"另外，我还要和各位强调一点，不要在游戏过程中想通过杀死我，或者切掉我的手指来强行破坏游戏规则，否则……"小丑说到这里，露出一个瘆人的微笑。他身后的杂物间的门被缓缓推开了一条缝隙，门内，无数双恐怖的幽绿色眼睛带着贪婪的目光，死死注视着众人……

"参与游戏的玩家获得胜利后，可以获得 3 点天赋点，一同组队进入游戏但没有机会参与的其他人会获得 1 点天赋点。如果各位确定要组队参与游戏，那么请坐到店铺内的圆桌处，咱们的游戏马上开始。"

赵一一脚跨进了杂货店。这里的空间其实很大，已经算是个中型超市了,中间是一些娱乐设施,架子上摆放着各种各样的卡牌。那些卡牌没有开封,看得出来,根本没有人陪小丑玩。毕竟跟他玩过的人都死了。

赵一坐下,可爱少女田甜也抱着自己的小熊坐在了赵一的旁边,四下张望,似乎对周围的一切都很好奇。

剩下的方白三人互相看了一眼,有些踌躇。一旦参与游戏,就意味着如果没有赢,就会死!而且是彻底死亡,无法复活!可如果参与了游戏,而赵一正好赢了,那么他们就可以平白获得1点天赋点。这东西很珍贵,尤其是在前期,带给人的提升都是肉眼可见的。

去,还是不去?这是个问题。方白拿出了一个青铜命盘,占卜了一下。

"怎么样?"刘翰询问道。

方白回道:"下下签。"

刘翰面色苍白。

一旁的白水吉瞟了赵一一眼,咬牙道:"老娘要拼一把!"

方白挠头道:"你想好了?"

白水吉柳叶眉一挑:"我这种女人,要在这个地方站稳脚跟,必然要有所投资。这是显而易见的事情。再说了,1000积分都给了,这要是不去,岂不是血亏?"

她也迈步去到了圆桌旁,深吸一口气坐下。

方白和刘翰对视一眼,鼠眼里闪过一抹狠光:"拼了!当爷还是当孙子,就这一次!"

最终,他们五人全部坐在了圆桌旁,而小丑也来到了他们的对面。

此时,外面的人便再也看不见杂货店内部的情况了,一切都被黑暗笼罩起来。他们知道,里面的人要么全部完成游戏,要么全部死去,游戏结束后杂货店才会重新开张,而且这个过程不会持续

第三章 世界任务

太久。

一间别致典雅的房间内,暖黄灯光幽幽,四角上有监控摄像头。圆桌上,不知何时出现了一个沾着鲜血的怪异机器,类似缝纫机,但上面安装的不是针,而是刀片。不必猜,这定然是用来切手指的工具了。

小丑脱下了花棉袄,穿上了非常正式的西装,一只手扶住椅子的椅背,对着众人笑道:"那么各位先生,游戏要开始了。为了避免各位做傻事,我再重复一遍游戏重要注意事项。游戏进行中,你们每一轮有三分钟的时间思考究竟要出什么,可以互相讨论。但在游戏的过程之中,不要企图逃离这间房间,也不要企图切掉我的手指或者杀死我,否则视为破坏游戏规则,会受到处决。另外,你们只能决定一只手来猜拳,不管这只手剩下几根手指,都不可以中途换手。倘若连续三次我们出的都一样,那么算我赢。"

说到这里,小丑从兜里掏出一个遥控器,点开了监控。

悬挂的电视上播放着之前参与游戏的玩家违反各种规则后的凄惨死状,刺耳的惨叫声让人不寒而栗。其他三人的精神值在缓缓下降,而赵一和田甜的精神值一直保持稳定,甚至,田甜这个可爱的小姑娘在看见电视上那些玩家的死状后,还发出了"嘻嘻"的笑声!

赵一有些讶异地瞟了少女一眼,但没有说什么。

"好了,现在……你们谁先跟我玩?"

小丑向众人发出邀请,然而有了刚才电视上的一切,方白三人的心里已经蒙上了一层厚厚的阴影,不敢率先冲锋。田甜似乎完全不在意,只是一直揉捏着怀里的小熊。于是,在这样的情况下,赵一举起了手,微笑道:"小丑先生,我来和你玩。"

小丑发出了愉悦的笑声:"您真是一个耿直的人,坦白说,我很喜欢您。"

他一挥手,其他几人的座位自然移开到了两边,而赵一则正对小丑,坐在了圆桌的对面。

"那么……游戏开始了。接下来的三分钟,你们可以互相讨论,来决定究竟出什么。决定好之后,可以将手放在面前的黑袋子里,然后由机器同一时间拉开袋子……当然,我可以和各位保证,袋子里没有什么监控设备,我也不屑于做这些。"

赵一点头道:"我相信你。"而后他又看着身边的方白说道,"我出什么?"

方白一时间没有反应过来,愣住了片刻:"啊?问我……我吗?"

赵一点点头。

方白陷入了沉默。开局就请求外援,这不像是赵一的风格吧,难道有什么特殊的寓意?总不能是为了混淆对面的视听……

迟疑了片刻,他支吾道:"我说了,你要是输了可不要怪我!"

赵一:"当然!"

方白瞟了脸上挂着诡异笑容的小丑,咬牙小声道:"出剪刀。"

赵一将手伸进了黑布内,对着对面的小丑说道:"我好了。"

小丑闻言,也将自己的手伸进了黑布之中。他们决定好自己的出拳后,头顶的机械臂降下,轻轻抓住了二人手上的黑布,猛地提起!

赵一是剪刀,而小丑是石头。

几人脸色苍白,小丑非常惋惜地对着赵一说道:"很抱歉,先生,您似乎运气差了一些。那么……"

赵一没有多说,直接将左手的食指伸进了旁边的切割机。一道血光乍现,赵一那根陪伴了他二十多年、上掏鼻下撸猫的食指就和他说了再见。

第三章 世界任务

"方白,第二次我出什么?"赵一转头,笑眯眯地看着小胖子。后者脸上的软肉一阵哆嗦。他已经傻了!一旁的几名队友也完全不知道赵一想要做什么。

"我我我……我不知道,你自己决定吧!"方白现在完全没有头绪,不敢再继续发言。

赵一点头,对着小丑笑道:"接下来,我出石头。"

小丑带着一抹好奇看着赵一。坦白说,他觉得眼前的这个男人和他以往的猎物不大一样。赵一给了他一种……不安的感觉。小丑当然知道赵一不能伤害自己,也正因为如此,他才更加好奇这种不安出自何处。

二人准备就绪。第二轮,赵一石头,小丑布。前者再一次切掉自己的手指。

自始至终,赵一眼皮都没有眨一下。显然,赵一压根儿就没打算在前两回合赢小丑。他的眼中闪烁着极其微弱的红光,没人看见这一幕,即便是坐在他正面的小丑。

小丑:触发式中立

注:如果你和他玩游戏输了,你就会死……除非他打不过你!

弱点:并不明显。

目标:想要重振家业。

已知能力:睁眼时拥有透视能力。

这是小丑的数据。赵一明白了为什么小丑总是能够完美预测别人出的拳。他压根儿不是靠猜,而是靠着自己的能力在作弊。赵一并没有揭穿小丑,因为揭穿他并没有什么用。

第三场猜拳开始。按照向卫山的消息,这一次,小丑必然会出剪刀，所以如果他要赢，就得出石头。

一旁的几名队友也显然知道这一点，但他们谁也没有开口发表意见，他们很清楚，从向卫山嘴里说出的话，不一定可靠。也许向卫山说的是真的，但也有可能，他只是想要整死赵一，所以就随口说了一个假消息。因为无法确定，所以他们不能说话，不能影响赵一的判断。在四人看来，这个游戏里，赵一是他们最大的生存保障。如果连赵一这种怪胎都摸不中小丑的弱点，那他们基本是白给。

赵一没有急着出拳，而是盯着对面的小丑说道："来的时候，有个人告诉我，你第三轮会出剪刀，是真的吗？"

小丑微笑道："本来我是不能告诉你们这个游戏的规则的。但我很喜欢您，所以可以和您稍微透露一点点。我在第三轮和第六轮会出固定的拳，不会改变，但具体是什么，我不能透露给您。"

赵一点点头："已经够了。"他将手放进黑布。

小丑也将手放进黑布。

众人屏息，全神贯注地瞩目场上状况，紧张的他们甚至能够听见自己的心跳声。这一次，是赵一战胜小丑绝佳的机会！所以，赵一……出的是什么？是石头吗？

机械臂缓缓落下，夹住了两块黑布，也夹住了众人的心。倏然间，黑布被猛地拉起！小丑是布，而赵一是剪刀！赵一胜！

"恭喜您，赵一先生！"小丑似乎很开心，也伸出了左手的手指，放进了切割机。

"看起来……外面的那个家伙欺骗了你。"小丑从兜里摸出了一个丝巾，很是优雅地擦了擦手上的鲜血。

赵一点头道："是啊！我回头一定会报复……报答他的。"

一旁的几人闻言忍不住翻白眼。你说漏嘴了啊，大哥！

小丑好奇地打量着赵一，直到现在，被切掉了两根手指的赵一脸上仍旧看不出任何慌张："你就这么确定……你能活着走出

第三章　世界任务

这里？"

赵一摇头晃脑地反问道："那你又是如何确定，我不能活着走出这里？"

小丑失笑。

赵一伸出右手的食指，嘴角掠过一抹若有若无的微笑："小丑先生，你很喜欢赌是吗？"

小丑迟疑了片刻，点点头。

赵一继续道："那不如咱们给这个游戏增添一个新的乐趣。"

"什么乐趣？"

"这个嘛……待会儿再说。"

二人继续猜拳。

第四局，赵一输；第五局，赵一输；第六局，小丑输；第七局，赵一输；第八局，赵一输；第九局，赵一输。

到了第十局，此时赵一左手还剩下一根中指，右手还剩下食指和中指两根手指。

看着赵一满手鲜血的凄惨模样，小丑露出了惋惜的神色："赵先生，似乎你在切割手指的选择上出了问题。以你目前剩余的手指，你恐怕只能出剪刀或者石头了。"

众人望向赵一的手，陷入了沉默。

小丑说得并没有错，如果赵一选择在猜拳的右手留下三根手指，那么他尚且能出布。但现在，他的右手只有食指和中指两根手指。赵一摊开手指就是剪刀，握上手指就是拳头。他失去了布这个选项。这意味着，小丑已经立于不败之地！根据规则，二人如果连续三次猜拳一样，判小丑赢，也就是说，接下来只要小丑连续出"石头"三次，赵一必输！

坐在他身边的方白和白水吉面色惨白，刘翰额头上同样冷汗涔涔！赵一一旦死亡，下一个……就该轮到他们了！

137

田甜还在低头玩自己的破布小熊,不时发出笑声,自始至终没有抬起头来,似乎完全不关心这场游戏的胜负。

赵一脸上还是那样的笑容,不见任何慌张,唯有一些失血后的苍白。他慢条斯理对着小丑说道:"小丑先生,还记得我刚才说……要为这个游戏增加乐趣吗?"

小丑:"当然记得!赵先生,这是最后的一次猜拳游戏了,虽然我很喜欢您,但规则就是规则……不过倘若您有不违反规则又增加游戏乐趣的点子提出来,我会在游戏结束后,让您选择一个您喜欢的死法。"

赵一娓娓道:"咱们打个赌。"

"赌什么?"

"赌我下一场会赢。"

小丑失笑:"对不起,赵一先生,我想您可能不大明白您现在的处境……以你目前的状况来说,您已经不可能赢我了。"

赵一继续说道:"这一场赌注是有条件的……我要你闭上眼睛。如果我赢了……你欠我一个人情,要为我做一件力所能及的事。如果我输了,不但我的命是你的,我还会送你一样东西!"言罢,赵一从物品栏中拿出了从上个副本之中带出来的潘多拉之盒。

物品:潘多拉之盒(伪)

品质:蓝色

简介:当当!这是一个精灵球,你可以用它来捕捉一个属于自己的小精灵……哈,我当然只是跟你开个玩笑啦!这其实是一个礼品,虽然它只是一个仿制物,但不可否认,很多诡物都很喜欢它的做工,如果你将它送给非人类单位,会增加许多它们对你的好感!

备注:里面的诡物已经被系统清空,再次开启魔盒,

第三章 世界任务

将不会有任何效果。

见到这个盒子,小丑的眼中闪烁一抹占有欲。沉默了片刻后,小丑回道:"没问题,赵一先生,我愿意和你打这个赌。"

赵一笑着敲了敲桌面说道:"黑布被掀开之后,你才可以睁眼。有问题吗?"

小丑摇头。白给的宝贝,不要白不要。以赵一目前的状况而言,就算失去了透视能力,自己也不可能输了。

"那么小丑先生……这次就请你先决定猜拳吧,然后将手伸进黑布中,闭上眼。"

小丑没有迟疑,直接将手攥紧成拳头,伸进了黑布,然后闭上了眼睛。

静静等待了三秒,赵一的声音再度响起:"我也好了,小丑先生,请让你的机器揭开黑布。"

小丑打了个响指。机械臂掀开了遮住两人手的黑布。接着,小丑缓缓睁眼。目光落在了赵一的手上,他脸上诡异的笑容僵住了。

"抱歉,小丑先生。我赢了。"赵一咧嘴一笑。

身边的三名队友浑身发冷。

那个静静横在桌面上满是鲜血的手上……已经没有了手指!因为没有了手指,所以赵一出的,是布!而小丑出的是石头。

第十局,赵一……胜!

房间里很沉默。严格来说,赵一这也算是作弊,但并没有违反游戏规则。

窗外似乎有黑影蠢蠢欲动,不过没有小丑的指令,它们并不能进来。许久之后,小丑缓缓将自己的左手手指放进切割机。众人面色激动无比,小丑此举,便代表着他承认第十局自己输了!他们……不用死了！"

　　小丑抬起头，看着拿出纱布给自己满是鲜血的手掌包扎的赵一，兴趣盎然："赵先生，我想知道……你是从什么时候开始算计我的？"

　　赵一耸耸肩："从我切第三根手指开始。众所周知，猜拳是个运气游戏。既然是运气游戏，就不可能会有常胜将军，你能一直赢我，显而易见是有属于自己的作弊手段。于是在第五、七、八回合的时候，我故意在黑布内改变了自己的出拳，但我还是不出意外地输了。所以那个时候，我便猜测……你应该拥有透视能力。"

　　这些其实是赵一为掩饰自己的能力故意做的假动作。他不会暴露自己能够看见 NPC 数据的能力。

　　"那个时候我忽然明白，想赢你最后一次，我必须设个局，将你的透视能力剥夺，并逼迫你出固定的拳……我这么说，你能明白吗？"

　　赵一将自己的想法娓娓道来，小丑忍不住拍手赞叹道："所以，你在切第七根手指的时候，故意选了猜拳的右手的拇指，让所有人都以为——最后一次猜拳你只能出剪刀或者石头。于是在我闭上眼，无法使用透视能力后，为了保险赢下比赛，我必然会出石头。而你却提前切掉了自己的手指，把你的剪刀和石头变成了布……不得不说，赵先生，你的这波操作真的很精彩！这是我玩过最有意思的一次猜拳游戏！"

　　小丑站起身子，将手放在自己的胸口处，对着几人鞠了一躬："我会履行我的诺言。接下来，这间杂货铺将会永久免费为您和您的公会无限量提供里面的所有货物。而我欠你一个私人人情……另外，当你们离开杂货铺后，我会按照游戏规则赠予赵先生 3 点天赋点，其他人各 1 点天赋点……这个也是私人的！"

　　私人赠予，意思就是并不包含在大世界任务里。众人兴奋地攥紧了拳头。

第三章 世界任务

小丑来到门边,亲自为赵一等五人开门。几人离开房间,眼前被纯白色的温暖光芒笼罩。

恭喜赵一、方白、白水吉、刘翰、田甜成功解锁公会新场景——杂货铺,车站内此区域方圆十米范围将属于安全区域,玩家在安全区域之中不会受到伤害。

通报一出,公会里所有的玩家都一阵惊叹。
"居然有人把杂货铺解锁了?"
"那个地方不是说死了好几千人吗?"
"对,我记得那地方要和小丑玩什么猜拳游戏……反正去一个死一个!"
"今年的新人这么牛吗?居然把那个小丑干废了?"
"那个赵一是今年新人榜榜一,难怪这么厉害!"
"以后大家终于不用再吃驻地仓库里的东西了……实在是吃吐了!"
车站外,向卫山盯着站内的杂货铺,面色阴冷无比。他死死攥着自己的拳头,想不明白为什么赵一没有死!明明自己给他透露的是错误的信息,为什么他会赢?!难道……他识破了自己的计谋?
一时间,种种念头在自己的脑海浮现,迟疑了片刻,向卫山叫来小弟,在他们耳边交代了几句,那小弟点头哈腰,朝着远处的人群而去。
赵一几人再度出现在杂货铺的内部,白水吉摸了摸自己的身体,激动得浑身颤抖。自己赌赢了!不但活了下来,而且平白无故获得了1点天赋点!她毫不迟疑地将天赋点加在了自己的力量属性上。不要小看这1点力量值,它增加的,可是和体质有关的全面属性!
刘翰与方白同样激动不已,傍上了赵一这个大腿,简直爽得飞起啊!

"赵大哥，咱们现在要不先回公会驻地吧……你手上的伤要紧！"

方白也不是一个见利忘义的小人，第一时间考虑的不是去完成屠夫游戏的事情，而是让赵一回公会内部修复伤势。无论是世界任务留下的伤势，还是副本之中的伤势，只要不是附带某些神秘力量的伤势，都可以在公会驻地之中修复。

不过赵一似乎并不介意手上的伤势，他站在杂货铺的门口，看着远处二楼黑暗之中某处点出暗红色灯光的肉铺，显得跃跃欲试："只是流了点血，问题不大。"

小丑不知何时出现在了赵一的旁边，与他一同看着肉铺，语气有些意味深长："那里住着一个疯子，他可不像我这么守规矩。"

赵一若有所思："他有什么想做的事吗？"

小丑闻言微微一笑，拍了拍赵一的肩膀："屠夫在找自己的女儿。"说完，小丑转身进了自己的铺子，坐在了柜台前，招呼几名过来的玩家。

03 屠夫游戏

赵一朝着肉铺走去，方白几人紧随其后。尝到了小丑游戏的甜头，他们对赵一更有信心，自然愿意追随赵一。但赵一在去往二楼的电梯口时，却被十几名玩家拦住了去路。

"赵一，你们已经完成了一个游戏，并且拿到了奖励，这个任务是不是应该留给其他人了？"一名小"绿毛"语气中带着挑衅。

平心而论，他自己是不敢去做这个任务的。毕竟在屠夫游戏中死的人，比小丑游戏更多。所以屠夫游戏的危险程度，只会比小丑游戏更高！但他们自己不做，也不想让别人做。毕竟现在大家还算处在同一起跑线，没有拉开什么差距，一旦雪球一点点滚起来，未

第三章 世界任务

来他们再想要追上那些靠前的玩家，只会越来越艰难。

"全是混子"公会的带头大哥根本不管事，这就导致了"全是混子"公会虽然看似鱼龙混杂，人员松散，但其实内部竞争更为激烈、更为残酷。不久之前，他们才看见有落单的玩家被打断腿，扔给了肉铺的屠夫！在这个诡物横行的世界之中，人一点儿不比诡物良善！

"你在说什么屁话？我们不去……难道你们去？"方白并没有被对方人多吓住，本来圆圆的小脸，此刻满是凶狠！他深知没有法律的约束，人就没有下限。这些家伙，自己没有能力去争取变强，就想着通过削弱别人来让自己处于领先地位，属实是自私又恶心！

"呵呵，世界任务是大家的，你们想要独吞奖励，真是有够自私的！"这"绿毛"也不是好惹的主，掏出了一把锋利的匕首，脸上凶光阵阵。身后的一群玩家也围拢了上来，从自己的物品栏中掏出了一些廉价武器，并不准备让赵一过去。

赵一没有骂回去，只是用自己左手上仅剩下的中指对准了"绿毛"，露出了一个灿烂的笑容："知道吗，我只要一根手指就能要你的命。"

"绿毛"被赵一这个笑容整破防了，自己毕竟还是一个小头目，手下不少人看着，赵一这话一出，他的面子往哪儿搁？"绿毛"愤怒地持刀上前，就想要给赵一一点儿颜色瞧瞧，可他并不知道，赵一的力量已经高达21点，而他自己还是个位数！

他刚举刀的时候，赵一已经一个凌波飞步来到"绿毛"的身前，转身弯腰一个肘击命中"绿毛"的肝脏部位，后者顿时变成了弓腰的虾米，双目暴凸。下一刻，赵一一个庐山升龙霸，准确用自己的中指戳进了"绿毛"的鼻孔！

"扑哧"！鲜血炸开。刹那之间，"绿毛"有了一种诡异而奇妙的感觉，甜酸苦辣在须臾之间一股脑涌上了他的心头。这感觉，像是小时候最爱自己的奶奶穿着那艳丽的大花棉袄,端着一盆屎到处找他,要给他喂食。其中玄妙,不可为外人道也。

他下意识地丢掉了手中的刀,捂住自己的脸,想将赵一的中指拔出去。然而下一刻,他居然发现自己的身体腾空而起,被一股巨力抛向了极远处的阶梯!硕大的喷着血的鼻孔忽然感觉到了一股前所未有的空虚。

"砰!"他狠狠地砸在了地面上,整个人七荤八素。这个时候,剧痛才从鼻腔一直沿着脑子传播开来。他捂住自己的鼻子"哎哟哎哟"地惨叫,看向赵一的眼神已经充满了恐惧。其他围拢上来的人,也忍不住缓缓后退了几步。

赵一看着左手上满是鲜血和鼻涕的中指,忍不住在一旁方白的衣服上擦了擦。方白愣住了片刻,终于反应过来,跳脚道:"过分了啊,赵一!我敬你是榜一,但这么恶心的东西,你也不能直接往我身上擦啊,我有纸!"

赵一看了看自己的中指,嘿嘿笑道:"没事,我已经擦干净了。"

方白:可我不干净了……

"大家同处一个公会,彼此想的什么,心里都很清楚。你就算现在拦住我们,不让我们做引导任务,难道你还能拦住我们一辈子?"开口说话的,居然是一直谨小慎微的白水吉。

她从前在名利场上翻滚,见了太多恶心的人和事,对此司空见惯,没有小胖子方白那么语气激烈,身上的冷静反而震慑了不少人。前来拦路的人已经隐隐有些退意,但远处的一道阴冷眼神又让他们不得不硬着头皮围住赵一。

"少废话,不想死就赶紧滚,不然将你们打断腿,丢给屠夫做肉馅!"人群里有人高声叫嚣!

正在众人僵持之际,远处一道声音传来:"你们怎么回事?"

赵一几人回头望去,只见向卫山居然带着三四十个人朝这头走来,见到这阵势,方白几人面色渐变。如果向卫山要联合对方一起对他们动手,他们今天恐怕真的没办法去做屠夫游戏了,只能在小丑杂货店附近的安全区域待着。不过接下来向卫山的话,却让几人大感意外。

"哪有你们这么做事的?自己不做,也不让别人做?"向卫山一脸正气,竟然摇身一变,化身正义使者,帮起了赵一一行人。如果不是先前被他骗过,几人还真就信了这家伙是个好人!

对方一见向卫山这头人多,一下子怂了,默默地让开了路。

"赵一兄弟,不用怕,我带你们去参加屠夫游戏,他们不敢拦你们!"向卫山大义凛然地拍了拍胸口,一副你现在是我在罩的豪气干云。

白水吉十分不屑又厌恶地看着他。她心里清楚,这都是向卫山拙劣的小把戏。先让人来挑事,自己再出面化解恩怨,做个顺水人情,然后再自告奋勇带赵一去参与屠夫游戏,这样便能顺理成章地加入赵一的团队。显然,向卫山这是见到了赵一的本事,开始馋任务奖励了。

她扯了扯赵一的衣角。虽然她同样想跟着赵一混奖励,但至少她觉得自己不虚伪。像向卫山这种又当又立的人,她打心底里瞧不起。而且这个人……随时可能会在背后捅刀子!

或许是她拉的力度太轻,赵一好像完全没有感受到,非常感动地用满是纱布和鲜血的手掌握住了向卫山的手,感慨道:"还是向大哥好啊!大哥跟我们一起去吧,相互有个照应!"

向卫山闻言一喜,心道,赵一这家伙可真好骗!

见此,一旁的几人互相使了个眼色,时刻提防着这个阴险狡诈的家伙。

向卫山热心地带着几人朝着二楼的肉铺而去,想着自己怎么在获得奖励之后把赵一做掉。赵一这个家伙的确有些本事,但也正是这样,才更加留不得!

他们走后，莫耀看着向卫山的背影，偷偷吐了口唾沫。呸！什么东西！做事的时候一起卖命，吃肉的时候却直接独吞！

众人来到了肉铺，见一个身形高大的男子站在肉铺的门口，举起手中的斩骨刀，疯狂劈砍着一条腿！他长着一双羚羊的角，双目泛着可怕的红。身上的肌肉如山石一样健硕，每一次挥刀，都能将骨头直接斩断，巨大的动静听得人头皮发麻。

"您好，屠夫。这儿是来参与屠夫游戏的玩家。"赵一率先来到屠夫的面前，直视着屠夫那双魔鬼般的瞳子。

后者瞟了几人一眼，嘴巴咧到了耳根，露出密密麻麻的尖锐牙齿，隐约还能看见里面的血肉和毛发，不知道那是什么生物的残骸。

"我的游戏，有三种。第一是帮我送外卖，这里正好有几个顾客的订单，你们谁的速度快，就算谁赢，赢家会获得我独家珍藏的一碗肉汤，输的人……嘿嘿嘿……"屠夫的笑声，让几人感觉天灵盖都要被掀起来了，"第二嘛……则是去厨房做一道菜给我，如果我满意，就算游戏通过，如果我不满意，那么我会亲自教你们做菜……第三个游戏，是去荒山深处的百葬谷帮我收集食材。怎么样？你们要玩什么游戏？"

几人听完后面面相觑，看见了彼此眼里的忌讳。

空气之中的血腥味、肉铺里面倒挂在铁钩上的尸体都在提醒着他们，这个屠夫是个极度危险的角色！尤其是向卫山，他曾亲眼看见屠夫将一个玩家活活虐杀，场面极度残忍，成了不少人一辈子抹不去的心理阴影。

他们既然已经组队，那么选择也必须相同才可开始游戏。

"要不……咱们去完成第二个游戏吧……"方白迟疑了片刻，提出了自己的想法，"可以互相帮忙，而且不用彼此相杀！"

他的想法很简单，第一个游戏明显只有一个人能够活下来，而

第三章　世界任务

第三个游戏一听地名就知道那地方去了只会十死无生！所以第二个游戏最适合他们。

向卫山此时却在一旁冷笑道："第二个游戏？好吃不好吃，这东西可没有一个明确的评判，咱们不知道他的口味是什么，再者如果他一心要咱们死，那根本就是一个无法完成的游戏！"

方白蹙眉："那你想做什么任务？"

向卫山回道："当然是第一个任务最简单！送菜，拼速度而已，慢了也只能怪自己，怪不了他人。"

在向卫山的眼中，这是对自己最有利的一个游戏。一来他体能好，二来他学过很多近身搏斗术，并且打过地下黑拳，有着丰富的战斗经验，他完全可以在任务开始之后，叫上自己的小弟，对其他人动手。根本不需要杀人，只要把人打残或者拦下来就行了。等他完成了任务，屠夫自然会把游戏里的其他玩家处理掉。毕竟屠夫只是规定了名次，没有规定具体时间。

一瞬间，恶毒的计划已经在他的脑海之中浮现并扎根。向卫山的嘴角掠过了一抹意味深长的笑容……

"赵一……"方白有些焦急地看着赵一，希望他拿主意。他们这一行人里，赵一无疑是那个最有话语权的男人。

赵一瞟了志在必得的向卫山一眼，说道："我觉得向大哥说得很有道理。咱们就玩第一个游戏吧！送外卖也挺好的，在这么一个残酷的世界里，竞争是无可避免的事情，咱们究竟如何，不如听天由命！"

他这话一讲完，方白四人怔住，眼神莫名地看着赵一。这个屠夫游戏难道没有特殊的生路可言吗？居然连赵一这样精于算计的家伙都决定要听天由命？

只有向卫山心中窃喜。一切都在按照他预想的方式进行……好极了！接下来，只要屠夫确认游戏开始，他就会立刻反水！赵一几人哪里都去不了！他们会死在这暗无天日的肉铺里，像猪肉一样被倒挂在铁钩上！"

"行。"屠夫转身走进了肉铺，从里面的蒸锅里拿出了六道已经做好的菜，放在众人面前。菜品旁边有打包的材料，还有对要运送的具体地点的说明。

"你们速去速回……我只认第一个完成任务的人。"屠夫沉闷的声音自胸膛传出，轰隆作响。几人迅速打包好自己的饭菜，只有赵一未动。他只有一根手指，根本没有办法打包自己要送的那份外卖。一旁的几人看在眼里，却都在争分夺秒，没有人帮他。

方白这家伙手比较快，完事之后，迟疑了片刻，还是手忙脚乱地把赵一的那一份也打包起来。白水吉和刘翰看在眼里，表面没有说什么，心头却在暗暗嘲笑。方白这家伙显然没有适应这个地方的生存法则，这个时候，帮赵一就是在害自己！

此时，向卫山已经提着饭菜冲了出去，刘翰和白水吉紧随其后。

方白望着向卫山和其他几人跑远的身影，有些焦急，对着赵一说道："赵一你自求多福，我只能帮你到这儿了！"他拿起了自己的外卖，也猛地朝着车站外冲去。

赵一注视眼前着被打包得稀碎的外卖，又看了一眼身旁完全没有动，只是抱着自己小熊玩具的田甜，好奇道："田甜，你不去做任务吗？"

田甜摇头，头上可爱的马尾摇晃："不去，田甜不想做任务。"她的眼神里有一种神采，惹人怜惜。

"不做任务……可是会死的哟！"赵一做出一个鬼脸吓唬这个妮子。

但田甜完全不为所动，她嘟起小嘴："哼！你在骗我！维尼说我不会有事的。"

赵一摸着下巴，眼中趣意更甚："哦？维尼又是谁？"

第三章 世界任务

女孩扬了扬手里的小熊:"维尼是我来这个世界认识的第一个朋友。"

赵一伸出手,轻轻抚摸了一下女孩怀里的小熊,眼中闪过一道诡异的光。

维尼:触发式中立

注:当你企图伤害女孩时,它会警觉;当你在女孩的身上留下伤口,它会狂暴。

弱点:尚不明确。

"真是可爱的小熊,我从来没有见过这么可爱的小熊!"赵一颇为欣喜地说道。

女孩也笑起来,露出灿烂笑容和洁白的牙:"谢谢你,赵一大哥!你这么表扬它,维尼有些害羞呢!"

赵一微微一笑,走进了肉铺,坐在了座位上,对着屠夫说道:"有牛肉吗?"

屠夫回过头,那双魔鬼一样的瞳子冰冷无比:"滚出去!你不是我的客人!"

赵一并不介意:"小丑告诉我,你有一个……女儿。"

剁肉的屠夫停下了手里的活计,转过身朝着赵一走去。顿时,刺骨的寒冷将赵一彻底笼罩。赵一不慌不忙,跷起二郎腿,借着店铺内红色阴暗的光打量自己仅剩下的中指,像是打量一件艺术品:"你找她多久了?"

屠夫冷冷道:"与你何干?"

赵一笑道:"我有一笔交易,有关你的女儿。你显然无法离开这座肉铺太久,像你这样不喜欢规则的疯子,也有不得不遵守的规则吧?"

屠夫沉默着，攥着剔骨刀的手越发用力。

"我能帮你去更远的地方寻找你的女儿……比如谷悬镇。我能去很多你去不了的地方，兴许能够找到蛛丝马迹。"

屠夫："你是不是以为这样，我就会放过你？"

赵一懒懒道："你当然会放过我。我完成了小丑游戏，便是向你证明了我的能力。多杀一个人，少杀一个人，对于你这样在血海里洗过手的屠夫而言，有什么区别呢？"

屠夫握住屠刀的手微微颤抖，那是用力过猛的征兆。一瞬间的失神，似乎让他想起了很久远的事。三五息后，他握住屠刀的手又放松了下来。他转身进入厨间，很快便端上了一大碗热腾腾的卤牛肉，并且还专门切好了。

"找到我的女儿，将她带回我身边，你会获得一份不菲的'报酬'！"屠夫淡淡说道。言罢，他又转身回到了血腥的柜台，猛地劈砍骨头。

恭喜你接取了大世界隐藏任务——寻找屠夫的女儿。

任务奖励：？？？

看见这个任务，赵一便知道，自己另外一个大世界的引导任务也稳了！

不久前小丑说过，屠夫和他不一样，屠夫不喜欢遵守规矩。也就是说，即便他们按照屠夫的规矩完成了屠夫游戏，对方也完全可以因为心情不好直接把完成游戏的玩家宰了！因此，赵一第一时间想到的，便是向小丑询问屠夫的弱点。只不过赵一换了一个询问的方式罢了。

从小丑的嘴里，赵一知道了屠夫的弱点是自己的女儿。与其去碰运气做一个可能根本没有意义的游戏，赵一宁愿和屠夫进行一场

第三章　世界任务

交易。接下来，就是静静等待那群做任务的人回来。

对面的田甜夹起一片牛肉，喂到了赵一的嘴旁，大眼睛弯成了小月亮："嘻嘻！赵一大哥，维尼说你手不方便，让我帮你夹肉吃。"

赵一喜欢她的小熊，她也喜欢她的小熊，所以现在……她也喜欢赵一。

车站门口，方白三人被一群人拦住了去路。对方气势汹汹，手持武器，脸上带着残忍而不怀好意的笑容，将三人死死堵在了杂货铺的安全区域内！

刘翰见此，一向憨厚的面庞露出了愤怒："向卫山！你敢算计我们！"

向卫山手上提着外卖，站在人群背后对着三人冷冷笑道："不然呢？等你们先完成任务，然后我去死吗？要怪就只能怪那个赵一，毕竟这个屠夫任务可是经过了他同意的。"

刘翰死死攥着拳头，想要冲上去，却被方白拉住："你现在冲过去只能被打断腿！"方白也气急了，但尚且还能保持理智。对面人多势众，他们根本没有办法对向卫山造成任何威胁！

"拦住他们，不要让他们离开车站！"向卫山对着自己的小弟们发号施令，然后自己优哉游哉地离开了车站。

看着周围对自己虎视眈眈的玩家，又瞟了一眼二楼肉铺里那个拿着刀疯狂劈砍骨头的可怕屠夫，白水吉光洁的额头渗出了紧张的汗珠。

"你们傻吗？帮向卫山做事！他是什么样的人你们难道看不出来？今天他能够反水捅我们一刀，明天他就可以把你们全部卖了！"她企图通过话术来刺激众人，眼光扫过不少人的面庞，白水吉能够看出这些人其实根本不是真心想要追随向卫山。

他们愿意帮助向卫山，不过是因为恐惧。这个人够狠够毒，在公会中还有背景，所以没有人敢背叛他。之前他们亲眼看见向卫山弄死了不少玩家，对于这个男人，心里难免畏惧，所以即便他们知道白水吉所说的话是真话，可依然没有人愿意让开路。

白水吉急了，忽然朝着人群的缝隙冲了过去，似乎想要趁着人群发愣的间隙突破围困，然而只是一瞬她就被人扯住头发，一阵拳打脚踢，其中不乏有人扯掉了她的衣服，不停揩油。

起初白水吉发出刺耳的尖叫，但很快她便叫不出来了，整个人在一阵痛殴之中倒在了地面上，饭菜洒了一地。她死死护住自己的头，发出微弱的哀鸣，身上衣物破烂，皮肤上到处都是淤青血痕，口鼻溢血。

"行了！快住手！别把人打死了，要加杀戮值的，你们想进杀戮战场吗？"见到白水吉已经快不行了，心善的方白急忙发出了一声怒吼，围着白水吉殴打的那群人才忽然如梦惊醒，迅速散开。

看着地面上浑身是血的凄惨女人，他们背后惊出了一身冷汗。刚才他们只顾着发泄心中的愤懑与恐惧，险些直接将白水吉活活打死！方白上前，在一群人虎视眈眈之下，小心地把白水吉拖回了安全区域。

"谢……谢谢……"白水吉虚弱地说道。

见她这副模样，一旁的刘翰一屁股坐在地面上，失神喃喃："完了……我们都要死了……向卫山说得没错，都是赵一害的……如果他坚持玩第二种游戏或者第三种，也许我们都不会死……"

方白闻言皱眉道："你在说什么鬼话？"

刘翰转过头，眼睛里已经充斥着血丝："我说错了吗？如果不是他说要听天由命，咱们现在会落到如今的这副模样吗？如果不是他同意向卫山加入咱们的团队，咱们会被向卫山算计吗？"

方白冷冷道："我看你有毛病！欺软怕硬惯了？向卫山害的你，你不敢对向卫山动手，却把气撒在自己人头上，忘了上一个副本是

第三章 世界任务

谁带你拿到的奖励了？"

似乎是被人戳中了痛处，刘翰猛地抓住了方白的衣领，狂躁道："你再说一遍！"

方白瞧着刘翰眼中暴怒的杀意，闭上了嘴。

"我去杀了赵一……只要我杀了赵一，向卫山肯定会放我离开这里的……肯定会！到时候，我就借着送外卖的名头逃回公会驻地……就算屠夫再厉害，他也不能在公寓杀我……没错……我这就去杀了赵一！"已经因为恐惧而丧失理智的刘翰喃喃自语了一阵，跌跌撞撞地朝着二楼跑去，其他人见刘翰没有出车站，便也懒得管他，甚至有不少人跟在刘翰的背后前去看热闹。

"赵一！赵一，你给我出来！"刘翰拿出了自己的灵魂武器——一根骨头制作的撬棍，状若疯癫，盯住了肉铺里吃得正香的赵一！他想要杀了赵一，可没有勇气进入肉铺！那个高大的浑身散发着恐怖煞气的屠夫让刘翰手脚发软。

赵一抬头看了刘翰一眼，笑道："一起吃牛肉吗？"

刘翰此刻的状态与平常的憨厚老实形成了极度鲜明的对比，神色狰狞异常，显然精神已经濒临破损边缘。他用手中的撬棍指着赵一，低吼道："你给我出来！"

赵一盯着刘翰这副模样，哪能不知道他在想什么。他一阵细嚼慢咽后，对刘翰说道："我和屠夫先生商量好了，可以带几个人走。"

一句话直接让暴怒的刘翰冷静了下来。他愣住了，显得有些手足无措，眼中却弥漫着巨大的惊喜："你……你说的是真的吗？！"

赵一："当然是真的，不然我哪能这么悠闲地坐在这里吃饭。哦对了……你刚才找我，让我出去，有什么事吗？"

刘翰藏起手里的撬棍，支吾道："啊……我想问你，有没有想到什么办法完成这次任务……"

赵一闻言眯着眼睛笑道："这样啊！我还以为你要杀了我，去跟

153

向卫山邀功呢！"

刘翰的脸色明显一僵，但他很快便换上了一张笑脸："怎么会呢……你可是我的大恩人，我怎么可能做出这种事情？待会儿还指望着你带我离开这儿呢！"他十分尴尬地将自己手中的骨头撬棍收了回去。

远处楼梯口，方白也扶着虚弱的白水吉走了上来，看见赵一没事，他才呼出一口气。

"吃肉吗？"赵一高声问道。

方白瞟了一眼门口那恐怖的屠夫，急忙摆了摆手，但随后似乎又想到了什么，于是硬着头皮拖着半死不活的白水吉朝着肉铺走去。其实二楼的扶梯口有不少玩家在徘徊，但他们不敢靠近肉铺，也不敢靠近其他黑黢黢的专卖店——里面伸手不见五指的黑暗中，仿佛有一双双阴毒的眼睛，在冷冷窥觑他们。越过刘翰时，方白厌恶地看了一眼面色难堪的刘翰，又带着白水吉经过屠夫身边，硬着头皮坐在了赵一对面。

"赵一……你是不是找到了提前完成屠夫游戏的办法？"看着赵一这样有恃无恐地吃饭，方白低声问了一句。

赵一摇头："没。"

方白见他这般，心沉到了谷底。所以……赵一现在是在等死吗？看着面前的这些肉，方白悲从心来。这很可能就是自己最后一顿晚餐了。耶稣死前饭桌上都还有几个菜呢，自己在这里居然就只能吃点儿卤牛肉了。想到这里，方白一把抓起桌上的卤牛肉塞进了嘴里，狠狠咀嚼。死就死！死也要做个饱死鬼！

外面的刘翰见方白二人进入肉铺后都没有事情发生，仍旧踌躇。

就这样僵持了大约半个钟头，车站一楼传来了嘶哑的大笑声："哈哈哈！我赢了！我赢了！你们都要死！都给我死！"

方白和刘翰回头，面色变得苍白。是向卫山！他回来了！

第三章　世界任务

　　那个狼狈的人影从百米开外的楼梯口出现,一条手臂不翼而飞,身上到处都是皮肉外翻的血痕,显然送餐的这个过程并不轻松。他带着一脸鲜血跌跌撞撞地来到肉铺,看着坐在肉铺里吃肉的几人,狞笑道:"什么新人榜榜一,跟我向卫山斗,你也配!老子不过是略施小计,没想到你这种蠢猪真的上当了!你这种垃圾也配跟我向卫山称兄道弟?"

　　赵一点头,表示他说得很有道理:"确实。"

　　向卫山冷哼一声,不知为何,他看着赵一这副波澜不惊的模样,觉得心里特别不爽。死到临头了还装淡定?我倒要看你有多能装!

　　"屠夫!我已经成功完成了你的游戏,并且第一个送去了你的食物,现在,赶紧把奖励给我!"

　　正在碎骨的屠夫闻言,微微低着头,提着满是碎肉的斩骨刀,缓缓来到向卫山面前。

　　远处二楼的楼梯口,向卫山的小弟看着这一幕,内心激动。他们虽然对向卫山此人并没有什么好感,但毕竟在向卫山手下办事,向卫山变强了,他们的地位自然也会水涨船高。

　　向卫山抬头,直视着屠夫,嘴角勾勒起一道极其邪魅夸张的弧度。他知道,只要自己完成了任务,NPC就不会再伤害他。这一刻,他感觉自己仿佛龙王归来!

　　来吧!来吧!全区通报!我向卫山,要成为新人中最靓的仔!我要让所有人知道,你们做不成的事情,我向卫山可以做成!还有那个叫柳若晴的女人,一定会对我另眼相看的吧!

　　这短暂的时间,向卫山脑子里掠过了无数自己未来飞黄腾达的场面,笑容也越发放肆。直到一抹钻心的疼痛从肚子蔓延到五脏六腑,他才从自己的美梦之中惊醒。他缓缓低头,目光落下,看见一个巨大的铁钩穿透了自己的皮肉,鲜血染红了他的衣服。

　　"不⋯⋯"恐惧弥漫,向卫山哆嗦着嘴唇,双目失神。

他想不通，明明自己是第一个完成任务的人，明明他都按照屠夫的要求去做了，为什么屠夫会选择杀了他？该死的是赵一他们啊！他们才该死！不是我！为什么？为什么？！

种种疑惑如溪流在他的心头汇聚，最终聚集于一个特殊的点上——赵一。向卫山缓缓转过头，正在吃牛肉的赵一也对着他笑，礼貌、优雅、风度翩翩，却让向卫山感觉到一股无法抵御的绝望。他明白，自己终究被赵一算计了！

向卫山对着赵一伸出手，双目圆睁，嘴里艰难吐出两个字："救我……"

赵一来到屠夫的身边，看着垂死的向卫山，用仅剩的中指拨弄了一下自己的刘海，懒懒道："你说你没事儿惹我干啥？现在后悔啦？"

向卫山早已经失去了从前的狠辣，死亡的恐惧蔓延至他身上的每一个角落，让他的模样卑微至极！他哆嗦着嘴，像条狗一样求饶道："我……有眼不识泰山……求你……饶我一命……"

赵一不答，抬手对着他比了一个中指，笑容灿烂。下一刻，在向卫山惊骇欲绝的眼神中，屠夫的斩骨刀一刀劈下！天地失去光明。

04 NPC 任务

远处向卫山的小弟们愣在原地，面容惨白。

"发生了什么？向卫山不是完成了游戏吗，为什么他死了？"

他们离得远，不知道具体发生了什么，只看见向卫山一阵叫嚣后，便忽然被屠夫攻击，然后……他死了。

此刻肉铺内的三人脸色同样糟糕。屠夫开始杀人了！下一个会是谁？是站在他身边的赵一吗？他们屏住呼吸，脑子里已经因为恐

第三章 世界任务

惧而变得空白一片。但很快,他们便发现屠夫似乎没有继续屠杀的念头。他转身回到了肉铺,从里面的厨间端出一碗汤递给了赵一:"你完成了我的任务,这是给予你的奖励。"

赵一接过了屠夫给予的肉汤,眼底闪过关于肉汤的信息。

　　物品:屠夫精心烹饪的汤羹
　　品质:消耗品
　　简介:虽是屠夫,但他厨艺精湛无可挑剔,只是不知为何,他做出来的食物,总是包含怨气和愤懑!
　　效果:透支部分生命,获得巨大的力量,并陷入六亲不认的暴乱,持续时间五分钟,暴乱结束后的十二小时内,你将完全失去战斗力!
　　备注:你是想做一辈子的孬种,还是一瞬间的英雄?

"感谢。"虽然这个东西有巨大的副作用,但效果显著,在某些特殊的时候,可以救急。他收下了屠夫的汤药,系统也开始播报起有关赵一的消息。

　　恭喜玩家赵一开拓公会新场景——肉铺,此场景仍旧为中立场景,玩家可以从肉铺之中购买肉类食物,但在此场景附近不会受到任何保护,另外,请不要尝试激怒肉铺的主人屠夫。
　　大世界引导任务完成,根据参与度,玩家赵一获得3天赋点,玩家方白、白水吉、刘翰获得1天赋点。
　　大世界任务已经更新至"解开火车内的怨念",请各位前往系统之中自行查看。

公会聊天室——

△肉铺也被解锁了？

△这个三年都没有人完成的引导任务，居然被破了，爷青结！

△这个新人确实有点东西！

△上个副本里，青狼还在跟我说，想要把赵一这家伙拉进来。

△可惜，这个大世界任务已经被打上了赵一的标记，现在比他等级高的人都做不了这个地图的大世界任务了……除非他死。

△楼上，你的想法很危险啊！

△不杀他，那就只有等他开了下一个大地图，大世界任务彻底放开了NPC支线，咱们才有机会去做。

△等呗……虽然上面的大佬们不怎么管事，但我觉得你真要把赵一这样的人才搞死，他们恐怕也不会坐视不理，毕竟这种人对于公会的价值是很难衡量的！

聊天室里各种发言都有，无非眼馋奖励，但碍于一些特殊的规则，他们不能够接手最近的一些任务，所以，有人动了歪念头，想要赵一死。

"全是混子"公会和其他的公会不同，因为内部没有明确禁止玩家们相互屠戮，所以他们有很多种方式可以搞死其他人，残酷的竞争让这个公会的许多新人都想要跳槽。但换公会比较麻烦，需要经过致命考核，那玩意儿恐怖的死亡率，让诸多企图换公会的玩家望而却步。

赵一在系统通报后并没有第一时间离开，回公会驻地疗伤，而是和屠夫询问起关于他女儿的事情。

"有什么关于您女儿的信息吗？"

劈骨的屠夫停下手里的活计，站在原地思考了数秒，转身回休息室拿了钥匙开门，然后拿出一个老旧的录音器、一个破损的身份证。

第三章 世界任务

"关于生前的很多事情，我已经记不太清楚了。"屠夫如是说道。

录音器上沾着殷红的鲜血，血迹没有干涸，也不会干涸。

屠夫生前对自己女儿的爱在死后转化成了无穷尽的恨意和杀意，附着在了录音器上！可想而知，当年一定发生过什么事情。

赵一从屠夫的手里接过了那张身份证看了一眼。屠夫女儿名叫孙柏柏，是一个非常美艳瘦削的女孩。将这两样东西收回了自己的储物空间，赵一说道："我会尽快。另外……我要带几个人走。"

屠夫冷冷道："你可以带他们全部离开。"

引导任务已经完成，现在他是中立单位，不再对玩家抱有明显的敌意。更何况，赵一还要帮助他寻找女儿，所以屠夫没有拒绝赵一的理由。

店内的几人闻言，面色顿时一喜，激动得颤抖起来。屠夫这意思明显是不会杀他们了啊！不但活了下来，还白捡了2点天赋点！血赚！本来虚弱不堪的白水吉在多了1点力量值之后，已经能够不在方白的搀扶下走路了。

赵一瞟了里面的几人一眼，露出了他招牌式的笑容："不……事实上，我没打算把他们全部带走。有些事，我不能做，但是你可以帮我做。反正这件事，你已经做过很多次了。"

众人闻言神色一僵，旋即猛地明白过来，赵一这是要借刀杀人！

屠夫直截了当地问道："你要杀谁？"

赵一的目光落在了刘翰的身上，后者面色顿时一片惨白！

"不……赵一……你没理由杀我的！我没有做过任何对不起你的事情……我，我和他们一样！"刘翰冷汗直冒，手忙脚乱地解释着。

赵一用左手仅剩下的中指轻轻撩动了一下自己的头发，笑着回道："我从来不介意带着别人一起吃肉，但我有两件事情不能忍受，第一是别人吃我碗里的肉，第二是靠着我吃肉的人……想吃我身上的肉！我对杀人没什么兴趣，不代表我不会杀人，你早该明白这一点的……不过没关系……下辈子，小心点儿。"

当刘翰凄厉的惨叫声响起，宛如地狱一样的场景让方白和白水吉几乎吐出来。远处的一些公会成员虽然隔着黑暗的帘幕看不太清，可也将大致情景收入眼底，脚底的寒气直冲天灵盖。

在那个昏暗的红色灯影下，赵一倏然转过身子，对着他们一笑，半张隐藏在阴影之中的脸，宛如厉鬼一样可怖！他们打了个哆嗦，跌跌撞撞地朝着楼下逃去。

"引导任务完成了，你们要回去吗？"看着已经吓傻了的方白和白水吉，赵一一本正经地说道，"放心，我可不是那种狠心的人，杀人对我这种善良又心软的人来说还是比较艰难的。"

方白小心翼翼地瞟了赵一一眼。善良？心软？杀人对你而言很艰难？你搁这儿骗鬼啊！如果不是亲眼看见刚才赵一谈笑之间就若无其事地解决了两个人，他还真就被赵一这副人畜无害的帅气面庞骗过去了！

"不管怎么说，我这2点属性点是你给的，我得谢谢你！只要不是要我的命，其他都好说！"方白咬牙说着。事情都已经发展到现在这一步了，他也大概明白赵一这家伙根本不是什么善茬。其实他早该想到的。一个能从千万人里杀出来的最强者，怎么可能是一个心善之辈？只是赵一在上一个副本的直播中始终带着杨琳琳这个累赘，让所有观众都以为他是一个烂好人。

四人朝着公会驻地而去，路上能看见不少玩家已经开始运粮。

方白和白水吉走在赵一身后，沉默了一会儿，方白抬头看着前面的赵一与田甜，忽然说道："赵一……"

赵一回头："啥事儿？"

方白面色有一些纠结："你杀了向卫山，恐怕……会有点麻烦！

第三章 世界任务

我之前听一个朋友说，向卫山有一个亲哥，也是'全是混子'公会的人，他进来得早，属于中坚力量。虽然没有人看见你亲手杀死向卫山，不过你成了屠夫游戏的胜利者，他的死和你就脱不了干系了。我担心他可能会报复你……在这件事情上，我们的确没能力帮你，你自己多加小心！"

方白组建起来的小团队没有什么背景，正因为如此，赵一这样的人对于他们而言，是可遇不可求的成员。大家一起经历过了小丑任务和屠夫任务，他看见了赵一的能力，也向赵一展示了自己的诚意。方白能够在刚才竞争激烈的情况下，还帮助无法打包外卖的赵一装好他的食物，已经证明他和刘翰那样忘恩负义、欺软怕硬的人完全不同。

"我会自己小心的。"

对于向卫山有靠山这件事，他并不惊讶，但凡有一些脑子的人，也大抵能够猜到这一点。在一个没有法律束缚的世界里，能在如此短暂的时间内笼络一批人，光靠并不多么出众的武力是完全不够的。

赵一回到公会驻地后，进入自己的房间里，打开电脑，开始搜索孙柏柏这个名字。《地狱》游戏的论坛中记录了许多关于乱界的事情，也许能够从一些帖子里找到蛛丝马迹。不过他几乎翻遍了所有关于孙柏柏的帖子，没有任何收获。那些"孙柏柏"，要么是一些其他地方的同名NPC，要么是玩家。

揉捏了一下自己的眉心，赵一陷入了深思。思考，是解决自己的疑惑、让自己冷静下来的最快方式。

NPC颁布的任务通常是设计好的，这意味着屠夫的女儿不可能莫名其妙就死在了一个没人知道的阴沟里。退一步讲，她就算真的死在了阴沟里，也绝对会化作诡物掀风作雨！

赵一思索了一阵，又拿出了屠夫给他的那个录音器。点开，里面传来了嘈杂的对话——

"柏柏，列车到谷悬镇了吗？"

"爸……这里好冷……"

"冷？柏柏，你现在在谷悬镇吗？"

"我在……我……我不知道……我看不见了呜呜呜……"

"柏柏！到底发生了什么事情？你不要哭，告诉爸，爸帮你想办法！"

"呜呜呜，爸……我……他们……我不想去谷悬镇了……"

"咋回事？柏柏，你给爸说清楚。"

"爸……柏柏好冷……你来接柏柏回家好不好？"

"好，柏柏你在哪儿？爸现在就来接你！"

"我在……在……"

"喂？柏柏？你在哪儿？柏柏！你说话啊！你不要吓爸！柏柏！"

二人的语气很急。单从录音之中，能发现几个有用的信息——

一、孙柏柏登上了一辆去谷悬镇的列车；二、屠夫没和自己的女儿在一起；三、列车中途应该出了什么事情。

赵一点开系统地图。他们公会的区域和谷悬镇之间的地图大部分都处于黑色，没有开发。那些区域，需要他们解锁任务之后才会开放，所以现在他根本去不了。看来，屠夫的任务，必须暂时放一放了。

想到这里，赵一又打开了系统，查看最新的大世界任务。现在距离下个月副本更新还有几天时间，他决定瞧瞧这个任务是否能够上手。

废弃车站

―― 第四章 ――

01 麻烦上门

世界任务：解放火车内的怨念（副本）

推荐等级：3—6级

推荐人数：6人

任务奖励：2天赋点（仅参与者获取）

简介：你来到了废弃的火车站，一番搜寻后，你发现了车站之中还有一辆带着火车头的六节短小火车，你高兴极了，立刻进入火车内检查，想看看这火车能不能发动，却在车厢之中发现了一些奇怪的人影……

这个任务标注是3级到6级，而赵一现在正好是3级。

任务模式采用副本形式，这意味着一旦玩家决定参与这个任务，要么完成任务，要么死！这不像先前的屠夫游戏，玩家在帮助屠夫送外卖的时候，完全可以跑回公会驻地里当个孙子。在那里，玩家是绝对安全的，屠夫就算真的想要杀死玩家也不可能。但这个任务不同。但凡以副本形式出现的任务，必然会将玩家传送进入一个独立的时空之中，玩家根本没有逃离的方法！

柳若晴已经提醒过赵一，乱界之中的大世界任务的危险程度会远远超过副本，而且由于大世界中玩家的性命只有一条，除非有类似替死玩偶这样的特殊道具，不然死了就真的死了，无法复活。尽管如此，赵一并不着急。

他关闭电脑，仰头靠在椅子上，双掌轻轻揉搓，他那双被切掉手指的手掌奇痒。他用嘴撕开了纱布，看见自己手掌上的断指正在

第四章 废弃车站

以肉眼可见的速度再生！先是骨骼，而后是神经、毛细血管，最后是肌肉。三五分钟后，他的手完好如初！很神奇，但在这个诡异的世界里，似乎不是那么让人难以接受。

"砰！"门外传来了沉重的敲门声，确切地说，这更像是踢门声。

赵一去将大门打开，发现外面站着一堆面色不善的人，

他们神色凶悍，气势汹汹，带着冰冷而戏谑的目光看着赵一。

"你们找谁？"赵一明知故问。

"找你。"为首抽烟的文身汉子鼻孔冲得比天高，如果不是情景不大合适，赵一很想请教他，究竟用的什么牌子的洗发水，可以把鼻毛洗得这样油光锃亮，洗得这样茁壮！

"虽然我知道这么说会显得我有些幼稚，但是你那浓密飘逸的鼻毛不梳一个有趣的发型，实在是有些愧对你那两个大鼻孔。"

赵一一开口，那文身汉子就感觉自己浑身的血都冲上了脑门儿。好毒的嘴！他双拳紧攥，想要进入赵一的房间，但显然这是徒劳的。别说是他，就算是公会的会长权叔想要进来也没可能。

"你小子闯了大祸还不自知，竟然还敢在这里辱骂我？我看你是活得不耐烦了！"那人死死贴住门口的空气墙，双目喷火。

看着这汉子一副要将自己生吞活剥的模样，赵一的脑门儿上浮现了一个灯泡，立即从自己的茶几上拿来一个硕大的榴梿，放在了门口的地面上。

"这玩意儿是柳姐送我的，本来想吃，但确实没找着工具，反正你们闲着也是闲着，不如帮我开个榴梿。"

门外的人闻言，呼吸为之一滞，像看智障一样打量着赵一，心想这人究竟有什么毛病？但凡长了眼睛的人，都应该晓得他们是来找麻烦的，这家伙居然还企图让他们帮他开榴梿？

"你似乎并不明白眼前的处境……不过我可以大发慈悲地告诉

你……"那个死死贴住空气墙的文身汉子尽可能地让自己的表情凶悍，好借此吓唬住赵一。

"不用了。"赵一果断打断了他的话，后退一步并开放了权限。

空气墙瞬间消失，文身汉子反应不及，一个趔趄直朝着面前的地面扑了过去。"啊！"他怪叫一声，瞪大了眼睛，眼睁睁看着自己的脑门儿狠狠撞在了满是尖刺的榴梿上！

"啪！"榴梿开了，壳上还带了点血丝。

赵一蹲在地面上，看着被砸成了几块的榴梿，像是拍狗一样拍了拍文身男的后脑勺，表扬道："你这脑门儿真牛！是不是练过铁头功？"

趴在地面上的文身男何时被新人这样羞辱过？他浑身颤抖着，愤怒冲昏了他的脑袋："我练个屁！"他宛如发疯的野兽，怒吼一声，拍地而起，就要给赵一两拳撒气，然而下一刻他被一股恐怖的力量像扔垃圾一样直接扔出了房间。

原来是赵一关闭了房间的共享权限。

"谢谢你帮我开榴梿。"赵一抿了一口榴梿的果实，对着外面双目喷火的文身男笑道。

文身男猛地捶击赵一门口的空气墙，狞笑道："有本事，你就在里面躲一辈……"

"砰！"他的狠话还没有放完，赵一已经把门关上，只留给他一个偌大的404门牌号。文身男脸上的笑容瞬间僵硬，看着面前的房间号牌，感觉自己的肺都要炸了！这个新人……这个叫赵一的新人……该死！该死该死！他怎么敢？！怎么敢对自己这样无礼！

正在他面色阴沉得能滴水的时候，一旁传来了不合时宜的笑声："扑哧！"

文身男闻声缓缓转头，用那张被榴梿壳的刺扎满了洞的脸，面向身旁的一个小弟，冷冷道："你在笑什么？"

第四章 废弃车站

那名小弟立刻收起了脸上的笑容,浑身哆嗦:"我……想起了高兴的事情……"

文身男步步逼近,身上的气势压得那个身形瘦弱的小弟喘不过气:"什么高兴的事情?说!"

小弟哭丧着一张脸:"进来之前……我老婆……难产死了,隔壁老王哭得比我还伤心,你说他傻不傻?"

众人闻言,忽然朝着他投来了"兄弟坚强"的目光。

文身男也不再责怪他,选择了原谅,带着满腔怒气朝着楼下走去:"给老子全天二十四小时盯紧这个杂种,老子就不信他不出来!这家伙是老大要的人,不要马虎和疏忽!"

"是!"一群小弟哈腰,拿着武器死死盯住赵一的门口。

晚上,照例吃完饭出门散步的赵一被逮住,抓到了公会驻地的511房间。一个看上去温文尔雅的中年人坐在房间之中,正缓缓沏茶。他身上有一股浓烈的上位者气质。

"卫山是和你一起执行的屠夫游戏?"中年人徐徐开口。

赵一回道:"对。"

中年人放下了紫砂壶,抬头瞟了一眼赵一,淡淡道:"他怎么死的?"

赵一:"我杀的。"

"为什么要杀他?"

面对中年人的询问,赵一陷入了思考。良久,他抬头露出了一个让人不寒而栗的笑容:"如果你问我是谁杀了向卫山,我一定如实告诉你是我杀的。但你问我为什么要杀他,我还真一时回答不上来。也许是因为……好玩?"

他这话出口,身边的几人都下意识地退了小半步。虽然他们都是10级以上的玩家,面对赵一这样的菜鸟不应该会有这样的反应,但这一刻，他们确实莫名觉得浑身发毛。

在极端的生存环境之中，因为自私而互相残杀的事情屡见不鲜，人们对此已经习以为常。但有一小撮人，他们杀戮并不是为了生存，显然赵一也是这一小撮人之中的一个，而且是十分危险的那一个。

因为觉得好玩所以杀人，这不算是一个适合的理由，或者说根本不是理由，所以这种人非常危险。他可能上一秒还在跟你嘻嘻哈哈，下一秒就掏出一把猎枪对准你的脑门儿，将你崩成烂西瓜，你根本不知道自己什么时候就会进入对方的猎杀名单。

与他的小弟不同，喝茶的中年人显得很平静，他认真注视着赵一，问道："知道我是谁吗？"

赵一："不知道。让我猜猜……你是向卫山的哥哥？"

中年人点头："没错，你既然听说过我，那就应该明白，我向拔邦是个什么样的人……"

他话还没说完，赵一就打断了他："不，事实上我没有听说过你，而且我严重怀疑你不是你父亲亲生的，不然你父亲着实不应该给你取这么个极具个人恩怨色彩的名字。"

赵一这话说得十分严肃，也绝非在信口胡诌。毕竟怎么会有父亲给自己儿子取这么离谱的名字呢？

房间里的小弟们脸色苍白，不时投来同情的眼神。为向拔邦服务这么久，他们早知道向拔邦是个如何残忍的人，也明白作为猛冲帮的帮主，向拔邦最是忌讳别人拿他的名字开玩笑。赵一这是在找死啊！

"你觉得自己很幽默吗？"向拔邦微微低垂着眼帘，语气之中已经隐隐有了挥之不去的杀机。

"还行吧，我这个人平时的确还是很幽默的。光用一个'帅'字来概括我，确实显得有些单薄。"赵一居然大摇大摆地坐在了向拔邦房间的沙发上，跷着二郎腿，开了一瓶水。

第四章 废弃车站

向拔邦在这个诡异的世界混了这么些年，终于爬到了现在这个位置，在"全是混子"公会里勉强当上了一方土皇帝，平日里全是新人费尽心机巴结他，哪里有像赵一这样敢大胆冒犯他的狂徒？

先前的那名文身男掏出了一把枪，从后面对准了赵一的头，目光凌厉。只要向拔邦一声令下，他就会崩碎赵一的头。虽然在公会驻地之中，玩家不会死亡，但也正因为不会死，他们有无数种可以将赵一折磨到发疯的办法。

"你敢杀老大的弟弟，就应该为此付出代价！"文身男面色极其狰狞，不久前赵一对他的羞辱尚且历历在目。作为一个《地狱》游戏的老人，被新人如此羞辱，不找回场子，日后在自己小弟面前，他还如何能抬得起头？

"我懂，他可以杀我，我不能杀他。"虽然被枪指着头，但赵一全然不慌，"因为他有一个好哥哥，我没有。"

向拔邦眯着眼，冷冷道："你既然知道这个道理，就更不应该杀我的弟弟！"

赵一喝了水，将瓶子放在了茶几上，然后用手做出一个手枪的姿势，对准了向拔邦："知道我在想什么吗？"

向拔邦冷冷道："我不需要知道一个疯子的想法，但很快……你就会知道我在想什么……"

赵一打断他的话，表情忽然变得极度狰狞和不甘："我在想，如果这时候我手上有一把猎枪，我就能一枪把你的脑袋轰碎！"

看见赵一露出了这个表情，向拔邦不怒反喜，感觉自己扳回了一城，恢复了他的风度。他轻轻拂去衣上的灰，点了根烟，嗤笑道："瞧瞧你，可怜得像个爬虫，穷到甚至连把枪都买不起！我……"

"砰！"他话还没说完，赵一手中居然真的出现了一把猎枪，并且扣动扳机，当场给了他一枪！一缕青烟缓缓从赵一手中黑黢黢的枪口升起。

房间内的人全部傻了，鸦雀无声！在公会驻地内，哪怕玩家被烧成灰也能够复活，但这并不重要……重要的是一个等级只有3级的新人玩家，居然拿着枪在一个22级玩家的房间里直接把对方崩了！

"你们是不是以为他应该躲开这一枪？"赵一露出了笑容，在众人震撼而虎视眈眈的目光之中把枪收了回去。

他要做的事情已经做完了。赵一知道自己今天很难主动走出这间屋子，但在这些人弄死他之前，他决定先做点什么。他知道，在对方有所防备的情况下，自己决计没有办法对向拔邦造成任何伤害。所以，他再一次使用话术和演技岔开了向拔邦的注意力，让对方产生了自己没有枪的错误判断，最后再出其不意拿出枪械给了对方一下。

或许向拔邦的力量值很高，但显然他没有兑换过一些强力的血脉或是强身类型的诡物残肢，所以他的身躯不足以挡下那一枪。

下一刻，回过神来的文身男也一枪崩碎了赵一的脑袋！

对于死亡，赵一并不陌生。在他失去意识不久，他又来到了一个熟悉的黑暗囚笼中，里面关押着千余名奇形怪状的恐怖怪物。它们被铁链死死绑在青铜柱上，对着赵一疯狂嘶吼。

赵一是这里的常客。他并不畏惧这些可怕的怪物，相反，这些怪物其实在害怕赵一，因为它们正是赵一从外面的世界抓回来关在这里的——从赵一病人们的身上。

在它们的眼中，赵一没有形状，是一片未知的隐秘，是不可解读的真意，是凌驾于这片未知的边缘之地的主人。

愤怒、嫉妒、偏执、暴虐、嗜血……赵一能够清楚地叫出这些被他锁在这里的怪物的名字。只要他走过去，那些冲着他愤怒咆哮的怪物就会埋下头装死。

正当赵一巡视自己的领地时，灰蒙蒙的天空忽然开了一道口子，

第四章 废弃车站

放出了一道明光。

"这么快就复活了吗?"赵一抬起头,感慨了一句。

再一次睁眼,赵一已经被五花大绑地绑在了一个电椅上。明亮的光,让赵一甚至有些不那么适应。

面前围着一群凶恶无比的人,正带着戏谑和残忍的笑容看着赵一。

向拔邦已经擦干净了身上的鲜血,换上一身干净整洁的西装,面色阴沉得似乎可以滴出水来。说实话,赵一刚才那一枪对他的身体没有造成什么伤害,但对于他的精神伤害极大!

这么多小弟看着,自己一个22级的老玩家,居然被一个只有3级的新人在自己的房间里爆头,这是何等的耻辱,何等的丢人!传出去了,叫他把面子往哪儿搁?

向拔邦不能接受!他决定不再跟赵一这种人废话,直接上刑具,先让赵一体会极端的痛苦,让他声嘶力竭地哭喊求饶,给自己找回场子,等赵一日后主动离开公会驻地后,他们再想办法把赵一做掉!

"知道这是什么吗?"向拔邦抬起右手,拿着控制器狠狠问道。

"啊哈,电椅……嗯,对于普通的人而言,这的确是一种极难忍受的惩罚,然而对于我……显然不太有用。"

赵一脸上还是那瘆人的微笑。向拔邦看见这个笑容,忽然被激怒了,脖子上青筋暴起,身上那装出来的气质也消失不见,转而变成了疯狂。他猛地摁下手中的电流器,电椅上的强电流在一瞬间贯穿了赵一的身体。

赵一猛地抽搐了起来,头发也爆炸成一团,身上的肌肤在强电流的贯穿下直接炸开火花,迅速泛白。仅仅过了数秒,众人已经闻见了空气之中的肉香味……赵一埋着头,一动不动。

大约又过了一分钟，赵一身上的伤势开始恢复，人也渐渐清醒了过来。

"感觉如何？"向拔邦狞笑道。

赵一回复道："还行，强电击能在短时间内带给人巨大的痛苦，但如果能够适应的话……其实也还是蛮舒服的，要不你再多来几下？"

向拔邦的笑容僵住了，众人的呼吸为之一滞。舒服？这个赵一……难道有受虐倾向？这这这……这怎么搞？失去主意的众人望着向拔邦，希望他出点主意。

向拔邦死死盯着赵一，眼中布满血丝："你一定很痛吧……装什么装？痛就叫出来啊！别忍着！"

赵一垂眸，看了一眼他手里的控制器说道："这东西能给我吗？"

向拔邦闻言，表情戏谑道："怎么？刚才还装硬骨头，现在害怕了？"

赵一回道："不，我觉得刚才的产品体验还不错，你要是不按的话，我可以自己按。"

向拔邦："啊？"

一群人瞪着赵一，愣是半晌没说出话。这人……指定有点毛病！

赵一见他们不说话，自顾自地说道："其实光玩电椅确实有一些乏味，你们可以多一点儿花样嘛！比如什么温水煮青蛙、铜牛闷红肉、活烤鹌鹑蛋……最绝的是什么你们知道吗？"

众人一脸麻木地摇摇头。赵一猛地摇动电椅，往前凑了几步，吓了向拔邦一跳。他猛地掏出了自己的灵魂武器——一根大电棒，对准了赵一，浑身绷紧！

放在以往，他定会觉得自己这种行为很可耻。一个22级的老玩

第四章 废弃车站

家,在面对菜鸟的时候,竟然还要严阵以待,但在被赵一爆过头之后,他反而担心赵一又在搞什么幺蛾子,想再趁他不备把他弄死一次。如果再发生这种事情,那才是真正的颜面扫地!

但这一次,赵一显然没有想法也没有能力再伤害他。

看着一脸警惕的向拔邦,赵一兴奋说道:"最绝的,是从前一个病人告诉我的一种刑罚——剥皮!你想知道怎么才能将一张皮完整得剥下来吗?"赵一说着,越发兴奋起来,眉飞色舞。

众人看着唾沫翻飞的赵一,只觉得浑身发冷,下意识离他远了些……这个家伙……真的是人吗?

看着他这副模样,向拔邦一屁股坐在了身后的椅子上,愁眉苦脸地点了一根烟。这大抵是他第一次因为不知如何折磨一个人而如此头疼。

在公会的驻地这种安全区域,他们根本杀不了赵一,在不能把赵一拖出公会驻地的前提下,折磨与威胁是他们让一个玩家快速认错的唯一方法。只是现在……这个方法对于赵一根本不起作用。这个家伙恐怕不只是个受虐狂,还是一个内心极度扭曲的疯子和变态!

良久,向拔邦熄了烟头。他还没开口,门口忽然传来了清脆的敲门声,一名小弟在向拔邦的眼神示意下打开了门。美艳而妖媚的身影出现,烈焰红唇,眼泛春波。

"赵一,跟我走一趟。"柳若晴慵懒开口。

赵一猛地晃晃电椅,努力转过身子,然后在被五花大绑的情况下通过自己的臀大肌精妙发力,像蜗牛一样来到了门边。

那些凶神恶煞的小弟,没有一个敢拦下他。他们望向柳若晴的眼神之中除了赤裸裸的欲望,更多的是无法抹去的恐惧。

"在我的地盘,要人不和我说一声,不合规矩吧?"向拔邦今日被赵一搞得颜面大损,本来心情就极差,现在柳若晴更是直接无视了他，要将赵一带走，这简直是要把他的脸扔在地上可劲儿踩。他一个平日里嚣张跋扈惯的人，如何能够忍受？

赵一挪出房间，柳若晴素指轻动，赵一身上的绳子居然就全部脱落了！而后柳若晴才抬头看了一眼向拔邦，美眸里泛起了一丝迷糊："你哪位？"

短短的三个字，直接让空气都凝固了。向拔邦死死攥着拳头，额头的青筋一直在跳，但他仍然努力让自己的表情不过分崩坏。

他想要冲出去直接杀了柳若晴，但他知道，自己根本不是柳若晴的对手，二人的实力相差太大！这个看上去媚到骨子里的女人，是整个骨区的顶尖战力之一，就算他有天大的气……也必须忍！

"我在七楼没有看见过你。"柳若晴语气中带着一股淡漠。

七楼，是"全是混子"公会的玩家中战力最顶尖的那一批老人所居住的楼层。只有得到这些老人的认可，其他人才有资格入住第七层。也正因为这样，在"全是混子"公会中，七层的玩家和七层以下的玩家，地位是完全不同的。

这种可怕的落差，随着玩家渐渐变强会越来越明显。这也解释了为什么很多人都觊觎柳若晴的美色，但他们活得越久，变得越强，就对这个女人越发畏惧。

"另外，副本里怎么样我管不了，但是这个人，你要是在公会驻地敢乱动……"柳若晴冲着向拔邦露出了一个俏皮的微笑。后者的面色由愤怒骤然变得苍白，他紧攥的拳头在颤抖，后背也渗出了冷汗。

柳若晴转过头，领着赵一离开了。

向拔邦沉默地坐在自己的位置上，许久后才对着那个文身男吩咐了些事情，后者面色奇异，阴冷中透露出一丝狰狞。

"去吧，手干净些，别给我惹上麻烦。"向拔邦冷声说道，文身男点头，也离开了他的房间。

第四章　废弃车站

"砰！"

女人关上门，对着沙发上剥着砂糖橘的赵一翻了个白眼："你倒是不客气。"

赵一回道："第七层的光景很好。"

柳若晴一屁股坐在赵一对面的沙发上，跷着二郎腿，开衩的丝绸睡袍滑落，露出一双让人疯狂的长腿："有什么好不好的，跟下面还不是一个样？"

赵一吃了橘子，又抽纸擦干了自己的手，对着正饶有兴趣打量自己的柳若晴说道："你救我，想要让我帮你做什么事情？"

柳若晴一只手撑住微尖的精致下巴，语气玩味："就不能是我为你打抱不平？"

赵一笑了起来："可以是，但我不是很喜欢欠别人人情。而且我认为你这样的女人，心肠一定比大部分人要狠辣阴毒，因为只有这样，那些恶徒才会这么畏惧你。"

柳若晴闻言，掩着嘴"咯咯咯"地笑了起来："你真有意思……那你猜猜，我为什么会救你？"

赵一想了想："不知道，但肯定不是因为我长得帅。"

柳若晴翻了个白眼，给自己倒上一小杯红酒，送入朱唇："你长得像我一个……熟人。"

赵一笑道："不会是前男友吧？"

柳若晴眨巴眨巴自己的大眼睛："还真是。"

赵一噎住。

柳若晴继续说道："我跟他……还有一些没有了结的恩怨。"

"那你直接去找他不就好了？"

"他死了。"

"怎么死的？"

柳若晴指尖轻点了一下掌中的高脚杯，发出了清脆悦耳的动听声音:"我杀的。"

赵一好奇道:"为什么?"

柳若晴没有回答赵一,那双泛着秋波的桃花眼轻动:"怎么?你这么想了解我?"

赵一摸了摸自己的鼻子,笑道:"抱歉,职业病了。"

柳若晴浅浅一笑,陷在松软的沙发里,回忆起以前的事:"遗忘天使……曾经接触过上千名封国最恐怖危险的精神疾病患者,并且成功治疗了他们的心理创伤,使其完全恢复,成为正常人。你这么厉害,能否也帮我治一治病?"

赵一双手交叉,平放在腿上,认真道:"老实说,你的病不太好治。"

柳若晴眯着眼:"你都没问过我什么病。"

赵一解释:"心理学上的疑难杂症虽然有很多,但最难治疗的是你这种看似没有病的病人。用我的话总结,你这属于'清醒病症',要比那些偏执狂难治疗得多。"

柳若晴抿了抿嘴,可怜巴巴地望着赵一:"赵大夫,你一定可以治好我的对不对?"

赵一回道:"需要时间,而且不短。"

柳若晴伸手撩开自己的头发,媚眼如丝:"我最不缺的就是时间……如果宝贝儿你能够治好我的病,那么我会送你一件珍贵的礼物作为报酬哟!"

赵一沉吟道:"我试试。"不开玩笑地说,柳若晴是他治疗过的病症最重的一名病人。赵一对她很感兴趣,但并没有十足的把握治好柳若晴的病。

"另外,向拔邦之后不会在大世界里直接找你麻烦了,我已经提醒过他。他虽然狂妄,但也算是个识趣的人,不过副本里的危险,只能靠你自己解决了。"柳若晴如是提醒了赵一一句,没有再挽留赵

第四章 废弃车站

一,让赵一自己离去了。

出门拐弯,他在楼梯口看见了抱着破旧小熊的田甜:"田甜,你怎么在这里?"

面对赵一的询问,田甜可爱地晃了晃自己的身子:"维尼说,你有危险,让我过来看看你。"

赵一瞟了一眼田甜怀里的小熊,亲昵地摸了摸它身上的绒毛。即便赵一在抚摸的时候,手直接穿过了小熊,但这并不妨碍田甜露出了开心的笑容。

"赵大哥,你没事真是太好了!时间不早了,方白做了点儿吃的,让你有空去他的房间里一起吃个饭。"

赵一点点头,揉了揉田甜的头,和她一同去了方白的房间。白水吉也在这里。

"新的任务又死了很多人。"她看见赵一,露出了一个抱歉的笑容。不久前的屠夫游戏,她并没有留下来帮助赵一,这难免会让她自责。不过自责归自责,如果再来一次,她还是会这么做,别人的命不会比自己的更值钱。

四人围坐在一个火锅面前吃着肉,方白看了一眼赵一,问道:"向拔邦没把你怎么样吧?"

赵一摇摇头:"柳姐那里是你们通风报信的?"

方白苦笑着开了一瓶啤酒,递给赵一:"我看见你被抓过去了,这不是担心吗?我又没有背景,没有能力做些什么,只能去找公会高层的大佬们了。权叔几人似乎有什么事情要去办,七楼就只有柳姐和一个敲不开门的老玩家,幸亏柳姐心地还是比较善良,不然你日子可就不好过了!"

赵一笑笑不说话。吃了几口,他转移了话题:"新任务死了多少人?"

"去了六组,死了六组,一组六人,共三十六人。"方白为赵一介绍,面色有点踌躇和忧郁,"其实这个任务我不是很敢去接,它很可能已经完全超出咱们的能力范围了!"

赵一咬住一根辛辣的羊肠,满嘴流油:"不试试怎么知道?你们不去的话,我就自己去了。"

方白瞟了赵一一眼,心里愈发纠结。他极想和赵一一样胆大包天、肆意妄为……但他就是没有办法说服自己拿自己的性命开玩笑。要2点天赋点还是一条命?他们输不起!

"死的人的尸体被随意丢弃在了车站,死状极其凄惨,已经几乎没有人样了,似乎在死前遭受过巨大的恐惧和痛苦。最麻烦的是,没有任何信息从副本之中传来,谁也不知道副本究竟是什么样的。"

白水吉同样觊觎那2点天赋点,可那个任务的恐怖死亡率让她望而却步。

赵一偏过头对着田甜问道:"田甜要去吗?"

正在疯狂干饭的田甜似乎都没有听明白赵一在说什么,但还是同意了下来。这个小姑娘和先前一样,似乎对于周围的一切都不是很关心,包括自己的性命。

吃完饭,方白和赵一喝了两瓶啤酒。其间白水吉改了主意,决定要和赵一一同前去。屠夫游戏时发生在她身上的一切让白水吉清晰地认识到,力量在这个世界里究竟有多么重要!

"祝你们成功!"

方白送他们出了公会驻地,三人再一次朝着废弃车站走去。

02 副本开启

从进站口进去,与小丑打了个招呼,赵一等人便直接进入了检票口,去了站台。

第四章 废弃车站

昏暗的站台上铺满了残骸,幸得附近围了不少玩家,一些人在帮忙打理,否则光是这可怖的场面,就足够骇退一些胆小的新人。

站台旁有一辆短小的火车伫立于杂草丛生的铁轨上,锈迹斑驳的外壳昭示着被岁月洗涤过的痕迹。火车头的不远处,一个神秘的光圈在发亮。大部分玩家距离这个光圈比较远,似乎有些忌讳。看样子这个光圈就是副本的入口了。

"你们别跑啊!不能因为死的人多,你们就不做任务了啊!2点天赋点呢!"

光圈附近站着四个人,他们和附近的玩家招呼着,似乎想要拉人入伙。

要开启这个副本,最少需要五人,他们还差一个人,但暂时没有玩家愿意加入。赵一三人来到了他们之中,相互简单自我介绍了一下。

四个人分别是地中海发型、模样十分油腻的中年大叔王绪,看上去十分文静的女生李妙妙,满身肌肉的青年温泷,以及拄着拐杖的白发老妇人秦秀芳。他们一听到赵一也在队伍里,脸色发生了些许微妙的变化,中年男人还热情地和赵一聊起了家常。

李妙妙对着中年油腻男投去了厌恶的目光,似乎对这个男人这样强行和赵一拉近关系的拙劣手段感到恶心。

"既然各位都准备好了,那咱们就进去吧?"最先开口的,居然是那个老妇人秦秀芳。

其他几人彼此看了一眼,王绪道:"好,这个副本死了这么多人,想必里面一定会有咱们想象不到的危险,咱们一定要团结起来!"他说完,伸出手,示意众人将手放上来。

其他人都照他说的做了,唯独李妙妙迟疑了片刻。最后,虽然觉得不舒服,她还是将手放在了最上面。

"加油,各位!"王绪大喝一声,打气助威。

接着,他们迈入了光圈之中,眼前一阵白色,失去了意识……

"轰隆——"巨大的雷声响起,雨珠在被乌云包裹了许久之后,终于按捺不住激动的心情,猛地冲杀向地面。

赵一睁开眼,发现自己竟坐在了火车的六号车厢。他打量了一下附近。外面天很黑,下起了暴雨,站台上一片残破,除了水珠,看不见活人,也看不见地面上玩家的残骸,车内弥漫着一股灰尘和铁锈交错的气味。偌大的车厢很是空旷,车灯坏了,在不停闪烁。周围的环境除了冰冷就是死寂,没有其他玩家的影子,看来他们被分散了。

赵一缓缓起身,来到了中间的过道,还没来得及探索,身后便传来诡异的笑声:"嘻嘻嘻……"

赵一听见这笑声,并没有第一时间回头,而是不为所动地继续朝着前面探索,并搜集一些重要的东西,比如一盒散落在地面上的铅笔、一个破旧的画着各种涂鸦的铁质文具盒。既然副本任务是让他们解开这些怨念,那么赵一就必须知道这里曾经发生过些什么事。

"嘻嘻嘻……"那个让人汗毛倒竖的笑声又响了起来,距离赵一更近了。听得出来,这是个小女孩的声音。但赵一还是没有回头。

他拿着文具盒端详。这个铁质的文具盒有一定硬度,普通人一只手捏的话,不一定能捏变形……但赵一手中的这个,已经被侧向挤压成了扭曲的形状。赵一目光侧视,发现在这节车厢的一个角落里有一个破破烂烂的书包,还有一个娇小的黑色行李箱。

赵一若有所思,将文具盒收起,朝着角落的书包走去。书包内是些小学课本和作业本,课本上有许多小孩子的彩色涂鸦,没有太多的价值。作业本上字迹工整,每一页的作业后面都有家长签字,笔迹行云流水,看上去这个孩子的家长很关心自己孩子……的学业。

赵一的目光扫过了角落里的黑色小行李箱。

第四章 废弃车站

行李箱:高级危险

注:你有足够的好奇心,但……绝对不要尝试打开它!

赵一似乎有所明悟,直接朝着行李箱走去,随着他走到行李箱的旁边,身后的诡异笑声也来到了他的背后,几乎是贴着他的耳朵发出。

"嘻嘻嘻……打开它……打开它!打开它!打开它!"

徘徊在赵一耳畔的这个声音具有神奇的魔力,它似乎可以在一定程度上控制玩家的行为,赵一的手指不由自主地便摸上了行李箱的拉链。

耳畔那个阴森的声音不断重复着,让赵一快点打开这个黑色的箱子,只是赵一的手停在了拉链上,一动不动。渐渐地,那个声音越来越没有耐性,但赵一是死猪不怕开水烫,最后,他甚至直接无视了这个声音,起身朝着五号车厢走去。

身后,一个幼小的诡异的扭曲黑影看着赵一的背影,眼中露出极度的不甘。它的影子缓缓消散,但没过多久,赵一居然又后退着回到了车厢之中!他的手又一次鬼使神差地摸上了那个黑色的行李箱。

于是那个诡异的黑影再一次如约而至,苍白冰冷的脸上露出惊喜的笑容,站在赵一身后,歪着头叫嚣道:"对,就是这样!打开它!打……"

话说到一半,骤然停住。事情的发展,似乎和它想的……有一些出入。只见面前的赵一的左手轻轻抚摸着黑色箱子,右手忽然掏出了一柄明晃晃的手术刀!

他露出了灿烂的笑容,而后猛地一刀扎进了行李箱内!

第一刀进去,感觉像是扎进了淤泥堆中,紧接着腐臭的鲜血沿着缝隙流淌了出来。黑色手提箱内砰砰作响，似有什么剧烈地挣扎了起来。赵一紧攥着手术刀，开始沿着这个小小的缝隙精准而疯狂地出刀！

力量高达 21 点的他，现在的手速非常快，手术刀每一次都准确命中了同一个位置！若是换作其他玩家，这种攻击方式对诡物或者生命力强大的怪物几乎没有任何作用。但赵一不同，他的灵魂武器上有轻微的混乱伤害。虽然不知道这个伤害的具体数值是多少，但从每一次攻击都能溅出不少血液的情况来看，这点儿微弱的混乱伤害已经足够。

反正这只诡物不能够主动出来……那他就不客气了！

出刀上千次后，赵一的耳畔终于传来了系统提示音——

恭喜你击杀了怨诡，灵魂武器获得强化。

正在尝试重建邪神模因……0.02%……重建失败，需求能量不足，请再接再厉……

此次重建模因，你获得力量4，灵魂武器获得些许微弱的混乱力量。

"终于死了吗？"

黑色行李箱中，大量的腐臭血液沿着缝隙渗出，赵一身上、脸上也染上了大片血迹，耳畔那个幽冷的声音不知何时已经消失了。

那个离他极近的黑影小心翼翼地后退，似乎生怕惊醒沉默中的赵一……然而，它还是不小心发出了一点儿声音。黑影顿时心口一紧，它屏住呼吸，大气也不敢喘上一口。可提着手术刀的赵一还是缓缓转过了身子——被血染黑的脸上挂着怪异的笑容，眼睛也泛着红光，模样宛如一只从地狱里爬出来的厉鬼！

那飘在空中的黑影被赵一吓住了，一下子坠落在地，连滚带爬地往后退:"你……你不要过来啊!"

黑影疯狂后退,眼见着赵一步步逼近,它的心脏都挤到了嗓子眼!啊啊啊!这次进来的是个什么东西啊?怎么这么凶!他不会想要杀了自己吧?终于,它被赵一逼入第六节车厢的死角,后背紧紧贴住车壁,瑟瑟发抖。

走近了些,赵一才终于看清楚了这黑影的模样。是个小女孩,模样十分可爱,就是性格有点不可爱。

"呜呜呜……"她蜷缩在一个角落里嘤嘤哭泣,"我不是有意要害你的,我也是被逼的……"

赵一上前,收起了手术刀,揉了揉她的头,安慰道:"不要害怕,我是好人。"

小女孩泪眼汪汪抬起头,惨白的腐烂面容在这一刻显得如此委屈:"真的吗,叔叔?"

赵一额头闪过一丝青筋,而后猛地掐住了她的脖子:"你……叫哥哥!"

诡物小女孩见状,急忙改口:"哥哥!"

赵一顿时满脸慈爱地松开了手,温柔地拍了拍她的头:"这就对了嘛,我问你,这辆火车以前发生过什么事情?"

小女孩咬着自己的嘴唇,面色惨白:"我……我不能说!它……它监视着我,如果我说了,它就会立刻感知到!"

赵一眯着眼:"它是谁?"

小女孩摇了摇头,颤抖得厉害:"课本第三十八页的《师说》教过我们,秘密是不可以随便告诉别人的。我是好孩子,我不能乱说坏话!"

赵一瞟了一眼行李箱旁边的那本涂鸦课本,抚摸了一下小女孩的头:"哥哥知道了,你不想说,哥哥不问就是。"

他转身来到了黑色行李箱面前,将课本扔进了自己的储物空间,又把其他的东西收入那个破书包中,把散落的笔装进了文具袋。然后赵一站起身子,将书包还给了小女孩,笑道:"自己的东西不要乱扔,不然以后找不到了会哭的哦。"

小女孩愣了一下,有些手足无措地接过了赵一递来的破旧书包,抱在了怀里。她低着头,头发遮住了脸,不知道在想什么。

赵一转身就要离开去五号车厢,小女孩看着赵一的背影,忽然叫道:"谢谢你,哥哥!"

赵一回头,微微一笑:"不用谢。"

小女孩面色纠结,但最后还是咬牙道:"哥哥,去一号车厢!"

赵一刹那怔住,旋即和小女孩挥了挥手:"知道啦!"

看着赵一离开了六号车厢,进入五号车厢的黑色迷雾之中,小女孩的目光回到了那个黑色行李箱上,它紧紧抱住自己的破旧书包,竟流下了血泪……

六号车厢和五号车厢之间有一个不长的小走道,老式的绿皮火车都是这样的。赵一离开六号车厢后,才拿出那本小女孩的课本,翻到了第三十八页。果然有一篇《师说》,上面还用四种不同颜色的笔做上了密密麻麻的笔记。乍一看,好似什么都没有,但赵一扫过几遍后,便发现了其中的玄机。相同颜色的笔圈出来的字,恰好可以拼凑成一句话——

控制室有最新的晨报和地图。发动火车需要柴油。不要去驾驶室。它会一直盯着你!

进入那团伸手不见五指的黑雾之中后,赵一眼前骤然变暗了,但转眼又明亮了起来。

五号车厢内的玩家是油腻的中年男人王绪和面色苍白冷清的女人李妙妙。他们被三只诡物围在了角落的一盆幽蓝色的火旁,瑟瑟

第四章 废弃车站

发抖地交流着什么。

车厢内凭空多出来一个人，难免会引起注意，二人三诡的注意力被吸引过来，都怔怔地望着赵一。两名玩家明显兴奋激动得不行。显然，他们遇见了某些解决不了的困难，而赵一的出现给了他们希望！

"太好了！赵一你来了！快来救我们！"王绪对着赵一招手，脸上满是汗珠。他的手在抖，不知是因为兴奋还是因为恐惧。

赵一朝着三只诡物走去，他们面容苍白，没有一丝血色，目光十分冰冷。

"外来者禁止参与游戏！除非你愿意用生命作为筹码！"三只诡物一说完，二人的脸色顿时就变了！

李妙妙见赵一没有第一时间开口，皱眉道："赵一，你还在犹豫什么？大家现在可是一条船上的战友，你这样见死不救，未免也太自私了吧？"

一旁的中年男人闻言急忙摆手道："这个游戏不难的，以你的能力，应该很容易就能完成。"

赵一瞟了李妙妙一眼，挑了挑眉毛："玩游戏是吧？行，玩什么？"

见到赵一答应下来，中年男人王绪暗中呼出一口气。李妙妙这个女人不知道是哪家的公主，娇生惯养出来的毛病，跟谁说话都是一副高高在上的模样。明明可以好好说，她非得站在道德制高点上对其他人指指点点。刚才他真怕李妙妙得罪了赵一，赵一直接扔下他们不管。好在这个新人榜榜一看上去脾气不错……还挺好相处的。

在他自个儿瞎琢磨的时候，赵一已经加入了游戏。诡物再次向三人陈述规则。

"这个游戏名叫猜猜猜。十分钟内，你们必须找出我们的死因。你们总共可以提三个问题，我们不会撒谎，但你们不能够直接询问我们的死法为何。任务失败后，我们会拿走他们两人一条胳膊，而你……会死！"

诡物恶狠狠地说完后，赵一淡淡地扫了二人一眼。李妙妙还是那副高冷清傲的模样，双手抱胸，似乎在她的眼里，赵一拼上自己性命来拯救她的一条胳膊是理所当然的事情。中年人脸上同样没有任何惭愧，只露出一副讨好的假笑。

"另外，他们二人的问题已经问完了，只剩下最后一个。你们想清楚再问。"三只诡物露出贪婪的笑容，那双泛着幽绿的眼一直打量着赵一身上的血肉。这简直就是天上掉下来的五花肉，不吃白不吃啊！

赵一摸着自己的下巴，认真思考了片刻："嗯……既然要问个问题……行，我问问你们……你们渴望自由吗？"

赵一这老混账一开口，人和诡物都愣住了。混蛋！谁让你在这个时候问这种没有任何用的哲学问题了啊？

一旁的李妙妙终于按捺不住心里的不快，眸中喷火："得，唯一的一个好机会，被浪费了。"她气不打一处来，一摊手，表情像是吃了屎，"刚才王绪这头死肥猪浪费了两个问题，现在你又浪费一个，呵呵，就你这副样子，真不知道怎么混到榜一去的！你这样的男人，放母系时代，给我们处理屎尿都不配！"

赵一直接无视了她，认真地看着三只诡物，重复了一遍自己的问题："你们渴望自由吗？回答我。"

三只诡物陷入了沉默。它们说了，面对任何一个问题，它们都会认真回答，不会撒谎。"自由"这两个字，对于它们而言，似乎已经成了遥远的过去，成为无法奢求的珍宝。

"渴望。无比渴望。可自由再也无望！"一只诡物竟然发出了叹息，但也只是一瞬间，它的神色再度恢复了冰冷，"好了！你们的问题问完了，接下来，就是猜测我们的死因了。猜对了，你们暂时安

第四章 废弃车站

全,猜错了,按照规则处置!"

诡物话音落下,王绪那油光锃亮的秃顶便越发晶莹,冷汗沿着额头一路向下,人还不停吞咽口水。他害怕。李妙妙同样面色惨白,这一刻的恐惧让她忘记了骂队友。在三只诡物的注目下,她的身子如筛糠一样抖动,不停朝着角落里挤。心跳声怦怦作响,此时除了拖时间,他们再也不知道应该做些什么!

关键时候,偷看完三只诡物数据的赵一忽然开口了,他指着最左边的那只脖子上有明显勒痕、身上挂着碎肉的胖胖的诡物说道:"你死于他杀,对方勒死了你。"

他又对着中间驼背的瘦子诡物说道:"你死于哮喘,车上没有药物,窒息而死。"

最后他又看着离自己最近的那只身形最扭曲、面色最狰狞、怨气最大的诡物说道:"你死于自杀。"

一阵诡异的沉默后,三只诡物打量了赵一许久,才缓缓说道:"你完成了游戏。现在,你们暂时安全了。"

赵一对着三只诡物伸出手,挨个儿握了一下,在它们冰冷的眼神中露出一个微笑:"我和你们一样,我也渴望自由,并且……愿意为之付出一切!"

三只诡物面面相觑,彼此眸中闪烁着微光。

角落的王绪和李妙妙享受着劫后余生的喜悦,并没有完全回过神来,王绪嘴上还虚与委蛇习惯性地附和道:"是啊,是啊!我也喜欢自由!我们其实都一样,就没有必要再互相撕咬了!"然而根本没有人理他。

赵一看着通往第四节车厢的路,似乎想到了什么,又对着三只回到自己座位上的诡物试探性地问道:"这列火车曾经发生过什么?"

三只诡物表情微妙,一句话也没有说。赵一已经猜到了这个结果,他只是想证实一下自己的猜想。

沉默了很短的时间,那只自杀的诡物忽然开口:"火车里没有你要的答案,你得出去找。但外面的世界很危险,你需要找到诡烛,才能够在外面的世界生存……"

提到诡烛,赵一脑海第一时间浮现的是一号车厢,也是小女孩萱萱让赵一去的车厢。萱萱是那个课本上标注的名字。

赵一对三只诡物说了一声"谢谢",正要朝着三号车厢走去,却被中年男人一把抓住手臂:"哎哎哎!赵一兄弟,你要去哪里?"

赵一认真道:"去追寻属于我的自由。"

中年男人见赵一一定要走,急忙说道:"我和你一起去!"

虽然三只诡物已经承诺他们暂时已经安全了,但王绪仍然认为跟着赵一最安全。哪怕有些时候需要他做点什么事,只要不是太危险,都没什么问题。可李妙妙不干了:"你们都走了,我怎么办?"

王绪眼底深处闪过一丝不愉悦,却没有说出来:"你可以和我们一起。"

李妙妙打量了二人一眼,嗤笑一声:"跟你们一起去作死?我好不容易才有个暂时安全的地方,你以为我傻?"

王绪也忍不住了,皱眉道:"大家都是在一个副本任务里,你难不成想什么力都不出,坐收渔翁之利?"

李妙妙尖酸刻薄地道:"哟哟哟,着急了啊!老娘告诉你,你把老娘带进来,就必须把老娘带出去!再说了,赵一既然这么厉害,他一个人不也可以完成任务吗?说得好像你们做任务是为了我做的一样。任务完不成,大家都得死!"

王绪素来圆滑谨慎,此刻也被李妙妙这个女人气到了。但现在大家还在一条船上,他暂时不想节外生枝,给自己惹麻烦,不能撕破脸皮。

"我们没有保护你的义务,你要是想跟着我们就来,你要是不

第四章 废弃车站

想跟着我们,想继续待在这个地方等我们把任务做完也行,随你的便!"他生气地撂下了这句话,追着赵一而去。

而李妙妙那张还算有几分姿色的脸上遍布着冰冷和怨毒,她冷冷注视了二人的背影片刻,还是极不情愿地跟了上去。她不想这么做,可她知道,自己一个人留在五号车厢会更加危险。

三只诡物所说的安全是暂时的,没有一个具体时间。两个在她眼中卑微低贱的男人一走,她就只能独自面对危险,所以哪怕内心不悦,她还是跟了二人身后。

进入第四节车厢,眼前的景象有一些诡异。

与他们的经历不同的是,第四节车厢内似乎并没有任何考验。吊灯闪烁,忽明忽暗之间,六只诡物蜷缩在一个角落里,瑟瑟发抖,似乎在畏惧什么。而它们面前的一个硬座上,则坐着一个可爱的少女,嘴里哼着未知的童谣。三人走近了些,才发现是抱着破旧小熊的田甜。

见到了赵一,田甜开心地跳下来座位,扑到他的怀里:"赵大哥!维尼刚刚才和我说你会来救我们,没想到你真的来了!"

赵一摸了摸她的头发,瞟了一眼角落的那几只诡物,它们看向田甜的眼神充满了畏惧,似乎刚才田甜做了什么事情,将它们吓住了。

"哈,给你介绍一下,这几位叔叔是这节车厢的乘客,他们刚才可热情了,要和我玩游戏哪……哼,可是他们玩到一半就不玩了,可恶!"

田甜说到这里,对着角落的几只瑟瑟发抖的诡物扮了一个鬼脸。这一下,直接把其中一只诡物吓得尿了出来!

身后的李妙妙瞧着这几只诡物,阴阳怪气道:"真是走了狗屎运!遇见了几只胆小如鼠的废物。"她心里特别不平衡,凭什么自己遇见的就是穷凶极恶的诡物,这个看上去柔柔弱弱的小姑娘却撞见一群怕人的软骨头？不过仍旧没有人搭理她，众人似乎直接将她当成了空气。

赵一扫视了一下，确认这一节车厢也没有出去的路，车门上长着一层无法被外力破坏的肉膜。看样子，任务并不希望他们走捷径，又或者说，系统规则在保护他们。外面的世界充斥着想象不到的危险，他们必须先拿到诡烛，才能考虑离开列车的事！所以，还得去一号车厢。

"行了，你们别抖了，我带田甜去一号车厢，你们自己玩吧。"赵一开口，那六只诡物顿时感激涕零，对着赵一"砰砰"磕了几个响头。

"呜呜……大善人，我们给您磕头了！"这些家伙显然是被田甜吓坏了。

赵一揉了揉田甜的小脑袋，带着她朝着三号车厢走去。

王绪跟在赵一身后，他十分谨慎，路过那几只诡物的时候，还刻意绕了一下。虽然这几只诡物表现得确实很卑微，但他仍然有所防备。

至于走在最后的李妙妙，则对着六只诡物吐了一口口水。她得意扬扬，好似自己也终于从受害者转为了施暴者，但被她口水命中的诡物抬起头后，那双幽绿色的冰冷眼睛一瞬间便让她软了腿。

她吓得一哆嗦，狼狈地朝着三号车厢奔去，路上不小心踩歪了高跟鞋，一个趔趄，一张冷脸就这样贴上了王绪满是神秘气味的屁股。李妙妙差点儿直接吐出来，她猛地推开王绪，靠在座位上一直干呕，脸色又绿又白。

众人面面相觑，不知道发生了什么。李妙妙面色极差，看向王绪的眼神越发厌恶。

第二节车厢和第三节车厢是温洸、白水吉和秦秀芳的出生点，在赵一赶到的时候，他们已经成功完成了自己车厢内的游戏。从他

第四章　废弃车站

们的叙述来看，车厢内的游戏都不算难，没有致命的威胁，除了赵一的第六节车厢。不过作为幸运值为0的玩家，赵一也没对自己有什么期望。

一行七人目前全部存活，没有损失。他们先后进入了一号车厢。

这里没有座位，只有一张染血的木桌横在了通往驾驶室的路上。桌子上面摆放着六个头骨样式的烛台，头骨中央还各点着一根燃烧着绿色光芒的蜡烛。

乘务员小姐转过身，因为脖子断裂，此刻只剩一层皮连着，对着众人"桀桀桀"地笑道："欢迎各位……来到D19列车！"

见到这个女人，赵一知道，这个任务现在才算是进入了正题……

03 一号车厢

"说吧，玩什么游戏？"肌肉青年温泷似乎非常急于证明自己，率先开口，并往前走了一步。他挑衅似的看了赵一一眼，似乎想和赵一比比谁更能适合在这个残酷世界生存下去。

但赵一并没有看见他的挑衅，只是悄悄抓了抓痒。该洗澡了，他如是想到。

"这个车厢没有游戏。"列车乘务员小姐露出了一个自认为娇美的笑容，殊不知在众人眼中是何其可怖。

"先前你们被分散到了五个车厢之中，当你们完成游戏之后，就能够探索到部分的隐藏线索。接下来，你们可以凭借自己拿到的线索去做更多的事情。这里一共有六根诡烛，每根诡烛离开头之后可以燃烧一个小时，这一个小时内，持有诡烛者在列车上不会受到其他诡物的袭击。而诡烛也能够在一定程度上驱散列车外的黑暗，并且让黑暗之中极具侵犯性的诡物将你们当作同类……当然，这不代表它们不会攻击你们！当所有诡烛燃尽后……我身后驾驶室的封印会被打开。"

说到这里，乘务员的嘴角挂着诡异的微笑。

"请问……如果封印打开会怎样？"温泷问道。

乘务员耸耸肩："也没什么大事，只不过列车长和另外一名……不能说的乘客会从里面出来而已。"

在场的玩家莫名有些浑身发冷。虽然不知道列车长和那名不能说的乘客到底是什么状况，但不难判断，一旦它们从里面出来，玩家们便要面临极端的危险！

"另外……我还要提醒各位一句，一号车厢的车门是 D19 列车唯一一扇可以打开的车门。一旦你们选择打开，你们可以出去……外面的那些东西也可以进来。"乘务员说完之后，便安静地站在那里，面带微笑地看着在场的所有玩家。

白水吉看着桌面上的六根诡烛，忍着内心的恐惧和恶心："我们有七个人，这里只有六根诡烛，怎么分？"

这话一出，气氛忽然微妙了起来。七个人，六根蜡烛。持有诡烛的人可以享受诡烛的庇护，其他人则不行，也就是说……他们要放弃一人。不少人的眼神已经悄悄看向了年纪最大的秦秀芳。

这个面容慈祥的老妇人似乎已经猜到了他们在想什么，缓缓从身上摸出了一支小手枪，后退了几步，拉开些距离，然后开门见山，直入主题："我要一根诡烛，如果我没有，我会杀死所有拥有诡烛的人。"

她虽然身子骨不像其他玩家那么好，但显然手枪的威力和那股子狠劲让所有人都不敢小觑。俗话说得好，七步之外枪快。七步之内，枪又准又快！这个距离，没人愿意以身犯险去招惹老妇人。

"您这是做什么……我们大家不是正在商量嘛！您虽然年纪大

第四章 废弃车站

了,但也是这个团队之中的一分子,我们还能抛弃您不成?"温泷见老妇人的枪口指着自己,急忙摆手岔开话题。如果论近身格斗,他坚信自己一定比在场的绝大部分玩家厉害。只是老妇人手里那支黑不溜秋的手枪,让他实在提不起勇气跟她对着干。

但……没人愿意放弃诡烛。团队渐渐陷入了僵局。众人相互提防,带着各种恶意揣摩着他人。

这时候,白水吉轻推赵一:"赵一……你有没有什么好的办法?"

赵一见众人的目光聚集过来,摊手道:"看我干啥?我还能凭空给你们变出一根诡烛不成?"

白水吉翻着白眼:"我是问你有没有什么好的分配方法。"

赵一咂着嘴道:"无论怎么分,总会有一个人没有诡烛。但如果反着来,就很好办了。不管剩下的诡烛怎么分配,离开车厢去外面寻找线索的人必须一人一根。"

他的这个提议立刻引来了王绪的赞同:"我觉得赵一小兄弟说得没问题,为团队做贡献的,可以优先享受一根诡烛。"

李妙妙双手抱胸,嗤笑道:"谁知道他是为团队做贡献,还是拿着蜡烛跑到外面躲起来?我看他就是想要自己拿走一根蜡烛,又不好先开口,找个借口而已!"

赵一点点头:"确实。"他毫无征兆地掏出击溃者,当着众人的面连开六枪,当场打断了李妙妙的两条腿!

众人看着地面上惨叫打滚的李妙妙,浑身发冷。赵一……居然也有枪!还是霰弹枪!商城里买的吗?这东西要几千积分吧?

"哎哟!我的天哪!你瞧瞧你……多不小心,都把自己的腿摔断了!"赵一急忙上前,在众人心惊肉跳的注视下,满脸心疼地掏出了自己的……手术刀。

李妙妙花容失色,一边惨叫一边指着赵一尖声道:"他要杀我!"

要杀我啊！你们还不赶快阻止他！"

然而，赵一身后的那些人根本不为所动。从另一个方面来说，就算赵一真的杀了李妙妙，他们也绝不会插手。死一个人，诡烛就可以分了。

"嘘——不要叫，我给你做个手术，不杀你……如果你挣扎得太凶，一会儿把你嘴巴里的其他地方戳烂了，导致你流血而死，你可就怨不得我了！"

听到流血而死，李妙妙挣扎得更凶了，然而她这点儿微薄的力量怎么可能比得上赵一？赵一扒开了她的嘴，一副要敲掉她的牙齿、切了她的舌头的架势，仿佛这对他来说是一件再熟练简单不过的事情。

见状，李妙妙彻底老实了。

看着地面上涕泗横流的女人，赵一微笑着优雅地收起了手里的刀。转过身，众人看他的眼神已经发生了微妙的变化，那是恐惧。

"真可惜，就在刚才，一名可爱的年轻女孩因为不小心摔断了她的双腿。这么低级的错误，各位可不要犯哦！"

赵一对着众人眨了眨眼，他们顿时汗毛倒竖。众人有一种说不清道不明的感觉，那一刻，他们甚至诞生出一种远离赵一的想法。这个家伙太危险了啊！别人动手，多少事先有个警告，有个情绪的合理压迫与释放，就算是撒尿，总也得提前脱裤子吧？嘿，赵一直接不声不响就尿裤子里了，尿完了才告诉你，这谁顶得住？天晓得下一个又是谁会做什么他不满意的事，前一秒开开心心地说着话，后一秒脑袋忽然就被崩了！

背后的老妇人秦秀芳目光带着一些复杂看着赵一，想起了先前在公会驻地收到的消息，眼中隐约流露出一丝杀意，但很快便被她压了下去。

当着众人的面，赵一走到了一个人头面前，拿起一根诡烛。从

第四章 废弃车站

诡烛被抽出的那一刻,血红色的烛泪开始缓缓滑落——计时,已经开始了。

眼看赵一开门要出去,白水吉沉吟了片刻,也急忙上前抽了一根蜡烛:"我跟你一起去!"

虽然知道外面的世界会很危险,但白水吉不想躲在车厢里。她坚信,跟在赵一身边最安全!

温泷也不甘示弱地拿起一根蜡烛:"我们三个出去探索吧,剩下三根……你们自己分配。"他如是交代道。

可爱的乘务员小姐姐为他们打开车门,一股刺骨的冷风立刻吹了进来,让车厢内的众人一哆嗦。外面的世界……格外黑暗,如果没有诡烛,他们甚至看不清一米之外的世界,现在有了诡烛,视野勉强扩展到了十米左右。即便如此,诡异的环境也让人忍不住打了个哆嗦。

"赵大哥,对于这个任务,你有什么看法吗?"白水吉跟在赵一的身后,完全不知道自己现在应该做什么。

赵一一边打量四周的环境一边说道:"你们没有在车厢里拿到线索吗?"

线索?什么线索?白水吉仔细回忆了下。她只是和一堆诡物在玩跳皮筋的游戏,最后借助自己的小聪明赢了,诡物放过了她,但似乎……也没有什么特殊的线索。

"咳咳……"一旁的温泷干咳了一声,瞟了白水吉一眼,示意她自己其实知道一些线索。

白水吉转过头,好奇地看了温泷一眼:"你喉咙不舒服?"

温泷有点郁闷,但还是说道:"我倒是知道一则有用的线索……好像说咱们得去一个……什么控制台。"

赵一纠正道:"是控制室。里面有整个火车站的地图……咱们乱界那个火车站是不知道多少年后的废弃车站,许多地方早就已经坍塌变样了。莫耶村不是一个小村庄，人很多，所以火车站也修建得不算小。咱们的诡烛只能坚持一个钟头，为了不浪费时间，我们必须得先找到地图。"

第六节车厢的小女孩给他留下了几则关键的信息。除了地图，那里还有莫耶村的晨报，上面也许记录着些什么。

路上黑雾浓郁，偶尔能看见远处有一些莫名的诡影晃动，一闪即逝。他们浑身紧绷，小心规避开，在车站站台摸索着出站口。这里倒是和他们进入的时候没什么区别。

"可找到了地图，咱们又能做什么呢？"白水吉企图从赵一身上学习一些东西，不停揣测着赵一的用意。小丑游戏和屠夫游戏的通关让她对赵一充满了信赖感。

"我想，完成任务的办法，应该在车站外面。"说话的是温洤。他小心打量着四周，似乎生怕什么东西猛地从黑暗里冲出来！

赵一补充道："任务要求是解开怨念，既然要解开怨念，我们首先得了解火车之中究竟有哪些怨念，怨念从何而起。只有了解了当年这里发生的事情，了解了冲突关系，咱们才有可能完成任务。我询问过车厢内部的好几只诡物，他们似乎都在惧怕什么，不敢提起当年的事。这说明在火车的某个角落里，有一个咱们看不见的非常恐怖的存在在监视他们和我们。所以，我们从火车内部是没有办法了解情况的，只能出来寻找线索……譬如录音，譬如字条、笔记、报纸，或者诡物的亲口叙述，等等。"

赵一将思路简单地理出来，二人一下茅塞顿开，清晰明了。

直到此时，赵一的注意力仍有一部分停留在第六节车厢小女孩留给他的信息上——它会一直盯着你。这个"它"是谁？是火车里某只隐藏的诡物吗？如果是，它藏在什么地方？如果不是，那又是什么东西在监视他们？

沿着楼道往上，他们回到了车站内部。

第四章 废弃车站

副本之中的车站是完整的，比他们想的还要大一点。一些诡物徘徊在其中，他们似乎攻击性不是很强，在看见赵一三人手中的诡烛后，便若无其事地继续游荡了。

他们来到了控制室，那是一间基本被玻璃封闭的大办公室，门口外面还有一个体型壮硕的保安，瞪着铜铃一样的巨眼，手持一米长的警棍，死死看着前方。他的身体恰巧被拐角的墙壁遮住，所以众人来到他的侧面时才发现他。温泷和白水吉离得近，差点儿被当场吓飞。

保安：极度危险

弱点：没有弱点。

注：别看他睁着眼，其实他在睡觉，除非受到较大的冲击和伤害，否则他不会被迫醒来，附近的大部分诡物都很害怕他！如果你被他发现……赶紧逃吧，越快越好！

赵一看着关于诡物保安的消息，竟露出了一个灿烂的笑容。

看着赵一一笑，白水吉心里咯噔一下。这个家伙……又想要做什么？

"小心！这只诡物很凶，可能会攻击我们！"看着赵一朝着诡物保安走去，温泷出言提醒。他虽然将赵一视为竞争对手，但现在大家毕竟在一条船上，赵一这样的人肯定是得力帮手，他并不希望赵一出事。

赵一随口回道："不，他不会。"

白水吉小心翼翼地跟在赵一身后，问道："你怎么知道？"

赵一抬手拔了一根诡物保安的鼻毛："看，他睡着了。"

"阿嚏！"赵一话音刚落，保安猛地打了一个喷嚏，白水吉和温泷吓得连滚带爬，后退数米远，直到确认保安仍然未动，他们才又蹑手蹑脚地回来。

看着赵一脸不红心不跳,温泷忍不住道:"你胆子怎么这么大?"

赵一认真打量着眼前的恐怖诡物:"别瞎说,我这人从小就胆小,所以才这么谨慎。"

温泷差点儿被自己的口水呛住。你哪里谨慎了?哪有你这样抬手就拔人家鼻毛的?

叹了口气,温泷来到控制室的门边尝试开门。开门失败,门被锁上了。他转过头,对着赵一说道:"赵一,门被锁……你在干什么?"

温泷瞠目结舌地看着赵一,这个家伙居然在疯狂扒拉诡物保安的衣服!

"没看见吗?我在脱他的衣服啊!"赵一兴奋地大声说道。

温泷慌了。他急忙后退几步,准备随时跑路。赵一这家伙下手贼重,是真不怕眼前这尊凶神恶煞的诡物苏醒过来!

白水吉则傻在原地。起初她企图通过学习赵一的思维逻辑来让自己变强,但现在她忽然发现……她好像完全不能理解赵一脑子里在想什么。

赵一越扒越兴奋,双眼放光,把诡烛也扔在了一边,扒完衣服又扒裤子。短短一分钟,保安就只剩下了一条花裤衩了,上面还绣着一只麻雀。

眼见赵一没有停手的意思,白水吉一把抱住赵一的腰将人往后拖,慌乱道:"哥!哥!好了!咱不扒了!咱放他一马!咱还有正事儿没做呢!"虽然是诡物,但想必敏感度还是很高,赵一下手这么重,她真怕这保安醒过来。

赵一摸了一把额头上的汗,拿起一旁的诡烛喘息道:"行,今天先放他一马!"

第四章 废弃车站

不远处的温泷小心翼翼地跑过来,看着地上的保安服,哭笑不得道:"咱们只要钥匙就行了,你没必要把他的衣服都扒下来啊!"

赵一嘿嘿一笑,眼中放光,将保安服踢到了温泷的脚下:"穿上。"

温泷表情微僵:"啥?"

"穿上它。"赵一将保安服里的钥匙摸出来,"穿上它!从现在开始……你就是诡物保安!"

他老早便从其他新人玩家口中了解到了赵一这家伙玩得挺变态,但亲眼看见和听别人说完全是两码子事!温泷打破头也想不到,赵一会去扒一只睡着的诡物的衣服,还贼兴奋!这人完全没有下限啊!不过这诡物也是心大,衣服都给人扒光了,还搁那儿打鼾冒鼻涕泡,甚至随着衣服被赵一这个变态扒光,他脸上还露出了奇怪的笑容,不知道梦见了什么……

"简直是婴儿一般的睡眠了。"温泷感慨了一句,一时间他竟不知道是该羡慕还是该嫉妒。他拿起地面上的保安服,腐烂的臭味让他忍不住干呕了两下。

"你怎么不穿啊?"温泷不满地抱怨道。有了赵一在火车内的表现,他也不太敢得罪赵一。毕竟对方不但手上有枪,下手还狠,人还疯。

赵一一边拿钥匙开门一边回道:"我太瘦,穿不了,一下就能被看出来。你身材和诡物保安接近,穿他的衣服,再配上他的气味……喏,还有这根警棍,见谁揍谁!"赵一把保安手里的警棍夺过来,塞进了温泷的手中。

物品:恶臭的猛诡警棍

品质:——

简介:原来它只是一根普通的警棍,但这个诡物保安总是喜欢用它打其他诡物，每次看见其他诡物一脸刚烈的表情，他内心就能获得巨大的满足，似乎这样可以缓解他的自卑情绪。

效果：击中臀部会有500%的伤害加成！

注：严重警告某些精神不太正常的玩家，请不要尝试将如此恶臭的东西放入物品栏并带出副本。

警棍很沉，温泷看见系统的物品辨识，露出了厌恶的表情。

温泷穿上保安服，拿上诡物保安的警棍，三人推门而入。在诡烛的照耀下，他们赫然看见控制室内站着十几只穿着车站员工工作服装的诡物，正虎视眈眈地盯着他们！

"看什么看？老大来查房，你们都给我蹲墙角去，屁股朝上！"就在温泷考虑要不要先跑路的时候，赵一已经满面凶相地对着房间里的诡物厉声呵斥起来。

温泷和白水吉还在想着这家伙是不是疯了，却看见那些诡物居然一个个真的站在了墙边上，排好队，屁股朝上！

温泷张嘴，目瞪口呆。

"看啥啊？赶紧去打他们，别露馅！记住，下手要稳准狠！"赵一推了他一下，自己则带着白水吉在控制室里转悠了起来。

温泷望着墙边那一排诡物，忍不住吞了吞口水。这……这不好吧？打诡物的屁股？温泷握住警棍的手有些颤抖。他顿了顿，咬牙猛地朝着第一个职员的屁股狠狠抽去……

"啊！"那个诡物职员眉头微微一皱，发出了一声痛苦的叫声。其余诡物全部齐刷刷地看过来，脸上露出了恐惧的表情。

另一边，赵一和白水吉很快便在一台开着的电脑中找到了整个车站的俯视平面图，上面还专门详细标注了不同建筑内部设施的具体高度数据。但让人意外的是……这份电子地图无法切换到正面。

第四章 废弃车站

"这个地图的设计师有病,宁愿搁这儿标一串密密麻麻的数字,也不愿做一张正面的地图。"白水吉忍不住吐槽一声。

一旁的赵一眯着眼,将上面的车站地图和内部各个设施之中的数值全部记了下来。其中,有一个地下仓库的数据丢失了。那个地下仓库是车站唯一一个没有标注数据的建筑,而且车站只有那个地方有负一层,其他地方都没有,感觉好像是……专门为了建造这个仓库而设立的负一层。但这似乎完全没有必要?

"有点不对。"他喃喃自语。

白水吉闻言立刻打起了精神:"哪里不对?"

赵一沉默了片刻,还是摇摇头:"你先去找找报纸,所有的都要。"

白水吉点头,也没多问,立刻跑去找报纸了。

赵一坐在电脑面前,认真地看着这幅地图,面色渐渐变得凝重起来。他有一种不大好的猜想,他似乎明白这个游戏真正危险的地方在哪里了……

白水吉做事还算比较靠谱,很快便将办公室所有的报纸都搜罗过来,紧接着赵一便起身朝着门外走去。

"先走。"他拍了拍沉迷于殴打诡物的温泷,示意他赶快离开。

但温泷明显是上头了。以前一直被这些东西欺负,今儿个咱好歹翻身农奴把歌唱了,怎么也得多体验一下啊!想到了这里,他将目光落在最后一个诡物身上。他满面狰狞,高举警棍,一下挥了下来,用出了毕生最强的一招。

"扑哧!"感受到浑身的恶臭,有那么一瞬间,温泷非常想直接重启。他猛地踹了这只诡物一脚,跌跌撞撞地朝着门外跑去,一边干呕一边对着赵一二人说道:"我不干净了!"

看着浑身污秽的温泷,赵一伸出大拇指,赞扬道:"今天收获颇丰啊!"

温泷忍着恶心清理了身上的污秽，转而问道："你们呢？我牺牲这么大，你们有没有探到什么有用的线索？"

赵一点头："咱们换个地方说……"

04 隐秘监视

阴暗的狭窄空间，空旷的角落，刺鼻的氨气，隐约还能闻到一丝血腥味。诡烛幽绿色的光芒照亮了三个鬼鬼祟祟的身影。

此时，一名浑身湿漉漉但仍然散发着屎味的肌肉壮汉举起了自己的右手："提问！为什么咱们要来女厕所而不是男厕所？"

赵一看了他一眼，点头道："问得好。下次不要再问了。"在温泷尴尬的目光中，赵一将一本课本拿出来，放在了二人面前，"这是我在第六节车厢拿到的线索。"

他将那四句话念给二人听。

"控制室有最新的晨报和地图。发动火车需要柴油。不要去驾驶室。它会一直盯着你！"短短的四行字，给了二人一种诡异感。

"奇怪……为什么要提到发动火车？"温泷皱眉，"咱们的目标难道不是解开火车内的怨念吗？会不会是系统故意引开咱们注意力的小手段？"

赵一没有说话。他将报纸摊开，以诡烛之光照亮。

报纸一共记录了十四天莫耶村发生的事。

某年七月份的时候，村里的人按照惯例检修了一下车站各项设施，检查了火车零件磨损状况，为村里的孩子们假后回谷悬镇读书做准备，但还没有等到开学，一场恐怖的灾难就发生了！

一场突如其来的黑色风暴席卷过莫耶村，第二日，村中各地竟然出现了怪物！它们残忍嗜杀，奇形怪状，总伴随着莫名的黑雾出

第四章 废弃车站

现。它们会在阴影中徘徊,被拖入黑雾之中的人则会被同化为和它们一样的恐怖怪物!

人们接到这个消息的时候,暴乱已经比较严重了。所幸他们的车站还有三列火车,可以载着大部分没有车的人逃离莫耶村,前往谷悬镇。晨报和电子报都召集了大部分村民,他们争先恐后地来到了车站,要乘坐这最后一班火车离开这可怕的地方。

"原来车站共有三辆火车,但现在只剩下了眼前这一辆,这说明有两辆火车安全抵达了谷悬镇,而这一辆发生了意外。"温泷非常认真地分析道。

十分没用的分析。赵一想起了孙柏柏的事情,显然孙柏柏也是乘坐这最后一班列车离开的。虽然这一辆列车成功从莫耶村逃脱,可最后还是遭遇了意外!

正在众人沉默的时候,一个黑影飘进女厕。三人缓缓侧过头看着她,是一个保洁大妈,当然,她已经不是人了。在女厕见到了两个大男人,她似乎也有些迷茫。难道自己走错了?尤其是其中一个壮汉,身上的衣服似乎有那么一些熟悉,好像是……

忽然,她一怔,转身就要跑,却听身后赵一笑道:"看见我旁边坐着的人是谁了吗?新来的保安队队长!敢跑,你信不信他用手里的棍子把你打出屎来?"

温泷也顺势扬了扬手里的警棍,一脸凶狠!他的表情配上一身的屎味,显然具有极强的说服力!保洁大妈哭丧着一张脸,来到了三人身边小心翼翼地坐下。有那么一瞬间,白水吉居然觉得她挺可怜的。做人被诡物吓,现在做了诡物还要被人吓。

"您有什么吩咐?"这个保洁大妈在诡物中属于战斗力底层,所以胆子很小,谁也不敢得罪。

赵一拍了拍她的肩膀,后者一哆嗦:"也没啥事儿,不要这么紧张。这位新来的保安队队长还不清楚情况,想问你几个问题……你认真回答。"

保洁员小鸡啄米似的点头。

"当初这车站里，究竟发生了什么事情？"

赵一指着报纸上的日期，那保洁员瞟了一眼，而后浑身剧烈一哆嗦，脸疯狂左右晃动："不知道……不知道……不知道……我什么都不知道……别问我……"

温泷见状，感觉他们触碰到关键点了，于是拿起手中的警棍挥舞一阵，面露凶相："不说？你是想被打出屎了？"

那保洁员心一横，咬牙道："打出屎也不能说！"顿了顿，她低声道，"它……它一直盯着咱们呢！"

听到这话，温泷和白水吉立刻起了一身鸡皮疙瘩。他们私下里张望一阵子，没人，可正因如此，温泷和白水吉更加恐惧了。

"你说谁……谁盯着咱们？"白水吉吞了口唾沫。

保洁员还是摇头。看她这副模样，是决计不会再开口了。沉思中的赵一抬起头，对着保洁员说道："阿姨，最后一个问题……柴油储藏室在哪里？"

一般来说，站台应该有一个大量储存柴油的地方，而且距离车轨很近，但地图上没有任何标识。

保洁员回道："原来的车站是有一个柴油站点的，喏，就在前头不远处，但后来不知道为什么，车站维修的时候被拆掉了……不过我记得地下室里面还有几桶柴油，可地下室的管理员脾气不大好，你们要想从它那里拿到柴油，只怕挺麻烦……"

赵一点头，对她道了一声谢，放她离开了。

"你就这么放她走了？"温泷皱着眉头，他认为这个保洁员还有利用价值。但赵一说道："这次任务的基本线已经出来了。"

"啊？"二人闻言，一脸蒙，"什……什么基本线？"

赵一："火车内的怨念，来自先前死在里面的乘客，而他们想要

第四章 废弃车站

做的事情，就是离开这里……解决他们的怨念，需要发动火车。而发动火车，至少需要三个必要条件——第一是火车的列车长必须能够在驾驶室操控火车头，第二则是获得柴油。"说到这里，赵一的表情变得微妙起来。

听得认真的温泷急忙问道："第三呢？第三是什么？"

赵一一脸神秘道："不能说。说了……它就会知道。"

二人闻言，后背莫名一阵冷汗："所以，真的……有什么东西一直在监视我们？"

赵一点头，目光锋利："没错。不过好消息是……它现在还没有完全苏醒。等它醒了……我们所有人都会死！"

几人动身前往地下室，赵一从温泷手中接过了诡物保安的警棍挥舞着，好像自己是个大将军。一旁的两人距离他远了些，生怕什么奇怪的东西溅在自己身上。

温泷皱着眉头："那个大妈说地下仓库的管理员脾气非常不好，咱们这么贸然进入那里，会不会……"

他们和那些老玩家不一样，在没有兑换高级商城中的各种强化物品时，面对诡物，难免束手束脚。温泷在低阶商城里买了一些符纸和香，只是这些东西对于诡物作用着实有限。如果那个管理员是个和诡物保安一样级别的诡物，那他们多半会直接凉凉。

"事实恰恰相反。"赵一解释道，"如果你们知道是谁在监视咱们，那么你们就会明白，那个地下仓库反而是最安全的地方。"

提到监视者，二人的脸上又是一阵心有余悸的后怕。路上，他们一直在小心观察周围，但并没有发现那个监视他们的东西存在。难道是摄像头？可这么个破车站，摄像头很有限啊。他们虽然对此好奇，但也没有追问，因为赵一说过，他暂时不能够说出监视者的身份。一旦说出来，它就会苏醒。

黑暗似暗潮涌动，就在几人朝着地下仓库找去的时候，一声惊天动地的怒吼声从楼上的东南角传来！听到这恐怖的咆哮，三人顿时停下了脚步，白水吉和温泷毛骨悚然。

"什……什么声音？"二人死死盯住了身后不远处站台那头的楼梯。

赵一皱眉，忽而对着满身屎味的温泷严肃说道："时间差不多了。你现在赶快逃回列车里，越快越好！"

温泷丈二和尚摸不着头脑："就……就我一个人吗？"

赵一点点头，将警棍递回一脸懵的温泷手中，又迅速掏出击溃者递给温泷，一本正经道："诡物保安醒了。你刚才扒了他的衣服，抢了他的警棍，还拔了他的鼻毛……他现在饶不了你，只有规则能够救你一命。赶紧回到车站，拿着诡烛，把衣服脱了，把东西全部还给他。对了……记住，无论如何留一些诡烛，能留多少是多少，千万别全用了！这把猎枪我先借给你，拿好！如果你想活命，就按照我说的去做！"

温泷一听傻眼了。这些缺德事分明是你干的啊！还有，留诡烛干啥？然而看着楼梯口那道恐怖的诡影，温泷也来不及开口，撒丫子就跑，边跑边撕心裂肺地喊道："赵一你个老杂种！你阴我！等你死后，我要去你的坟头，疯狂偷吃你的贡品！"

直到这个时候，温泷才知道自己是被赵一阴了。衣服不合身？放屁！这个龟儿子分明是早就想到了诡物保安会醒，所以才让自己穿！好在他也是个喜欢运动的男人，这会儿速度飞快，只穿着一个裤衩的诡物保安一路疯追，但一时半会儿也追不上他。

"啊！"诡物保安双目通红，身上长出了数不清的尖刺，血液因为愤怒而流速加快，他一下掠过了赵一二人，带出一道腥风，完全无视了他们。现在他的仇恨已经完全落在了温泷身上！

他昨晚看电影到深夜，本来寻思着今天好好睡一觉补充一下精

第四章 废弃车站

力,结果醒来发现自己身上就剩裤衩了!他游荡在这个地方这么多年,从来只有他欺负别的诡物,什么时候被别的诡物这么欺负过?诡物保安根本忍不了!他一定要抓住那个人,夺回属于自己的……尊严!

看着远处温泷和诡物保安的身体消失在黑暗之中,白水吉忍不住问道:"他会死吗?"

赵一摸着自己的下巴:"理论上不会。诡物保安虽然实力非常强大,但移动速度就那样。我们手里的诡烛的燃烧时间只有一小时,在这一小时之内,必须把准备工作全部做好……等列车启动,咱们就没有机会再查缺补漏了。"

他和白水吉迅速前往地下仓库,手里的诡烛在一点点变短。这个时候,白水吉忽然注意到地面似乎有些黏稠,那种感觉,就像是踩在了血泥里面。她没敢低头细看刚才究竟踩到了什么,和赵一沿着地图记录的方位穿过了大厅,乘坐扶梯来到了负一层。

狭长走廊的最左侧,有一扇被锁链锁上的门。白水吉隔着门缝往里看,除了一大堆陈列的货架和满地积灰,似乎并没有人。她正想要撤回,一张腐烂的诡物的脸猛地出现在了白水吉眼中,她尖叫着后退数步,一屁股跌坐在了地面上!

白水吉抬手,指着门缝,三魂没了两魂一般说道:"诡物……有诡物!"

赵一来到了门缝间,并没有发现什么,于是他敲了敲门。"砰砰砰!"沉闷的声音在空旷而黑暗的负一层里显得格外刺耳。白水吉浑身发冷,急忙站起来,靠着赵一背后,警惕地盯住四周,生怕黑暗里出现一个什么扭曲的东西跑来把自己抓走。

"有人……有诡物吗?"赵一彬彬有礼。

"哐啷!"铁门上的锁链摇曳,发出闷沉的撞击声,门缝中莫名吹来一阵冷风,某个诡异而苍老的声音响起,宛如来自深渊的回响:

"滚！这里，不欢迎你们……还有你们的主人！"

赵一放下诡烛，把它直接收入物品栏中。他将自己的脸贴在门缝上："我们不是那个家伙的奴隶，我们是外来者。"

赵一话音落下，那张可怖的脸又一次出现在了门边。不过这次面对它的是赵一。

仓库：中立

弱点：没有弱点。

注：实力极度强大的诡物，但不喜欢惹事，如果你想要杀死它，唯一的办法就是正面击溃。

赵一看着眼前的数据，忍不住露出了笑容。和他猜想的一般无二——诡物仓库，中立。

自从他知道暗中监视他们的那个东西究竟是什么后，配合着那张只标注了数据的俯视的电子地图，赵一便大概明白了任务的关键地点在什么地方。向保洁员询问柴油的位置，只是验证自己的猜测罢了。

"外来者？"仓库眯着自己血红色的小眼睛，迟疑片刻后，还是打开了门，"进来说。"

与外面的那些诡物不同，它并不排斥生人。二人进入仓库后，诡物仓库锁好了自己的门，带着赵一二人来到了一小块空地处。借着诡烛，白水吉看见眼前这只诡物的身体居然是一个锈迹斑驳的铁皮箱子。

"你们不是第一批来找我的人了。可惜啊……"诡物仓库卷了根叶子烟，用打火机点燃，自顾自地抽起来。

"放心，我们是最后一批。"赵一露出了一个灿烂的笑容。

诡物仓库嗤笑一声："你们想要柴油是吧？自己拿就是。"

第四章　废弃车站

它如此好说话，让一旁的白水吉都感觉这冰冷的地下仓库温馨了不少。

赵一认真道："我们不只要柴油，还需要你的帮助。"

诡物仓库冷冷一笑："我为什么要帮你们？"

赵一："你不想离开这里吗？"

诡物仓库摇头："不可能有人能够离开这儿的。它虽然大部分时间都在休眠，但留了点儿心眼子看着呢。"

赵一举起了手里的诡烛回道："蜡烛燃烧完之前……就有机会！"

诡物仓库陷入了微妙的沉默中。一旁的白水吉像个傻子一样听着他们说话，愣是没听明白，她到现在还是不知道他们口中的那个"它"究竟是谁……

"你们……到底在说什么？"白水吉脑子里一片空白。

赵一和诡物仓库同时转过脸，对着她骂道："大人说话，小孩子别插嘴！"

白水吉委屈，自己蹲到一边儿玩去了。

"你们的诡烛少一根是吧？"诡物仓库语气沉重。

它知道这个东西的厉害。只要诡烛出现在列车里，那么车内便百邪不侵！它无法理解这种恐怖力量的来源，但知道这和赵一这样的外来者有关系。

赵一回道："没错，刚才我有一个队友回去了，我观察过他，还算靠谱，应该能听我的话留下一些诡烛。不过，时间不够……那辆火车太老了，速度很慢，冲出车站需要时间。"

诡物仓库摇头，表示不认为赵一的想法可行："一旦它动手，你们手里的诡烛会燃烧得极快，撑不了多久！"

赵一说道："这才是我来找你的原因。"

诡物仓库闻言嗤笑道："我要有这本事能对付它，还会被排挤到

209

这样的角落里？不过我很好奇……你是怎么知道它的存在的？站内的诡物……应该不能提起它的名字吧？"

赵一用脚拖来一个旁边的椅子，随便吹了下灰便一屁股坐下。

"我在控制室找到了一份电子地图。虽然是俯视图，但内部设施全部标注了数据。通过这份数据，我在脑海里重建了……车站。那时候，我觉得讶异，为什么会有人将车站建成这种模样……一颗人头，不，是一颗诡物的头。"

赵一目光微烁然。

"先前几名诡物好心提醒过我，有个什么东西一直在监视所有站内的存在，于是在我重建车站模型之后，我便开始怀疑起了……车站本身。它……应该是活的。后来我忽然想起了地图上唯一没有被标注数据的地下仓库。这仓库仿佛瘤子一样，显得很多余。这座车站如此空旷，正常人绝对不会放着其他地方不用，非要费尽心思，为了建一个破仓库而专门建设负一层。你们之间，应该有某种特殊的羁绊。如果我猜得没错，过往的时候，'它'是因为你的压制才没有复苏。可在七月份的车站翻修之中，你们之间的某种联系被切断了，导致它成功脱离了你的控制，苏醒了过来。"

听到了赵一的解释和猜想，诡物仓库面露异色，而一旁的白水吉也终于明白了过来。那只不能在外面说的诡物……竟然就是车站本身！他们一直都处在车站内部，所以他们才一直都在被监视！想到这儿，她又想起刚才踩着的地面那种血肉触感……是不是说……诡物车站正在一点点地复苏？她的头皮几乎炸开！赵一说过，只要诡物车站苏醒，他们所有人都会死！

"唉……你猜得基本没错，它的力量虽然侵入不进这里，但我也无法离开车站了。车站里，除了我的地下仓库，所有的一切都在它的监视中。只要一靠近出口，它就会苏醒！"

赵一将燃烧的诡烛摆在了诡物仓库的面前，认真道："我有办

第四章 废弃车站

法……我和白水吉的诡烛燃烧时间一样长,我的诡烛留给你计时,等到诡烛燃烧殆尽,你便离开这间仓库,去破坏车站的主控室还有它的'眼睛',总之,尽可能吸引它的注意力。一直到车站快要完全复苏时,你立刻转移战场,来火车上,跟我们一起逃走。只要冲出车站的覆盖范围,就可以脱离它的控制!"

诡物仓库闻言沉默了一小会儿:"可以一试。但诡物保安很麻烦,他是车站麾下最得力的走狗,真玩起命来,他能拖住我不少时间。"

赵一干咳一声:"放心,他不在。"

诡物保安的仇恨现在在温泷的身上,即使温泷将衣服全部还给诡物保安,保安也不会轻易放过他!虽然无法伤害温泷,但也绝不会甘心就这么离开。

诡物仓库接过赵一的诡烛,去将两桶柴油拿来,放在了一辆推车上:"这推车上有我的味道,你们可以推着回去给火车加油,路上应该不会有什么危险。"

赵一示意白水吉接过推车:"还有最后一个问题要解决。"

诡物仓库微微抬头:"什么问题?"

赵一回道:"列车长,发动火车需要他。我不清楚当年列车里究竟发生了什么事,诡烛燃尽列车驾驶室的大门才会打开,但我们显然没有这个时间等待。诡烛是我们对抗车站的唯一筹码,不能有任何浪费!你告诉我关于列车长的事,我会想办法提前打开驾驶室的大门!"

提到D19列车的列车长,诡物仓库仿佛翻开了一本铺满灰烬的书,里面全是尘封已久的过去。

"当初莫耶村出事,村子里数万人疯狂涌入车站,他们知道这列车一旦离开就不会再回来了,因此,除了怪物对人们的屠戮,还发生了许多同类相残的可怕事情!其中两辆列车提前离开,就剩下最

211

后一辆 D19。眼看着怪物已经从村子里朝着车站跑来，列车长却迟迟不肯发动列车，那些乘客焦头烂额，催促着列车长，列车长却一定坚持要等自己的老母亲到了才发车。

"一名常在村里作威作福的老混混忍不住，直接拿着匕首威胁列车长，但列车长铁了心要等自己的母亲，如果母亲不到，他就不发车。迫不得已，人们只能拿起一些简单的武器在车厢的门口对付偶尔冲过来的一两只怪物。

"后来列车长的母亲终于来了，她一进门，列车长就启动了火车头，可也是在这个时候，一只恐怖的怪物从黑雾之中出现，伸出一条触手卷住了老混混。眼看着自己就要被卷出去，这家伙居然直接一把抓住了离门边最近的列车长母亲，将她推给了怪物！"

赵一闻言蹙眉："那他的母亲后来变成诡物了吗？"

诡物仓库点头："不过和你看见的普通的诡物不一样。被那些玩意儿杀死的人……变成的诡物不具有任何记忆和自我意志，而是堕落成了只知道杀戮的机器！"

赵一："她现在在什么地方？"

诡物仓库回道："在车站的南面候车室……那里有不少诡物，你现在没有诡烛，过去就是送死！我知道你在想什么，列车长的母亲是他的执念，但现在他的母亲已经不再是从前那个慈眉善目的老人，而是一头疯狂杀戮的机器，你去找她，就是在找死！"

赵一缓缓露出了一个灿烂的笑容："不，我有办法。感谢您的帮助，诡物仓库。那么……咱们的计划……开始了！"

05 车站复苏

在得知车站本身就是这个副本任务中最大的 BOSS 之后，白水

第四章 废弃车站

吉的心态发生了微妙的变化。最初进地下仓库的时候还很抗拒的她,现在宁可和一只恐怖的诡物待在这里,也不想去车站。如果诡物的实力和体型成正比,那诡物车站有多强?白水吉不敢想。她没有勇气去面对这样的诡物!如果不是赵一告诉她没她不行,她还真的死皮赖脸耗在地下车库里了。

出了车库,赵一将推着柴油的车交给了白水吉,对她说道:"把你的诡烛给我。"

白水吉闻言身体一紧:"诡烛给你了,那我怎么办?"

赵一回道:"这车上面有诡物仓库留下的味道……那个诡物仓库的实力比诡物保安还要强,目前车站里徘徊的诡物都有着极高的神智,它们不会来招惹你的。你将柴油灌入火车后,用这辆推车把门口卡住,这样车里面就暂时安全了。然后你们把诡烛重新插回那些头里,留着温泷手上那一根计时就可以,不要让它们白白浪费。"

白水吉仍然犹豫,她带着警惕的目光看着赵一:"你不会……阴我吧?"

先前赵一算计温泷的事情,已经给她幼小的心灵留下了极深的印象,她担心自己也不知不觉给赵一算计了。

"那要不我推车回去,你去南面的候车室,找已经堕落成杀戮怪物的列车长母亲?"

听到赵一这话,白水吉一哆嗦,吓得急忙把诡烛推到了赵一的手里:"还是你去吧!你艺高人胆大,我一介弱女子,就不做这种危险的事了!"

赵一翻个白眼。白水吉能够鼓起勇气跟他在外面混了这么久,并且没有给他添麻烦,已经属于心态不错的那类玩家了。毕竟他们都是新人,没有和诡物打过多少交道。这里不像游戏副本,能够把人物的许多数值具象化,在乱界之中,玩家们是没有数据的,大家都是活生生的人,死了也几乎没有办法复活。大世界任务的残酷,要比副本严重得多。

　　白水吉推着车沿着赵一指的方向离开，她虽然看不清楚路，但相信只要按照赵一说的做，应该就没有问题。

　　说来好笑，他们不少人觉得赵一精神有问题，但到了这样生死攸关的时刻，他们都选择了信任赵一。这个看上去疯里疯气的人，能带给人极大的安全感！

　　等到白水吉消失在黑暗之中，赵一才转身朝南面候车室而去。脚下的路越来越黏稠，似乎每一脚都踩在血浆上。赵一知道，随着时间推移……车站，要醒了！他必须抓紧每一分每一秒。

　　候客厅比想象之中更大。透过玻璃门，赵一看见里面居然有上百名形态不一的扭曲诡物！它们十分暴躁，有些只是因为在诡物群中多看了一眼，就直接大打出手！

　　一只诡物的头被打飞，还来不及落地，便被另外一个浑身长满触手的诡物吞入了腹中，于是这只诡物从裤裆里猛地掏出电锯，四处劈杀，里面乱成了一锅粥！

　　赵一看着里面的情况，悄悄地从门口溜了进去。他小心地躲过了几只诡物的攻击，眼睛在一阵眼花缭乱中逐渐泛出红光，各种纷杂的数据被他尽收眼底。很快，赵一便在角落里找到了一根浑身上下长满人头的诡物融合体，列车长母亲的人头也在其中。它们的脖子变成了可以伸长缩短的触手，不时会猛地飞出去偷袭其他诡物并狠狠咬上一口。

　　数十颗人头互相疯狂争吵咆哮，赵一则在一个不起眼的角落小心躲避着。这些诡物生性凶狠，偏生喜欢挑强者下手，反而对赵一这个不起眼的垃圾诡物失去了兴趣，几乎没有诡物愿意多看他一眼。他等待许久，终于调整到了一个正确的位置，看着不远处肉柱上的列车长母亲的人头，满意地笑了起来。

　　似乎感知到了赵一的眼神挑衅，那个老妇人的头居然露出了兴

第四章 废弃车站

奋又凶狠的表情,猛地朝着赵一飞来!赵一摸清楚了它们的进攻方式,通过预判躲过攻击,手中的手术刀绽开一道寒芒,反手就把它的触手切断了。

混乱伤害让人头发出了惨痛的嘶吼,伤口生长出来的贪食者更是让融合体感觉到了钻心的疼痛。它的伤口无法愈合!数百人头猛地转过来,齐刷刷地看向赵一,眼神怨毒、狰狞、凶恶。然而赵一才不管它们,提着老妇人的头就朝外面跑。

换作空旷地带,赵一反而不方便躲闪,但现在有上百只凶猛的诡物为自己做挡箭牌,那个融合体反而难以攻击赵一。它急了,一阵乱咬,换来的是数不清的诡物群起而攻之……

赵一提着老妇人的头颅一路狂奔,来到外面的站台口,手中的头发出不甘的威胁:"我会杀了你!杀了你!卑微的臭虫,你给我等……啊不,不要!我错了!大哥!你不要这样……不!"

在老妇人歇斯底里的惨叫声中,赵一浇了她一脸童子尿,杀伤力很大!

"还杀我吗?"赵一笑眯眯地问道。

老妇人狼狈晃动头颅,下巴还在滴水:"不杀了,你说什么就是什么。"

赵一当然不会天真到以为老妇人会放过他。但现在,他还不能杀了老妇人,老妇人的头,是对付列车长的关键。

手里的诡烛即将燃尽,原本的青石路面越发黏稠,甚至开始往外缓缓溢出黑水。远处的墙面也开始脱落,露出了里面一具具森森白骨。

这座车站……这恐怖的源头……已经开始缓缓苏醒了!

前方出现了一个高大的暴怒的诡物,疯了一样朝着自己奔来,正是诡物保安!他衣衫褴褛,一张诡脸愤怒到了极点。

居然有不长眼的东西趁着自己离开的这么一小会儿空闲,攻击了控制室！主人已经开始不悦，倘若他再不赶快解决这个问题，回头主人彻底苏醒了，自己恐怕要遭受灭顶之灾！他没心情搭理路上的一切，自然也没有注意到赵一手中提着一颗腐烂的诡物头颅。

狂奔的一人一诡擦肩而过。略带一丝疑惑和不祥预感的诡物保安回头，看见赵一也转过了头，脸上洋溢着诡异的笑容。有那么一瞬间，他居然哆嗦了一下，浑身发冷。下一刻，二人消失在了彼此的视线之中，融入黑暗。

迅速来到列车口，赵一看见白水吉正在门口焦急地张望，那辆诡物仓库赠予的推车也被甩飞到不知什么地方去了，四周的一切都在融化。赵一知道，留给他们的时间已经不多了！

他立刻返回D19列车的一号车厢，准备移开木桌。木桌上的头上插着三根燃烧了一小半的蜡烛，比赵一预想之中的还要好。

"你可算回来了，老子正要……"全身上下只剩一条豹纹裤衩的温洭看见赵一气就不打一处来，但看见赵一手上提着的头颅，立刻又把脏话吞了回去，"……正要找你道谢呢！"

赵一没有理他，清点了一下车站里的人，问道："这段时间，有遇见什么特殊情况吗？"

众人面面相觑，摇了摇头。

"车站里的诡物很安分，它们似乎对我们没有什么敌意，外面也几乎没有什么可怕的诡物进来。"王绪快速交代了情况，并询问了列车外面的情况。

赵一随口道："没什么，正常现象。"

此时，列车外面的黑暗渐退，众人已经能勉强看见列车外的车站正在逐渐腐烂、恶臭、变形……鬼的正常现象……王绪心知赵一此人精神多少有一些不正常，但到了这个时候，他也不敢说什么，只能在内心里吐槽两句。

"有什么武器都拿出来，准备搞事了！"赵一掏出了手术刀，朝

第四章　废弃车站

着驾驶室走去。其他玩家见状，急忙拉住了赵一。

"那个线索不是说不能够进入驾驶室吗？"温泷瞠目。

赵一将手放在了驾驶室的门把手上，大声道："你说什么？我没听见！"

下一刻，他直接拧开了驾驶室的大门！

眼前出现的骇人场面，让众人愣在原地，脑门儿直冒凉气。

驾驶室的里面出现了两只两具身体交错连接在一起的诡物。它们的身体如植物的根须生长在了一起。

这种形状极为降精神值的诡物出现的刹那，众人便立刻想要在第一时间去争夺木桌上的诡烛！只要拿到了诡烛，再恐怖的诡物也无法攻击他们。

离得近的王绪第一个动手，然而他的手才伸过去，便被赵一直接削掉。王绪还没反应过来，便看见自己小臂伤口处居然长出了颜色艳丽的藤蔓！旋即，要命的疼痛传入他的大脑皮层，王绪躺在地面上疯狂翻滚，惨叫到翻白眼。

赵一盯着在场的玩家，微笑道："谁都不准动桌子上的诡烛。"

秦秀芳紧张地看着驾驶室里面那只随时都可能冲出来的诡物，老脸上露出一抹疯狂，拿出小手枪对准赵一的头，厉声道："赶紧把诡烛给我，否则我打爆你的头！"

这个秦秀芳显然也是一个狠人！她死死盯着赵一，只要赵一敢有任何攻击她的企图，她就会在第一时间开枪！然而她没有想到，她身后的白水吉竟忽然一拳打在了她的太阳穴上。在秦秀芳被打得七荤八素的时候，白水吉直接将她撂倒，并暴力折断了她的双臂！

看着地面上双目暴凸、面目狰狞的老妇人，白水吉喘着粗气道："对不起了秦老太太……我选择相信赵一。"

驾驶室内的恐怖诡物缓缓爬出来，沉重的压迫力让众人腿脚发软，血红的双眸里弥漫着极度的暴虐之气，其恐怖程度绝对不亚于诡物保安!

"谁……让你们打开驾驶室的门的?"两种饱含怨气与冰冷的声音以极不协调的方式交错在一起,嘶哑而刺耳。

乘务员还站在旁边,姿态端正,冷冷地看着这一切。

面对这个实力极度强大的诡物,赵一完全没有畏惧,他拿出列车长母亲的头颅,将手术刀抵在了头颅的眼睛处。

"发车,我就说一次。"赵一直视着诡物的双目,平静的语气带着让人无法拒绝的威严。

看见瑟瑟发抖那颗诡物的头,列车长似乎清醒了不少:"娘……娘?"

诡物头颅并没有回应。它早已经在车站力量的腐蚀下堕落成了只知杀戮、没有记忆的怪物,生前的一切,它全不记得了!

赵一看着已经恢复了部分神志的列车长,开口道:"你娘已经被'它'的力量控制了,想要让你娘变回从前的样子,只有离开这里!'它'要醒了,如果你不想看见自己的母亲再死一次,那就……赶快发车!"

列车长闻言,如梦初醒,他瞟了一眼车站外面已然逐渐化作血肉地狱般的恐怖景象,立刻朝着驾驶室走去。然而正在他要进入驾驶室的时候,那只刺入他胸膛的诡手抽了出来,猛地钳住了门口!

只见和列车长长在一起的那只狰狞诡物狞笑道:"想走?当年老子叫你走你不走,要全车人陪你家那个老东西殉葬……好啊!今天大家也别走!老子也要拉你们所有人给老子殉一次葬!"

这只诡物显然就是先前害死列车长母亲的老混混村霸了。

曾经车内的乘客有机会离开这里,却因为村霸害死了列车长的母亲,导致列车长不愿意发车,于是D19列车内所有乘客全部死在了车站之中!这里面,自然也包括村霸。因为怨念久久不散,神秘力量入侵后,他成了和列车长一样的诡物,并且二人因为仇恨而互

第四章 废弃车站

相纠缠交错在了一起。

此刻列车长企图发车,带着自己的母亲一同逃离车站,但村霸反而不想走了。他也想脱困,但更想看着曾经害死自己的列车长绝望而无能地愤怒。他要让列车长品尝自己当年死前的绝望。

"温泷,开枪!"赵一大喝一声,温泷迅即猛地抬起枪对准了村霸的脑门儿,反手就是一发!

"砰!"温泷第一次使用击溃者,被强大的后坐力震得退了好几步,险些摔倒在地。

这一枪打在了村霸的额头上,他发出凄厉的痛号,变得更加疯狂,另一只被融合掉的手臂居然从胸口长了出来,带出大片的血肉:"我要杀了你们!所有人……都得死!"

一只新生的诡物居然从原本村霸的躯壳之中缓缓爬出,血红的双目凝聚着无穷怨气,他身上的可怕气势让在场的所有玩家都知道,这种东西根本不是他们能够对付的!

新生村霸:极度危险
弱点:尚不明确。
能力:双锋诡爪,摄魂诡瞳。
备注:他杀死你们就像杀死路边的蚂蚁一样轻松。

数据浮现在了眼前,赵一的瞳孔也开始渐渐泛出暗红色。

"拖住他!"赵一喝道,"想活命,就拼命!有什么道具统统拿出来用了,不然就没机会了!"

村霸的躯壳留下了一部分怨念和列车长对抗,而自身诞生出来的新诡物猛地朝众人杀来!他一巴掌拍向赵一,后者立刻低头闪过,锋锐的诡爪划过赵一头顶,居然毫无阻碍地将那些厚实的车座一分为二!这场景看得众人头皮发麻。但凡被诡爪沾上了一星半点,非死即残！

温泷猛地对着村霸再开两枪，子弹在他的身上溅开了许多血花，然而这时候的村霸早已经可以无视这种攻击。村霸转过身，血盆大口裂到了耳根，"桀桀桀"的笑声让温泷腿软得几乎跌坐在地。温泷猛地对着村霸连开数枪，然而毫无作用。村霸一爪袭来，温泷迅速后退，然而躲闪不及，一只手被直接切断。

"啊！"他惨叫着捂住自己的右臂，村霸正要追击杀死温泷，赵一却突然从他的身后突袭，手里的手术刀准确命中了他的……肛门。

这一刀的伤害可比那把猎枪可怕得多！混乱伤害直接破开村霸的防御，直入内部！紧接着，混乱伤害留下的创痕还来不及自愈，"贪食者"便闻到肉香，在村霸的体里疯狂繁衍生息。村霸诡的体内一下子长出了又粗又长的藤蔓，将它的肚皮塞得鼓起。

感觉到了伤痛的村霸怒吼一声，浑身诡力涌动，化作烈火，在体内汹涌燃烧，勉强压制住了生长的贪食者。

作为邪神模因缔造出来的东西，贪食者对于人类反而不感兴趣，越是稀奇古怪的生物的血肉，越是能够让它兴奋。可惜赵一的实力不强，否则光是贪食者就能够直接把村霸吞噬，消化得连渣滓都不剩。

但即便如此，贪食者仍然带给了村霸巨大的麻烦。譬如，下面疯狂摇摆的粗壮藤蔓让村霸失去了平衡，走路摇摇晃晃，仿佛街边醉鬼一般。

"该死的爬虫……我要杀死你！"村霸愤怒地咆哮着，双目通红。

赵一一只手掏出 T202，对准自己的脖子，猛地扎了下去，旋即面色凶狠地笑道："你完了，很快我就会变成一只恐怖的怪物，我会将你扒皮抽筋，食骨啖髓！"

第四章 废弃车站

物品：T-202

品质：消耗品

简介：一个神秘组织制造的项目，他们为此投入了极大的代价和风险，但到了最后，他们仍然只是完成了一半。

效果：黑暗人格具象化。

备注：或许，你从来没有了解过你的内心……你知道真正的你……究竟有多可怕吗？

见到赵一给自己注入了神秘的溶液，本来还凶狠无比的村霸都忍不住后退两步。隐约之间，他居然觉得心里有点发怵。那究竟是什么玩意儿？

静静等待三秒，无事发生。原本剑拔弩张的气氛忽然缓和下来，难免有些许尴尬。

赵一感觉自己的身体并没有什么变化，忍不住干咳了一声，用手指着脸色疑惑的村霸说道："你等着啊！我就要变了！马上就要变了！你等死吧！"

所有人都带着极其凝重、戒备的眼神看着赵一，然而半分钟过去，赵一还是没有任何变化。他尴尬地摸了摸鼻子，咳嗽道："那个……老实说，我对T-202这个产品的体验有些不太满意……回头我会想办法投诉他们的研究人员的……"

村霸闻言，当时就怒火中烧。没本事你在这儿装什么呢？老子还以为你要变奥特曼呢！垃圾！村霸愤怒地朝着赵一冲去，身后却传来了愤怒的叫声："不准你打哥哥！"

紧接着，一只身材瘦弱的诡物小女孩在空中抱住了村霸！村霸怒吼一声，利爪一挥，直接把小女孩踹飞到了车厢边缘。小女孩大口呕血，神色萎靡。

"小贱骨头，跟你爸那混账东西一样没出息！居然敢帮着一个外人来对付老子，老子先吃了你！"他飞快朝着小女孩爬去，路上又被三只诡物拦住。

"谁都不能阻拦我们奔赴自由！让列车开！麻溜的！"是第五车厢的那三只诡物。他们的身体迅速膨胀，模样凶狠，显然已经做好了生死搏杀的准备。

"就凭你们？"村霸疯狂挥舞着诡爪，和三只诡物战成一团，爪爪见血封喉。

很快，三只诡物便败下阵来，其他车内的诡物见状也退后了不少，即便它们也非常渴望自由，却都不敢招惹村霸。好在温洸瞅准了机会，从它们之中起身，将一张符纸贴在村霸的背后，勉强阻碍了一下村霸的行动，没有让那三只重伤的诡物直接惨死当场。

"你们带着小女孩先逃！这边我来解决！"赵一对着三只诡物大喝一声。

三只诡物看了他一眼，咬牙一把抓住小女孩，朝着后面的车厢逃去。

村霸没有追。因为后面的车厢没有出去的路，它们是逃不出去的。他缓缓转过身，双目流下鲜血，看着赵一，狰狞道："现在……没人帮你了！你准备好死了吗？"

赵一对着村霸咧嘴一笑："你准备好死了吗？"

村霸心里觉得不对劲，正要欺身上前，却猛地发现赵一的身后出现了一个身体由大铁箱子构成的凶猛诡物——诡物仓库！

驾驶室门口留下的村霸的残余怨念已经被彻底清除，列车长也发动了列车，而现在……他们要尽快清理掉村霸，以免添麻烦。

"让我来！"诡物仓库"桀桀桀"地笑了起来，胸口的箱子打开，血雾如泉水一样涌出，很快便弥漫了车厢的每一个角落。在这伸手不见五指的血雾之中，众人听见了村霸凄厉的惨叫声……

"留个头给我。"隐约之间，众人听见了赵一的声音。

第四章 废弃车站

"你要他的头做什么?"

"当尿壶……哈,我逗你玩的,我只是想亲手宰了他。"

"扑哧!"利器入肉。

您击杀了新生村霸,灵魂武器获得增强。

邪神模因重建中……0.05%……灵魂武器能量不足,重建失败,请再接再厉……

本次重建,宿主获得力量8,贪食者进化——掠夺者。

掠夺者:被你灵魂武器伤害的单位会在伤口生长出掠夺者,掠夺者会源源不断为你汲取该单位的生命力量疗伤,直至掠夺者被抹去或者该单位死亡。掠夺者的强度与宿主赵一的力量和等级有关。

杀死了新生村霸,赵一从中获取了足足8点力量值,并且贪食者还进化为了掠夺者。从效果上来看,只要被赵一的灵魂武器击伤,赵一就等于拥有了一个持续给他恢复能量的泉眼。将敌人变成自己的血色药包,很爽啊!

赵一转头,猛地将自己的灵魂武器丢在了窗外的地面,刺中了上面越发狰狞的血肉!很快伤口便留下了灰烬般的痕迹,黑色触须在里面密集生长,不断从中吞噬着,而赵一也在此刻感觉到了一股股生命力量正从未知的深渊注入自己的身体。虽然这些力量不能让赵一变得强大,却可以治疗赵一身上的伤势。

车内的血雾如潮水退却,被诡物仓库尽数收拢在了胸口的铁皮箱子里,车厢外面的黑暗已经完全消退,铁轨坑槽里溢满了恶臭的鲜血,如河流一样流淌,不时翻出白骨碎尸。

宛如地狱一般的场景让车内的众人浑身发冷,然而这还不是最可怕的,最可怕的,是头顶上的巨大的宛如黑洞般的双目!它冷冷注视着铁轨上缓缓运作的列车，眸中满是愤怒。

"快开车！"温洮泣声大叫。这个浑身肌肉的男人，不知是因为恐惧还是疼痛，居然哭了。

"已经是最大速度了！"列车长厉声咆哮。

车后，数不清的咆哮声传来。众人急忙爬到车窗前查看，发现远处各种奇形怪状的生物全部以诡异的速度朝着火车跑来。路面忽然崩裂，一条带着无数倒钩的巨大触手猛地抬起，一下便钩住了火车尾部。

火车车身剧烈摇晃，诡烛忽明忽暗，赵一和诡物仓库来到一号车厢的节点口，对着后面的诡物喊道："快来一号车厢！"

诡物三兄弟闻声，带着诡物小女孩第一时间冲进了一号车厢，紧接着又有七八只诡物朝着一号车厢跑来。也有许多诡物似乎很犹豫，仿佛在揣测自己究竟应不应该相信一个……活人。正是一刹那的犹豫，彻底葬送了他们获得自由的最后希望。

"断！"赵一没有为他们多停留一秒，直接让诡物仓库切断了一号车厢和后面车厢的连接。

他愿意伸出手去救这些人或者诡物，但不代表他有这个义务和使命，他更不可能冒着生命危险去救他们。已经给过他们机会了，既然不要，那就去死。

看着后面的车厢被触手拖入了血肉地狱，一号车厢的人和诡物皆是浑身冷汗。赵一下手实在太果决了，完全没有任何犹豫。

"还不够，这边出车站至少还要一分钟！"列车长在此时焦急大吼。

前方的路能看见光明，可通往光明的这一段路无比黑暗残酷。火车的轮子碾着无数的尸骨和血泥艰难前行，列车长已经将自己的力量全部注入了火车之中，但面对车站无数死去的怨灵，仍然力有不逮。

第四章 废弃车站

赵一表情如常，完全看不出惊慌失措，他对着白水吉和温泷叫道："赶快去把诡烛拔出来，拿在手里！"

二人照做。下一刻，一只数十米长的诡爪从天而降，猛地拍打向了火车。"轰！"恐怖的撞击让火车下方的血水溅起数十米，无数尸骨在这致命的攻击中化为齑粉。

众人紧张地闭上眼，然而预想之中的毁灭并没有来临。诡烛一阵大亮，烛身迅速缩短，神秘力量笼罩住了这一节车厢，帮助众人抵消了伤害。但这一下，也消耗了许多诡烛。在规则的限制下，只要诡烛没有燃尽，玩家就不会受到伤害。诡物车站虽然强大无比，但仍然斗不过游戏系统的规则。

"赵一，接下来该怎么办？"白水吉尖声叫道。

此时此刻，唯一还保持冷静的赵一无疑成了小团队的核心，就连一旁的诡物仓库都对他另眼相看。即便是它，现在面对已经完全复苏的诡物车站也做不到像他这样从容冷静。

赵一扫了一眼车厢内的十几只诡物，开口道："我不认识你们，你们也不认识我，但现在咱们的命运已经被牢牢拴在了一起。想要活命，想要自由，接下来就按照我说的做！诡物仓库，你和列车长一起，将所有力量全部倾注给列车的动力系统。其他的诡物留在车厢内阻挡后面追上来的怪物……你们不需要对它们造成多大的伤害，只要在关键时候给它们一下，将它们击落即可。另外……"

赵一说到这里，露出了一个让所有人不寒而栗的灿烂笑容。

"王绪、秦秀芳、李妙妙这三个人，必要的时候……你们可以把他们当诱饵，只要能够吸引住那些怪物的注意力，就算成功！不过……那个小女孩你们不准动。"赵一指向了田甜。她非常乖巧地抱着自己的破小熊站在角落，一直没有说话。

王绪目眦欲裂，面色苍白，惊恐大叫道："赵一……我没得罪你啊！你为什么要害我？"

赵一笑道："这是给你机会历练，怎么能是害你呢？多么好的锻炼机会啊！近距离接触诡物，可以有效帮助你们提升精神值哦！大家都是相亲相爱的一家人，都是公会的好兄弟，我这可是牺牲了锻炼自己的机会，让给你们啊！唉，我怎么能够这么善良！"

王绪看见朝着自己围拢过来的诡物，浑身战栗："魔鬼……你是魔鬼……不要……不！"

06 列车出逃

秦秀芳、李妙妙、王绪三人被诡物们五花大绑扔在了靠近一号车厢的尾部。现在诡物们还勉强能够应付后方疯狂追来的诡物，所以还不需要将几人扔出去。其实抵御那些强大的诡物不会很难，尤其是在追逐战之中，毕竟车上这些诡物也不是吃素的，况且它们只需要保证追来的怪物不会扒上列车即可。

而温泷和白水吉则死死攥住手中的诡烛，并暗暗盯着赵一。

这个家伙……太可怕了！表面上人畜无害，暗中却在算计着所有人！如果不是亲身和赵一接触过，很难想象一个瘦削、略带病态的俊朗青年会带给人如此强大的压迫力！

似乎是察觉到了二人的目光，赵一回头对着他们一笑："放心，我不是随随便便就乱杀人的人，很早就说过了，我对杀人这件事情本身没有多大的兴趣。你们为团队多少出了一点力，虽然用处不大，但态度是好的。"

听到赵一的话，二人稍微放下些心来。温泷面容更是复杂。赵一虽然算计过他，但明显没有要杀死他的打算。明明算计他的是赵一，但现在为什么他竟然挺感激赵一的？感激赵一的不杀之恩？

他内心的杂念还没有完全消退，车站再一次对火车发起了进

第四章 废弃车站

攻！这一次，是车轨下方的血水。血水在车站力量的牵引下，居然凝结了！原本速度就不算快的火车，现在更是几乎停了下来。

眼看着后面的怪物疯狂追击而来，诡物仓库发了狠，一声咆哮，无数红雾自胸口涌出，包裹整个车身，让车子强行在血水里前行。它从前拥有能够限制诡物车站的实力，虽然不能和完全苏醒的诡物车站硬碰硬，但也绝对不是其他普通诡物能够比拟的。

后方的怪物群中，有一个衣衫不整的诡物混在其间，他骑着一头长着十六条腿的带刺野猪疯狂朝着众人追来，手中挥舞着熟悉而显眼的警棍。正是诡物保安！

"偷衣小儿，还我清白！"他厉声怒喝，狂奔猛进。眼看距离众人越来越近，他竟忽然一个飞身，在几只诡物的攻击间隙之中冲上了列车！

看着杀气腾腾的诡物保安，温泷猛地夹紧了自己的屁股。悲剧了！这玩意儿怎么阴魂不散？

就在车上的诡物要拼命将诡物保安推出去时，诡物保安却急忙换上了一副讨好的猥琐笑容，双手高举喊道："大哥！大哥别动手！我是来帮你们的！带我一起走呗！"说完，他竟真的转身，一棍子一棍子把其他想要上车的诡物挨个儿敲了下去！

众诡物面面相觑，最后看向了赵一。后者点了头，他们这才缓缓后退，给诡物保安让开了一个位置。

赵一捏紧了手里的刘老汉房产证，面色从容。但凡诡物保安有一点儿坏心思，他会在第一时间控制住对方！指望房产证控制诡物车站这种BUG级的存在是不现实了，但控制诡物保安是完全没问题的。

有了诡物保安的加入，对付这些诡物便显得游刃有余。列车即将驶出车站，但诡物车站怎能甘心？尤其是当初投靠自己的走狗，现在居然背叛了自己，它忍不了！

一股魔音自天穹飞下，回荡在四周，后面那些恐怖的怪物在听见这浩瀚魔音之后，竟如同打了兴奋剂一般，速度快了一倍不止。与此同时，前方列车的车轨也直接翻了起来，与地面垂直，要强行阻挡列车突破最后一道关卡。

"不要慌，直接碾过去！用全力，把火车直接撞碎，只有这样才能够触发诡烛的保护机制！"赵一发号施令，诡物仓库也是目露凶光。

"轰！"无数的怪物在这一刹那飞身而起，密密麻麻地扑杀向了一号列车的诡物保安。而白水吉和温泷手中的诡烛也在此刻绽放出了璀璨而耀眼的光芒。

火车头与承载了诡物车站的铁轨发出剧烈的碰撞，那一刹那，两种不同的力量交汇，触发了第三种无法抗拒之力——规则！白水吉和温泷手里的诡烛在最后一刹那燃尽，而列车也在千钧一发之际突破了铁轨的束缚，冲向了前方的无穷光明！

诡物车站那惊天动地的不甘怒吼从身后传来，数以万计的恐怖怪物站在了车站出口，怨毒地注视着列车远去……

恭喜玩家赵一、温泷、白水吉、田甜、李妙妙、王绪、秦秀芳完成大世界任务"解放火车内的怨念"，所有玩家获得2天赋点。

副本结束后，大世界新地图"谷悬镇"开启，大量人物支线任务可以赚取积分。

列车特殊诡物对玩家赵一好感度提升至"尊敬"，日后玩家赵一在谷悬镇中可以享受它们的特殊服务和帮助。

诡物好感度：血仇、深仇、厌恶、无感、喜欢、尊敬、敬畏（爱慕）、忠诚。

第四章 废弃车站

公会通报再一次响起，聊天室炸开了锅。

△这赵一是什么妖怪，怎么什么任务都能做？

△榜一确实牛！

△可惜咯，他很快要从新人榜消失了，下个月如果他等级过了5级，他就不再是新人了。

△下个月有魔灵之潮……他肯定会去的！

△嘶——听说那里无比危险，除了可怕的诡物，还有恐怖的传说、诅咒……甚至还有一些精神不正常的玩家，会互相屠戮！

△那个人魔巴尔不就喜欢在副本里疯狂屠杀队友吗？上一次魔灵之潮，他就是靠着杀队友发家致富的！

列车上，赵一拿着手术刀蹲在被诡物绑住的三人面前，笑眯眯地说道："我放你们回去，你们会不会报复我？"

李妙妙已经疯了。她的嘴角不停地滴着口水，看着赵一的脸她就疯狂尖叫，不停挣扎，显然她已经被赵一吓坏了。

王绪同样好不到哪里去，刚才他们离那些追逐火车的怪物极近，受到了相当严重的精神污染，精神值掉得很严重。此刻他双唇泛白，眼神空洞，留存不多的神智支撑着他不停摇头。在他的眼里，赵一这张笑脸早已经化身成了不可名状的恐怖。

至于心态最好的老妇人则一直埋着头，没有说话，似乎昏过去了。

"你的枪。"温泷将击溃者还给赵一，面色复杂，同时信赖和畏惧一个人是什么感觉，他现在体会到了，"谢谢你……救了我的命，以后的主线任务我绝对不会再参与了。"

他回头望了一眼远去的车站，心有余悸。这是什么离谱的阴间副本？如果他们这队没有赵一，绝对凉凉！这个副本不但恐怖，还到处是坑，哪个正常人会想到，副本最大的BOSS居然是车站本身？！谁又能在副本早期就意识到，诡烛这种只能维持一小时的照明道具,是用来对付BOSS的唯一办法?他忽然理解了为什么先前去了三十六个人,死了三十六个。这个副本放在游戏副本里,绝对是超过地狱难度的存在!

温泷的身体率先化作一道光消失在了火车内,紧接着,其他玩家也纷纷化作白光消失。轮到秦秀芳的时候,她居然猛地抬起了手里的手枪,神色狰狞地对准赵一的头,"砰砰砰"连开三枪。好在全被车站内的诡物挡下了。

"坏婆婆!敢伤害哥哥!"诡物小女孩萱萱的手已经长了出来,伤势恢复得七七八八,此时见秦秀芳袭击赵一,顿时怒了,嘴巴裂开到了恐怖的程度,直接朝着秦秀芳的脑袋咬去。然而下一刻,秦秀芳的身体却化作一道白光消失了……

萱萱咬了一口空气,眼里露出了一丝迷惘。赵一来到秦秀芳的位置,拾起地面上的弹壳端详了片刻,嘴角微微扬起。

"哥哥……你没事吧?"萱萱关心地扬起小脑袋,怀里抱着赵一早先递给它的破书包。

赵一摸了摸她的头,温声道:"谢谢你的提示……我要走了,萱萱。"

萱萱闻言,眼中光芒黯淡:"哥哥还会来看萱萱吗?"

赵一笑道:"当然,我会去谷悬镇的。"

萱萱又开心地笑起来,伸出手指头说道:"哥哥拉钩!"

赵一跟她拉钩,而后又对着车厢内的诡物仓库说道:"我说过,我是最后一批去车站的玩家。"

诡物仓库微微颔首,这是它对眼前这个弱不禁风的活人的一种答谢和尊敬:"多谢。日后你在谷悬镇有什么困难,可以直接来我们的落脚处,我们会帮助你的。"

谷悬镇地图已更新,您已解锁更多私人安全营地。

第四章 废弃车站

赵一点点头:"帮我照顾一下萱萱,她还小。"

诡物仓库答应了下来。

虽然萱萱是一只诡物,但如果不是萱萱一早提醒他有东西在监视他们,赵一也不会这么快猜到诡物车站的存在。

几番寒暄后,赵一也离开了车站,化作白光消失。

惨淡的暮色下,一辆残破的列车就这样缓缓沿着杂草丛生的铁轨,驶向无垠的黑暗……

荒野求死

—— 第五章 ——

01《论语》功法

公会驻地，某个人少的角落中，文身男单烈找到了才回归不久的秦秀芳。在单烈的房间里，秦秀芳被一群大汉团团围住，她面色冰冷，但也能看见一抹畏惧。那些酷刑，赵一受得住，她受不住。

"为什么赵一没有死？"单烈赤裸上身，文身在胸口蜿蜒，阴鸷的眼神里全是杀机。

秦秀芳将手枪掏出来，非常恭敬地放在了桌面上："这个家伙很难对付。"她面色难堪。

单烈一拍大腿，怒道："你开局直接给他一枪不就完事了？你这么个老不死的东西，谁会想到你身上有枪？"

秦秀芳面色极差。经历了不久前的一切，她反而非常庆幸自己没有在一开始就直接一枪崩了赵一，否则……他们所有人都会死！

"有诡物帮他挡子弹。"她随便解释了一下，反正里面具体是什么样子，外面的人也不得而知。这又不像游戏副本，玩家的精彩表现会被录像传上论坛，大世界的任务副本不会有任何的记录，其情形只有参与者知晓。

房间内气氛凝重，单烈点了根烟，犀利的目光穿过煞白烟雾，落在秦秀芳布满褶皱的老脸上。

"枪收着吧。这玩意儿不值钱……下个月的月中会有一次魔灵之潮，以赵一那个混账玩意儿的性格，他不可能不参加。你还有一次机会。杀了他，我们之前的承诺仍然有效。"秦秀芳没有推辞，将手枪收回了自己的口袋。

第五章 荒野求死

707号公寓——

房门打开，穿着酒红色睡裙的柳若晴将赵一送出了房间，双目迷离："下次再来哦，小宝贝。"

她对着赵一微微挥手，赵一忍不住咳嗽了几声。知道的，晓得自己是来治病的，不知道的，还以为自己搁这儿除魔卫道呢！他摇摇头，带着一本笔记从七楼离去，回到了自己的房间里。

翻开笔记本，上面记录了两个病人的信息。

病患：柳若晴

SAN：稳定，不可控制

病因：红魔人格（Red Devil）

具体表现：在受到强烈的外界刺激后，沉睡在身体里的红魔人格会苏醒。它会猎杀特定群体，并以各种精妙的烹饪方式，搭配绿色蔬菜吃掉它们。如果没有绿色蔬菜，红魔会拒绝进食，并陷入暴乱，疯狂杀戮……而在获得足够的美食后，红魔人格将心满意足继续沉睡，直到下一次被唤醒。

注：Red Devil 来源于西方世界的旧日生物黑山羊幼崽所缔造出来的精神作物，以邪海之藻和它恶臭的口水融合，常常播种于精神专注度极高类型的群体，虽然黑山羊幼崽对自己无意创造出来的红魔没有多少好感，但不得不说，这是目前人类记录之中，经它之手最完美的生物。

治疗方案：话疗（暂时）。

类别：未知食材，待进一步确认。

病患：田甜

SAN：稳定，不可控制

病因：人格异化（Dangerous Delusion）

具体表现：她总会认为自己有一个朋友叫维尼，直观态呈现为手中抱着的破布小熊，但其实这只小熊根本不存在，只有患有相同病症的患者才能够正面观察。当异化人格察觉到自己有危险时，会强行解开自己身体的基因锁，并第一时间清理危险来源……异化人格出现时间过长，会导致基因锁崩溃，从而死亡或产生不可逆的形态转变。

注：该对象人格异化程度已经极度严重，疑似曾经接触过黑暗中某些不可名状之物。

治疗方案：暂时无须治疗，有待观察。

类别：良好食材（未成熟）。

赵一合上笔记本，将它扔进物品栏中，然后打开了自己的系统面板。

角色：赵一

等级：3

经验：25/100

物品：刘老汉的房产证、潘多拉之盒（伪）、替死玩偶、击溃者（猎枪）、屠夫精心烹饪的汤羹

生命：20/20

力量：35

精神：101（100+1）

运气：0

称号：诡见愁、锋芒乍现、犯规者、好为人师

灵魂武器：染血的手术刀（掠夺）

积分：12000

第五章 荒野求死

评分获取：S+、SS、S

领域：强身（F-）

变化最大的是他的力量和积分，并且赵一目前的评分获取已经可以开启高阶商城，里面可以兑换各种各样的诡物残肢、异术、秘宝、武器、功法……根据效果的不同，需要的点数也不同。

譬如一个力量值 100 的诡物手臂，需要花费 240000 积分，外加两个 S 以上的评分。这种残肢是不能够继续进化的，并且每使用一次，玩家的身体就会被手臂之中的诡物怨念腐蚀一些，直到某一天，玩家的神智彻底被怨念吞噬，自己化身诡物。

所以玩家在彻底被怨念腐蚀堕落之前，必须赚到更多的点数，换上另一个更强的诡物残肢来替换原来的。这是一条不归路。但在庞大的玩家群体之中，有相当一部分人选择了兑换诡物残肢，原因就是兑换残肢后力量来得最快、最稳定、最安逸。

赵一对此不感兴趣，目光一直在庞大的商城里面搜索，寻找一些奇奇怪怪的东西。最终，他在功法一栏里面找到了一本奇怪功法。

功法：《论语》（1/492）

品质：白色（白、绿、蓝、紫、橙、金、红）

介绍：某东方世界，战国时期有一个叫作"孔"的圣人，他以仁为本，以德服人，身高二米二，单手劈城门，门下弟子三千，游说七国君主，通过不间断地殴打他们，成功使七国君主同意自己推行自己的学说，《论语》便是"孔"给当时道上的人制定的规矩。

备注：集齐所有残页可以进化为红色绝版功法——《论语》

评价：赵一啊，你的纯度还是太低了！

万事俱备，谷悬镇的地图也更新了，里面有庞大纷杂的支线任务，记录了不同的人物图志，但大部分支线任务的奖励都只有积分，只能供高等级玩家赚赚外快。

自从赵一接手了主线任务，这个任务便打上了他的等级印记，只有等级小于或等于他的等级的玩家才能够执行主线任务。除非赵一死去，印记才会消失。赵一对于谷悬镇的支线任务兴趣不太大，他的精力仍然主要放在屠夫的女儿孙柏柏上。可惜的是，目前谷悬镇大部分区域的等级都在10级以上，危险度很大，赵一不想贸然进去挨打。

"不过有机会倒是可以拜托诡物仓库帮我查一查。"赵一目光明亮。

自从他回到过去的时间线，解放了火车内的怨念，里面的一些特殊诡物最后在谷悬镇定居。因为对赵一的好感度是尊敬，所以它们的领地就成了赵一私人的安全营地。只要进入它们的领地，赵一就会受到庇护。

躺在床上，赵一打开系统面板，查看了一下下一个大世界任务。

世界任务：找工作

推荐等级：5—10级

推荐人数：任意

任务奖励：根据工作职位而发放

简介：你修好了废弃车站的火车，成功驾驶火车前往了谷悬镇，但随着你深入谷悬镇，你竟然发现这里危机遍布，诡物横行。为了活下去，你不得不尝试融入这些诡物，经过一些好心诡物的介绍，你知道必须在谷悬镇拥有一份

第五章 荒野求死

稳定的工作，你才能够艰难活下去……

5级到10级，不是自己能做的。赵一决定先放一放。

根据任务描述，谷悬镇里全是诡物，找的工作必然也不是什么轻松活儿。虽然他的力量远远超过其他同等级玩家，但他显然还没有到能够和超过自己等级太多的诡物正面对抗的地步。下个月中就是魔灵之潮，他已经在"话疗"的时候和柳若晴聊起过，让柳若晴帮他和公会专门负责此事的大佬说一声，给他报个名。接下来，就是无聊的米虫生活。

有了柳若晴的提醒，向拔邦也不敢在公会驻地里明着找他麻烦，这些日子，赵一没事儿就去车站和小丑打打牌，拉上方白和田甜几个人玩桌游，倒也混得挺快。

直到月初来临，赵一直接打开了系统，匹配新的游戏副本。

　　游戏副本匹配中……匹配成功……

　　副本：荒野求死

　　参与玩家：赵一（LV.3），应翔鹰（LV.5），宁文晓（LV.7），丁龙飞（LV.4），纪腾（LV.3），冉欣平（LV.9），魏芸（LV.8），根岸宽人（LV.9）

　　主线任务：在鲁巴科山脉之中活过十五日

　　支线任务：？？？

　　主线任务奖励：150经验值

　　支线任务奖励：命运宝箱（蓝色）

　　难度：炼狱

　　简介：你们一行人受邀参加了荒野专家贝尔和埃德一同举办的节目——《荒野求死》，需要在最为危险的鲁巴科山脉里共同生活十五日，你们承诺要互相帮助，并肩前行，用人类最顽强的意志去战胜自然……

注1：此副本将封印玩家的物品栏，物品栏中的所有物品均不可使用！

注2：玩家力量削弱50%，直至副本结束！

剧烈的疼痛从脑中传来，赵一还未睁眼，便隐约听见了两道颇具火药味的声音——

"老规矩，一人带四个。"

"贝尔，这一次的节目是我主持的，投资方也是我找的，你还要跟我五五分，是不是有点不厚道了？"

"厚道？埃德，如果不是我托关系找到他们，你觉得就凭你的能力能带这八个小子来鲁巴科山脉里录节目？"

"该死，就这样吧……不过贝尔，天气侦察可是你负责的，如果这一次节目出现什么意外……我饶不了你！"

一阵对话结束，声音消失。

赵一百无聊赖地等待了许久，眼前无尽的黑暗才缓缓消退。他睁眼，天是那么蓝，草是那么绿，空气是那么清新，额头上的鸟屎是那么稀……用旁边一名女性玩家的衣服擦干净额头上的鸟屎后，赵一才缓缓坐起身来。

此刻，他们正在一条山脉中的某座山的山顶上，高大的灌木与植被覆盖着万顷之地，一眼望不到边界，远处夕阳的光让赵一一时间还不是那么适应。

"你醒啦？"篝火旁，一个赤裸上身的光头精壮男子望向赵一，露出了一个略带惊异的笑容。

埃德：触发式中立
弱点：无。

第五章　荒野求死

注：曾经当过特种兵，退役后开始进入《荒野求死》节目，因为擅长挨饿，所以被观众戏称为"挨饿德"。

赵一点点头，揉了揉脑袋："头好痛，咱们现在已经到鲁巴科山脉了吗？"

埃德大笑道："是的！赵一，看看你的周围吧，是不是美极了？我曾去过许多地方流浪，每到一处我都会情不自禁地想，这里应该就是最美的地方了，可我下次总能遇见更美的……大自然就是这样，你知道，有时候它会让人无力，不过一旦你静下心来感受，你就会发现它那波澜壮阔的魅力！"

德爷还有一个外号，那就是"骚话德"，因为当他处于顺风状态的时候，他就会开始疯狂讲道理，对着镜头讲，对着自己讲，对着火讲，对着食物讲，顺便再在众多单身狗的面前提一下自己有一个爱他的老婆、一个和睦的家庭……

赵一扫了一眼附近，好奇道："埃德，贝尔去了什么地方？"

埃德停下了话声，摸了摸大光头："贝尔啊，贝尔去取摄像装置了，有时候直播和网络会因为天气影响而中断，不太方便，所以咱们一般通过录像设备来记录和嘉宾们一同靠着意志努力征服自然的过程。"

赵一瞟了一眼远处的天，点了点头。

"你先休息一会儿吧，等贝尔回来，其他嘉宾醒来，咱们的节目就开拍了。"

很快，贝尔从远处山腰的密林中上山。他背着许多装备，大部分是记录摄像的仪器，一眼瞟去，百来斤重，但丝毫没有影响贝尔的速度。

"这种上山速度……有意思。"赵一眯着眼。

贝尔的体质显然已经远远超过了正常人类，哪怕是皇家特种兵兵王,也绝对不可能背着上百斤的重物在山道上行动得如此迅捷。

赵一又瞟了一眼篝火旁的埃德。

埃德几乎没有穿衣服,浑身上下就一个裤衩。而赵一自己扮演的嘉宾则是里外穿了三层,并且还能从空气之中感受到一丝丝的寒意。结合一旁地面上草叶挂着的一抹微白来看,现在山顶的温度应该在零下。无疑,贝尔与埃德的体质被提升到了未知的地步。

这似乎是一件好事。二人越强,跟随他们的玩家们在丛林里的安全就越有保障。

赵一摸着下巴,目光落在埃德面前的篝火上,不知道在想什么。

这时候,其他的玩家渐渐醒了。

身旁传来了一个女人的尖叫声:"谁把鸟屎弄在我衣服上了!缺不缺德啊?"

赵一一脸正气地附和道:"就是!真不知道是哪个孙子,居然干出这种缺德的事情,实在是太可耻了!可别让我逮住了,不然有你好果子吃!"

才苏醒的玩家们面面相觑,神情迷惘。他们还完全没有意识到自己现在的处境,毕竟并非所有人都能和赵一一样,精神值一直处于绝对清醒的状态。

△几天不见,赵一已经无耻到这种程度了吗?

△签个到!顺便继续学习!

△这次我大哥的任务难度居然变成了炼狱!

△我是新人,请问炼狱是什么级别的难度,哪位大佬出来解释一下?

△游戏副本难度分为七种级别:普通、噩梦、地狱、炼狱、折磨、绝境、无解。

△楼上正解。

第五章　荒野求死

02 绿野熊踪

　　新的副本开启，玩家们彻底进入状态。这一批玩家里几乎没有菜鸟，等级比较低的三人：赵一、纪腾、丁龙飞，还都是新人榜上前二十的存在，赵一第一，纪腾第八，丁龙飞第十四。或许也是因为这个，他们才匹配到了炼狱级别的副本。

　　贝尔摆弄好了摄像机，又分配了电池。

　　埃德见自己的电池少了一块，不满道："为什么少了一块电池？到时候电量不足可怎么办？"

　　贝尔却回道："资金紧张……再说了，你哪次用完过电池？将就着用吧，省着点儿拍没什么问题的。"

　　埃德咬了咬牙，一把将摄像机和备用电池背在了身上。紧接着，他转过身，挺着浓密的胸毛对玩家们说道："各位，欢迎你们来到《荒野求死》节目，介绍我们就不用再多说了，接下来的十五天，你们将会分成两个四人组，分别跟随我和贝尔在不同的区域完成挑战，并回归人类社会。在这之前，你们有十分钟时间自由商议和选择跟随谁一起参与挑战。如果一方人数过多，则随机挑选多余的人去另外一组。现在，请你们开始商议吧！请尽可能快速一些，天要黑了，这片山脉之中不但有凶猛的未知野兽，还有恐怖的毒虫。"

　　埃德说完，便和贝尔站在了远处的夕阳下。

　　玩家们彼此互相简单自我介绍了一下，便开始商议起来关于这次副本任务的问题。

　　最先开口的是魏芸，也就是被赵一抹了一身鸟屎的那位："长话短说，这个副本虽然表面看上去只是简单的荒野求生，还给咱们配备了两名这方面的专家，不过既然是炼狱级别的八人副本，其中肯定有意想不到的凶险。现在所有人的力量都被削减了50%，物品栏也被封印，个人力量很难再得到发挥，所以我提议咱们一定要尽可能地团结起来,共同抗击外界的侵害!"

她的话立刻引来了不少人的赞同。

"我同意!"

"我选贝尔!"

"我选埃德!"

"我也选埃德!"

短短的几分钟,众人已经完成了选择。八人玩家,有六人都希望能够跟着贝尔,只有两人愿意和埃德一起。原因无他,贝尔身上有着精良的装备,还有一柄神器——军用小刀。而埃德……什么都没有,他甚至没有头发。显然,一旦遇见了不可测的危险,贝尔的正面战斗力会比埃德更高。

在场的人里,没有几人是混子,否则也不可能匹配到炼狱难度的副本。他们眼力见儿很足,所以都想跟着装备精良的贝尔,不愿意和埃德这个三无专家一起。那两个选择埃德的人,是赵一和魏芸。

一番简单的猜拳后,又有两个人被随机分到了埃德这组——丁龙飞、应翔鹰。二人都是精壮的年轻人,只不过丁龙飞看上去中气十足,而应翔鹰则显得内敛低调。

被随机分给了埃德,他们的脸色有些差。这个连头发都没有的专家……真的靠谱吗?

"非常好,既然你们已经选择完毕,那么跟我走的那四人,现在随我一起去寻找今夜的营地吧!"埃德双目绽放出兴奋的光芒,笑得像个孩子。

赵一四人看了彼此一眼,没有多说,跟随着埃德那壮实的背影,朝着山下黑黢黢的密林走去。

路上,埃德打开了摄像机,一边拍摄一边说道:"鲁巴科山脉昼夜温差极大,通常夜晚的温度会降到零下二十度左右,如果没有一个合适的庇护所,我们很难撑到明天早晨……注意脚下!据我所知,光是山脉之中就有四十三种蜘蛛等毒虫,可以轻易要了咱们的命。另外,这一次的真人秀节目,为了保证真实性,咱们没有带任何外援、药品、食物和水,所以各位要尽可能保证自己不受伤……因为一旦你们的伤口在这里发生感染,很可能就意味着死亡……"

一行五人缓缓在错综复杂的山林中行走,他们速度不快,路上一直在小心提防可能出现的毒物。譬如刚才他们在越过一条半米长的小浅溪的时候,应翔鹰就差点儿被旁边树上的一只巴掌大的猛蛛咬住脖颈!那只蜘蛛色彩斑斓,屁股肥大,一双毒牙在夕阳的映射下隐隐冒着寒光,让人头皮发麻。幸亏埃德眼疾手快,直接徒手凭空抓住了扑上来的蜘蛛,并直接塞进嘴里,咽了下去。

"千万小心,鲁巴科山脉是目前已知最危险的禁区,无数探险家都葬身于这片丛林之中,里面不知道存在多少外界没有统计过的毒虫。"埃德一边热心地为众人介绍,一边带着众人在山林之中寻找庇护所,"天很快就要黑了,咱们现在得尽快找到山洞,清理出一块安全的地方,并生起火来,不然今夜只怕很难熬。"

丁龙飞粗声粗气地询问道:"埃德,我看这附近的树木都很高,一些树木上还生长着藤蔓,咱们今夜要不直接清理一棵树上的毒物,然后就在树上睡觉?"

埃德摇头,耐心解释道:"丁先生,如果是平时,你的方法完全可以使用,但现在不行。"他指着天上远处正在缓缓凝结汇聚过来的阴云,"看见了吗?从天气和空气湿度来判断,今夜多半会下雨,而且接下来的几天都有暴雨。如果只是单纯遮挡北方吹来的寒风,这些繁茂树叶还能做到,大家用藤蔓交织成一张大床,互相取暖,也勉强可以撑过这个夜晚,但……如果遇上大雨,咱们必死无疑!"

埃德神色严肃,绝非在开玩笑。

"这个山脉之中的雨水不会在极低温度下结冰，夜晚温度会降到零下十几度，咱们一旦在这样的温度下被雨水淋湿……那么很快就会因为体温过低而死亡！"

众人的力量都被消减了50%，就算比普通人厉害，也不会厉害到哪里去。这种程度的体质，根本不可能在零下十几度的液体浸泡中长久生存。

"那……食物和饮用水的问题怎么办？"这次开口的是魏芸。

埃德解释道："在这种极低温度下，人不喝水能活三天到七天，不吃饭能活一个星期。不要小看你们的潜能，只要我们有了落脚点，能安稳活过今夜，搞到蛋白质和碳水是一件很容易的事。"

赵一听他们一问一答，目光在四下里搜寻，观察地形，并在自己的脑海里复刻了自己眼中看见的一切。很快，他在小路旁的野草里发现了一堆新鲜的熊粪。有熊！

赵一眼神微移，看向带头的埃德。对方是荒野生存专家，体质远超自己，既然自己能够看见这堆熊粪，那么埃德不可能看不见。他完全无视了这么新鲜的熊粪，说明了什么？说明一头成年的熊，根本不能够对埃德造成任何威胁。

拥有可以正面碾压成年壮熊的力量吗……赵一的眼底来了兴趣，又认真打量起天气：有一个这么强大的专家在身边，这场游戏居然还被评判为炼狱级的难度……有点意思……这种天气，只怕要连续下几日甚至十几日的暴雨，他们先前说，来之前贝爷已经探测过天气方面的信息，所以唯一的解释是……这种天气是他们二人故意选择的！

想到这儿，赵一嘴角微微扬起：为了增加节目效果？还是……

他脑海之中的信息以一种正常人无法理解的诡异速度在不断交错推演，模拟接下来十几天全是暴雨会出现的各种情况……一种种可能出现，又被他一一分类在不同的区域。赵一眉毛上挑，眼神越

第五章　荒野求死

发兴奋。

很快，众人便在埃德的带领下，在山腰处找到了一个小山洞。里面还算空旷，毒虫什么的反而不喜欢这种过于平坦的地面，更不见蛇之类的猛毒。山洞内部干净得像被人收拾过。

埃德惊喜地带着众人一边拍摄，一边准备开始生火。

"现在还没有下雨，我们尽快去找些干柴，然后生火。只要有了火，咱们今夜不但能睡个好觉，明天还能吃到熟的食物。"

众人立刻纷纷行动，二人一组出去在附近寻找干木柴，埃德则一边在远处细心指导玩家，一边录制视频。赵一拾取干柴的时候，有意寻找熊留下的痕迹，很快他便确定了一个方向，并且在前方找到了新的粪便。他认真记下了这些线索，才搬着干木柴回到山洞里。

暮色降临，火生起，温暖驱散了寒意。橙光闪耀，众人围坐在火旁，竟有一种格外的温馨感。

"轰隆！"一道闷雷响起，洞外果然传来了淅淅沥沥的雨声。湿度伴随着寒冷涌入山洞，让众人忍不住打了个寒战。

他们身上穿着的衣服不尽相同。赵一的衣服就比较厚，所以他觉得暖和。而魏芸的衣服则很少，腿上的丝袜还是超薄型的，基本没有保暖作用，她整个人在火堆旁边瑟瑟发抖。另外二人的衣服也比较厚实，但没赵一这么"固若金汤"。

火堆噼啪作响，埃德忽然躺在石头上，喘息着，身体也在流汗。

"埃德，你怎么了？"赵一蹙眉问道。

埃德偏过头，咧嘴一笑，露出一口洁白的牙齿："没什么……可能是白天的那个蜘蛛有一点儿毒，睡一觉就好了。"

赵一上前，给埃德简单做了一下检查。确实没什么大问题，只是有些发烧和晕眩。但他的表情很微妙。一般而言，蜘蛛和毒蛇的毒素只有进入血液才能生效，吃下去是没有太大问题的，但现在看

247

来，鲁巴科山脉里的毒蜘蛛及一些其他的昆虫并不能够食用。连埃德这样身体素质离谱的人都撑不住，他们吃下去，恐怕过不了多久就直接臭了。

"感谢你们的关心……明早咱们再考虑食物和水的事情，这些雨水里有特别的杂质，虽然没有腐蚀性，但不能饮用，为了明天的任务，各位还是好好休息吧！"埃德说了一句，就自顾自地翻身睡大觉了。

众人面面相觑，应翔鹰瞟了一眼熟睡的埃德，小声问道："你们有发现什么吗？"

大家都摇头。应翔鹰也不知道他们究竟是真的不知道还是不想说，无奈叹了口气，睡觉了。他故意选择了最里面的位置，那里虽然距离火堆远了点，有些冷，但如果外面发生什么意外，出现了什么可怕的东西，他肯定不是最先被选中的攻击对象。

又过了约莫两小时，赵一忽然从地上坐起了身子，拾起一根燃烧的柴火，悄悄朝着洞外走去……

赵一刚离开洞穴，另外一个身影也鬼鬼祟祟地站了起来，跟在赵一身后。

外面很冷，现在还没有到午夜，但温度已经降到了零下。雨很小，打不湿衣服。借着微弱星光，还能勉强看清周围的景物，但这个身影已经不敢再轻举妄动了，因为她赫然感受到了脖颈处的一道致命冰冷！是一柄手术刀。虽然玩家的物品栏被禁用，但灵魂武器仍然可以使用。

"魏芸？跟踪我？"赵一笑着。月光下，他的笑容仿佛厉鬼。

魏芸额头渗出了一些汗珠，早在不久前她已经听说过赵一下手极狠，但凡他动了杀念，绝不拖泥带水。

"我没跟踪你……我，我……我是出来上厕所的！"她急中生

第五章 荒野求死

智,想要打消赵一的疑心。

果不其然,在听说她要上厕所的时候,赵一放下了手术刀。但赵一接下来的一句话,让魏芸直接破防了:"上厕所是吧?行。就在这里,马上脱了裤子就地解决。如果你拉不出,我就送你去死。"

魏芸闻言,一张脸涨得通红,憋了半天才说道:"赵大哥,别动手!我承认我是跟踪你出来的……但不是因为我对你有非分之想……我只是……只是太冷了,想问你要一件衣服穿。"

此时,她一个8级的玩家,居然喊一个3级的新人"大哥",还被直播间数万人看着,真是脸都丢光了!可她不像赵一,没有灵魂武器,在所有玩家属性都被削减50%的情况下,大家的力量差距并不大。哪怕是一柄普通的武器,也足以让其中一方处于绝对的优势。更何况她现在浑身上下都被冻僵了,敏锐度更是被大幅度削弱,别说赵一有灵魂武器,就算赵一赤手空拳,也未必不能打死她。

"想要衣服啊?早说嘛……真的是……"

赵一收起了手术刀,让魏芸松了口气。这个新人榜榜一虽然被传得有些可怕,但感觉还是蛮好说话的嘛……

"3000积分。"赵一一开口,魏芸直接愣住了,旋即声音提高了八度:"啥玩意儿?一件破衣服,你要卖3000积分?你怎么不去抢?"

赵一理直气壮地回道:"我这不正在抢吗?"

看着赵一那张脸,魏芸气得咬牙切齿,真想跳起来给他膝盖来两拳啊!

"赵一,我告诉你,我魏芸……就是冻死、冷死,从山上跳下去,也绝不可能花3000积分买你的破衣服!"

正在此时,一阵寒风自北方而来,吹过山林,穿过树木,如利剑一样扎了二人一个透心凉!沉默了数秒,魏芸忽然跪在地上,一

249

把抱住了正要离开的赵一的腿，流着鼻涕，抹着眼泪哆嗦道："买！我买！3000就3000……呜呜呜……"

3000积分对她而言也不是小数目，可如果没有这件衣服，她估计活不过这个副本……届时亏损更大！

叮！您获得3000游戏积分。目前您的积分为6000。

赵一花5000积分买了《论语》残页，现在一件破衣服就卖了3000积分，瞬间回本60%。这一刻，赵一深刻体会到了资本家的快乐。

他三下五除二，脱下了穿在中间的那件绒毛衬衫，交到了快要冻成冰棍的魏芸手中。后者傻眼道："不是……不是外面这件大衣吗？"

赵一看了一眼自己的大衣，恍然笑道："原来你是说这件啊……这件10万积分。"

魏芸："什……"

多年后，魏芸回忆起曾经，始终记不清当年那个可怜无助的小女孩是怎么走回山洞的。她只记得当时很冷，腿在哆嗦，赵一的笑容……很残忍！

少了一件衣服，赵一也感觉到了明显的寒意，但在爬山这种高强度运动的情况下，现在的温度对他而言还可以接受。赵一沿着白天的线索一路寻找，想要找到那只熊。

与埃德的想法不同。赵一不认为今夜过后，他们还有机会出去寻找食物。如果雨势渐大并且不停，那么即便是到了白天，温度也很难回升。于是，此后的十四天内，温度只会一天比一天更低！并且，所有的木头都会因为被雨水淋湿而不可燃烧。失去了赖以生存

第五章　荒野求死

的火，单凭身上穿着的这点儿衣服，根本不可能活过十五日！更何况……届时还有某个更可怕的危险在等着他们！

今夜，是最容易被忽略的节奏翻盘点。后面的十四天能不能掌握主动权，全看今夜！

沿着小路上的痕迹一路追寻，赵一的眼中红芒微烁，此时这片区域的一草一木的数据全部浮现在他眼里。先找到那头熊，趁着雨没下大，他的身体还没有僵硬。

夜幕微醺，雨帘轻摇。正在山腰处翻石头找食物的巨型棕熊盯着眼前的石头坑，里面空空如也，它的眼底露出了一抹烦躁。抬头，雨虽还小，但空气的湿度还在增加。在这里生活过很多年的它清晰地知道，自己该走了，再不走，就只能冬眠，但它不想冬眠。

听其他的熊说，去年有几个好兄弟就是在这个山头冬眠的，越眠越香，越香越眠，然后就被人烤熟了……只可惜，今天很多食物都跑了，在离开这片雷暴区域之前，自己估计是吃不上肉了。

它烦躁地一甩头。忽然，一个黑影出现在了视野之中，棕熊嗅了嗅鼻子，目光闪烁杀机。

好香！是肉！哈哈！今天的晚饭有着落了！嗯……这个食物看上去傻乎乎的……味道应该不错。他似乎没有发现自己，正在朝自己走来。等他走近些……再近些……再……嗯？他手里拿着的明晃晃的是什么东西？糟了！是火！这是个人！不会又是那两个恐怖的家伙吧！他们……又回来了？

当锋利的手术刀切断它的脊髓神经时，棕熊发现自己已经完全不能行动了。在渐渐变大的雨幕中，它意识逐渐消散，莫名回忆起来了一些小时候的事。

那时候它还很瘦。它依稀记得，也是这样的一个雷暴天，两个恐怖的直立猿漫山遍野地寻找食物……那是它这辈子见过最恐怖的生物。什么剑齿虎、花冠王蛇，在那两只可怕而疯狂的直立猿面前

251

全是食物！它的父母付出了生命的代价，用自己的血肉去吸引这两个直立猿，才让它和它的弟弟逃出雷暴区。

"真不该回来啊……"棕熊在意识消散之前如是想到。

黑色的触须附着在它的伤口上，不断吞噬着它身上的生命力量。而赤膊站在棕熊面前的赵一，身上许多深可见骨的狰狞伤痕居然在以肉眼可见的速度复原。

03 恐怖录像

赵一刻意脱掉了衣服，就是不想在生死搏杀中留下痕迹。他缓缓闭目，双手平举，感受着生命的力量涌动在自己的四肢百骸，忍不住舒畅地呻吟。苍白而俊朗的面容浮现出病态的微笑，经过沾着月光的雨水的洗礼，竟有一种神圣的美。

> 经过生死搏杀，你的强身领域触发，身体素质提升，力量+1。

在赵一享受生命之力的时候，系统传来了提示。这是强身领域的效果。赵一可以通过战斗来提升自己的力量。目前他的强身领域等级为F-，这个等级下，赵一总共可以通过战斗来提升6点力量值。现在，即使在被削弱的情况下，他也拥有了高达18点的力量值。

雨渐渐大了。赵一擦干净身上的血，穿上衣服，带上火把，拖着棕熊的尸体，朝着某一个方向离去。

白天他跟在埃德身后，已经记下了附近所有的地势走向、土质分布，现在他只需要将棕熊的尸体拖到预先设想好的地点，确保不会被雨水淋湿即可。这个过程花费了赵一不少的力气。虽然他的力

第五章　荒野求死

量已经远超正常人，可是拖动一头成年的棕熊在树木丛生的山上行动实在不便，尤其雨水打湿了泥地，路很滑。

一路蹒跚。终于，他来到了一个很小的山洞中。相比较起埃德找到的山洞，这个洞里面则显得危险而脏乱得多。毒虫隐藏于石缝的阴影内，乱石尖锐的一面突兀着朝上，还好赵一有火。

他不嫌麻烦地从埃德的山洞中带出一根柴火，就是因为火在他的计划之中非常重要！人类因为有了火焰而变得强壮，他的计划因为有了火才能发出极光！火焰驱散了毒虫和寒冷，在洞内留下了灿烂。赵一没有第一时间坐下来享受，而是离开小洞穴，去搜集尚且没有被雨水完全淋湿的木柴！这件事情对于普通玩家而言很难，对赵一而言却是再简单不过的。因为他的脑海里有附近最全面详细的地图，并且实时更新。

赵一忙前忙后的身影，看得直播间的观众一阵唏嘘。

△我承认赵一认路的本领很牛，可他做的事情好像很多余。

△有一个超级荒野生存专家在身边，食物根本不可能缺乏好吧？

△我也觉得这次是赵一过于谨慎了。

△一群蠢货，炼狱级的副本岂是这么轻松的？这才是第一天，你们不会天真地认为跟着贝爷和德爷就能混过十五天吧……

将所有柴火弄好的赵一又坐了一个半钟头，直到外面的雨下大了，他才从棕熊的身上切下肉，放在了火上炙烤。金色油滴缓缓从肉上落下，发出"滋滋"的声响。香！可惜，雨水溅起的泥尘味和植物散发的清香味会很快将这烤肉的味道彻底遮掩。埃德的体质显然被副本增强得很多，赵一可不希望自己的食物被这家伙的狗鼻子闻见了。

吃饱了，渴。赵一瞟了一眼外面的雨水。

剧毒雨水：不可饮用

注：如果你能利用容器将它煮沸，再用木炭碎屑过滤一次，那么便可以适量饮用（二十四小时内饮用不可超过一升，否则里面的一些未知金属物质会渐渐积累，从而导致肾衰竭）。

赵一拿出自己无坚不摧的手术刀，直接将一块大石头削成了两个石碗，然后装一些雨水进去煮沸，再用自己洗干净的袜子装上木炭碎屑过滤。完美！

补充了几百毫升的微毒雨水，赵一忽然意识到自己应该洗脚了。接下来，他烘烤干洞穴内的湿气，撕掉身上的衣服一角，开始抓那些隐藏于石缝里的毒物。不管是暗红色的蜈蚣、外壳发紫的毒蝎，还是色彩斑斓的狼蛛，他统统用手术刀戳死，装进那块布里，然后小心收藏起来。

直播间的玩家对于他古怪的行为表示不理解，议论纷纷。

做完了这些，赵一将棕熊的尸体扔在了这里，熄灭了柴火，冒雨回到了大洞穴。路上，他拾取了一些无毒的野草放进嘴里咀嚼。很苦，但是可以祛除他嘴里的肉味。

大洞穴内，众人睡得很香。火还在燃着，赵一来到了火堆旁，烤干了自己衣服上的水，而后闭眼休息了两个钟头。忽然，他感觉有东西在蹭自己，睁眼一看，居然是魏芸贴了过来。

"你去哪儿了？"魏芸低声问道，目光闪烁。

赵一回道："上厕所。"

魏芸："上厕所需要六个钟头？"

赵一纠正道："是五个小时又七分零六秒。"

魏芸无语，但赵一没说，她也没有再问了。这个副本的难度极高，正因为如此，本应该团结的众人……更难团结起来，因为没有

第五章 荒野求死

人愿意相信他人。

"你知道什么对不对？"魏芸是个聪明人，她知道新人王的含金量。在他们这一行人里，反而那三个等级低的新人才是"大腿"。能从千万人里杀到排行榜前面的玩家，必然都是狠角色！

看赵一完全没有搭理她，魏芸眼睛一转，又低声说道："我用积分买你的消息。"

赵一睁开眼，比了个手势："500积分一个消息。"

魏芸瞪大了那双水灵灵的大眼睛："能不能便宜点儿？或者……"她略带羞赧地挤了过去，"其他方式支付？"

赵一瞟了一眼："要不要？不要我睡觉了。"

魏芸表情僵住了。老娘这么漂亮你都看不上？眼瞎！踌躇了片刻，她一咬牙，说道："给我来三个！要干货！不准骗我积分！"

叮！您获得1500积分。目前您的积分为7500。

赵一扫了一眼洞穴内的其他人，埋下头贴在她的耳边说道："第一，山里所有能吃的动物，都在今夜不断远离咱们所在的区域。第二，大雨很可能直到副本结束也不会停，其间温度会持续降低，而外面的木柴被大雨浸泡数小时后将不可燃烧。第三，最可怕的危险……很可能就在我们身边。"

听到赵一的话，魏芸的脸色骤然变得煞白。最可怕的危险就在身边？她不知道赵一具体说的什么，可女人的第六感让她忍不住将目光扫向了山洞内的众人。熟睡的两名玩家，还有一个没有头发的NPC，赵一说的是他们？

她还想再问，但想到自己剩余的积分，一时间陷入了沉默。最终，她低声骂了赵一一句"贪得无厌"，在地上滚了两圈，回到了火堆旁。

虽然还是很冷,但有了赵一卖给她的那件毛衬衫,配合着篝火,一时倒也撑得住,只是她很担忧之后的事。如果按照赵一所说,之后的温度会越来越低,而他们储存的木柴顶多能够撑住三天,一旦失去了火焰,他们恐怕连渴死或者饿死的机会都没有。只需要短短几个钟头,低温就能够带走他们的性命。似乎……他们已经陷入了绝境!

魏芸经历了那么多副本,不承想这个看似没有鬼怪的副本,却能带给她如此大的绝望!抱着杂乱的念头,魏芸也没有睡得多沉,第二日稍微有一些动静便醒了过来。

其他两名玩家因为寒冷和轻度饥饿,昨夜迷迷糊糊睡得挺香。在这种程度的饥饿下,身体往往会不由自主地进入休眠状态,以减少消耗,但如果过度饥饿,睡眠则反而会变差。

洞穴外,雨更大了。

和赵一的消息一样,众人看着洞穴外被雨水浸泡了一夜的树木,心已经沉到了谷底。这时候,应翔鹰和丁龙飞已经开始后悔自己昨夜为什么没有多搬来一些木柴。用火来烤干木头也不失为一种方法,但现在更大的问题是,外面很冷,还下着大雨,他们根本不可能在外面生存太长的时间。

退一步讲,哪怕他们抱着木柴从外面活着回来了,估计也会得病。而且身体在流失大量热量之后,急需脂肪、碳水化合物等营养物质的补充,可他们什么食物都没有。

"正如你们看见的那样……我们在进入鲁巴科山脉的第二天便遇见了无法解决的问题——天气!该死的贝尔,似乎总是这么不靠谱。天哪!外面真是冷死人了!还好洞穴里有火……希望这场大雨赶快过去吧!"众人一脸绝望的时候,埃德打开了自己的摄像机,站在洞穴口开始拍摄。

经过了一夜的休息,埃德的高烧恢复了一些,体温趋于正常,

第五章 荒野求死

但从他一些微小的肌肉抽搐情况来看，他身上的蛛毒还没有完全消解。这片山脉中的毒物比赵一预想的还要厉害，又或者说，埃德的抗毒能力不够高。

"唉……咱们这样也不是办法。没有食物就算了，没水咱们怎么撑过后面的时间啊？"应翔鹰颇为焦躁。他本来就是个混子，能在副本中活下来全靠苟，没想到自己这一次居然匹配到了炼狱难度的副本。开局即绝境，他好想逃……却逃不掉。

赵一不知道从什么地方拿出个石碗，在外面接了一点儿雨水。

"赵一……外面的雨水不能喝！"正在捣鼓摄像机的埃德见状急忙上前阻止赵一，眼中满是关切，"之前曾经有冒险者分离过这里雨水的成分，里面含有许多未知的金属物质，只要喝过就会产生幻觉，超过一百毫升就会严重威胁生命！"

赵一笑道："放心埃德，昨夜我已经喝过了。只要咱们将雨水煮沸，再用木炭吸附大部分的沉积物，这水便可以适量饮用……虽然我昨夜喝过之后身体觉得不那么舒服，但是今早已经恢复过来了。"说完，赵一还故意左三圈右三圈地转了一下。走两步，没病走两步。

众人见他这样，也放下了心，埃德虽然面色微微有些古怪，但是也不再阻止。他虽然体质强健，但也需要进食、喝水，尤其是在被蛛毒侵袭后，他的身体更加需要水分来排毒。既然赵一帮他解决了饮水的问题，这对他而言也是件好事。

"水烧开，咱们还可以加一些草药进去，喝了对身体有很大的好处，并且可以中和水里某些物质的毒性。我从前学医的时候，见到过这种草，老师告诉过我它的功效。"赵一开始了他的忽悠，并从洞穴口瞎扯了一些草。这些草无毒，但也不是什么草药。赵一要将它们泡进水里的真正原因，是掩盖某些东西的特殊气味。

野草碾碎的汁液味道很重，一般而言众人是不会愿意喝这个的，但现在，他们反而乐意接受。比起难闻的味道，中毒更让人感到害怕。

赵一把水煮沸，加入木炭，过滤杂质，加入"草药"，等略微冷却后，赵一率先将水递给魏芸。魏芸看着碗里的水，本不愿意第一个喝，不过赵一那微妙的眼神还是让她狠下心，一口气喝了一大口。

她咂巴了下嘴，表情极为痛苦，看得一旁的应翔鹰与丁飞龙二人神色紧张。他们以为魏芸中毒了，正要责问赵一，却听魏芸说道："好苦啊！不过感觉喝了确实没啥不舒服的反应。"

二人呼出口气。于是他们也接过来，一人喝了一些。

其间，在众人的注意力都放在水上的时候，赵一将手自然而然地伸进了衣兜，狠狠捏住了那个包裹着毒物的布包。汁液从布包的一边渗出，沾在了赵一的手指上。

轮到赵一，他把手伸出来端着碗喝了一口，顺便将沾着毒物汁液的手指浸入热水中，化开汁液，然后他递给了埃德。埃德没有多虑，一口闷了。大家都喝了，他是最后一个喝的，还有什么好犹豫的？

喝了热腾腾的水，众人觉得暖和了一些。

埃德继续对着自己的镜头发牢骚："我在东方学过一句古话，天有不测风云，人有旦夕祸福。这句话的意思是，天上的风云变幻无常，人无法去测算，正如同人身上的祸福一样。可能你只是不经意间喝了一口水，然后就出了事……哎？我头怎么有点……有点晕……"

埃德那双眼睛露出了一抹迷惘，旋即摇摇晃晃地走了几步，最后双目一翻，倒在了地上……

看见埃德一头栽倒在地，应翔鹰急忙去搀扶，但埃德倒在地面上一动不动，嘴唇乌青。他中毒了！

见到这个场面，站在不远处的赵一摸了摸下巴。埃德的抗毒能

第五章 荒野求死

力不高,是不是意味着贝尔也是一样?嗯,有这个可能。

"喂!埃德!埃德,你怎么了?"应翔鹰大声呼叫,还扇了埃德几个响亮的大嘴巴子,但后者还是没醒。

赵一的眼中,埃德的数据发生了一些变化。

埃德:轻度危险

弱点:抗毒能力较低。

注1:虽然他中毒了,但中毒不深,即便意识模糊,可身上的野兽本能还未沉睡,如果你企图在这个时候杀死他,你会死得很惨!

注2:他有点饿。

野兽本能?听上去很逊啊!赵一用手指把玩着自己的手术刀。

系统赐予埃德野兽本能,显然就是为了防止埃德在胡乱吃下毒物后昏迷,被玩家袭击,使得副本难度大打折扣。但显然赵一不会做这种蠢事。

杀了埃德?不,只有愚蠢又残忍的人才会干出这种傻事。他赵一可是善良又聪明的小机灵鬼,他才不杀埃德。

帮忙将埃德拖回到火旁后,应翔鹰浑身哆嗦,不知道是否是因为寒冷。他盯着火堆,碎碎念道:"埃德这么强壮,他怎么会病倒呢?难道是因为刚才喝的水有问题?可是那碗水咱们都喝过啊!"

应翔鹰很害怕,眼前的绝境让他几乎喘不过气,此时埃德又病倒了,团队最强的人倒下,外面的黑暗便显得更加可怖阴森。如果有什么可怕的生物进入了山洞,他们该如何对付?如果柴火烧完了,他们怎样处理?如果……太多的如果不停刺激着应翔鹰。

这时候,一直沉默的丁龙飞忽然看向了赵一:"你下的毒?"

他是排行榜第十四的新人,心思异常敏锐,简单地排除了选项之后，一下子锁定了赵一。

赵一抬头，一脸无辜："别乱说啊！我不是，我没有！"

赵一这神态，就差把"我是凶手"四个大字写在脸上了。丁龙飞蹙眉，见赵一不承认，也没有说什么。

众人坐在火堆旁，连续几个小时，周围都只有柴薪噼啪作响的声音。寒冷与饥饿折磨着他们，除了赵一，其他三人的脸色都很差。洞穴内的柴薪一点点减少，就如同他们的耐心。

赵一又烧了一碗水，但并不着急喝。

"水……水……"第二个夜晚，埃德嘴唇青紫，勉强恢复了些许神志，觉得浑身仿佛火在烧一样。

赵一瞧着他醒了，十分关切地端着水来到了埃德的身边。

"埃德，别着急，慢慢喝。放心吧，我们会照顾你的……直到你病好。"他轻轻拍着埃德的后背，安慰道。

埃德喝下了一碗凉白开，对着赵一三人虚弱地笑着，嘴唇上的青紫色似乎又鲜艳了不少。他还来不及跟几人道谢，直接翻了白眼，又昏了过去。

赵一将剩下的水倒掉，并用冰冷的雨水仔细清洗石碗。完事之后，赵一瞥见了埃德唯一的背包。背包平平无奇，里面装着埃德的摄影机。之前埃德昏倒后，魏芸把摄影机捡起来放进了背包里。

赵一在里面翻找了一下，只找到一台摄像机、一块备用电池。摄像机是多功能的，上面还有一小块操作屏，可以观看通过摄像机录制的录像。赵一好奇地在翻找了一下。摄像机内储存的录像很多，都是零零散散的，几乎都是埃德带着以往的嘉宾们在不同极端环境下的历险记录。其中一段特殊的回忆录像引起了赵一的注意。

一开始是埃德的大笑声、嘉宾的惊呼声，看样子似乎他们在玩什么捉迷藏的游戏。镜头很黑、很颠簸。这些声音引来了其他三名队友，他们感觉到了不对劲，围拢在赵一身边，认真观看录像。

第五章 荒野求死

"唉……他们怎么就那么幸运，居然还有心情做游戏。"应翔鹰不满地感慨了一句，愁眉苦脸，"怎么轮到了咱们就……"他抱怨的话还没有说完，眼睛便忽然瞪大，似乎看见了什么不可思议的画面！

屏幕的录像中，原本像是在和嘉宾们玩游戏的埃德，在追上了一名女嘉宾后，居然当场杀了她！惨烈的场景吓得应翔鹰和魏芸浑身一哆嗦。尤其是应翔鹰，腿一软，直接一屁股坐在了地上。

"这这这……"他颤抖着，指着屏幕说不出话来。

屏幕上，埃德正对着摄像机，脖子歪成了诡异的角度，笑容狰狞。这可怕的场面，不仅仅吓住了赵一身边的三人，也骇住了四人直播间内的几十万观众。

△我房间的柜子动了，我不看了！

△他他他……他疯了吧？

△幸亏他中毒昏过去了，不然现在这几个人只怕凶多吉少！

△昨晚赵一在那儿抓了半天毒物……这毒会不会真是赵一下的？

△难道他已经事先猜到了埃德会吃人？

在直播间的观众疯狂揣测赵一的时候，应翔鹰忽然惨叫一声，朝着外面逃去。就在刚才，他竟然看见躺在地上的埃德翻过了身，正面朝着他们！

内心装着恐惧的盒子一旦释放开来，就再难合上。他无法接受自己会被人捏碎头颅吃掉，直接逃离了山洞。哪怕外面极冷，被冻死也好过被人吃掉！

赵一看着他跑出山洞，第一时间追了出去。魏芸下意识地也想出去，却被丁龙飞拉住。看着丁龙飞凝重的面容，她稍微镇静了些。

"别出去……现在出去多半会死！外面的温度配合不结冰的雨水，会在最快的时间将人杀死。尤其是我们没有了食物，无法补充热量，身体根本撑不住！"

魏芸死死盯着地面上昏迷的埃德，吞了口唾沫。直到此时她才明白，赵一告诉她的那句话的真正意思——最可怕的危险……就在他们身边！

"他们怎么办？"魏芸心惊胆战。在发现了埃德的秘密之后，她现在一看见昏迷不醒的埃德就犯怵。

丁龙飞摇了摇头，叹了口气："如果是我，我绝不会追出去。赵一的排名在我前面，他的观察力和思考能力应该不在我之下……啫，中毒的埃德就是证明。这家伙明显是早有预谋。估计从昨夜埃德因为吃掉了毒蜘蛛而发烧昏迷的时候，他就已经开始策划给埃德下毒了。只是我不明白，他为什么要冒着生命危险去救一个心理素质这么差的人。"

正在丁龙飞疑惑之际，魏芸望着嘴唇紫得发亮的埃德，骤然回忆起了昨晚赵一离开山洞的事情。所以那个时候……他是去找毒了？

"他是什么时候下的毒？"魏芸不解。大家都在山洞里，彼此做了什么事情一眼就能够看见。

丁龙飞沉默了片刻，眼中闪过一抹崇敬和提防："是水。虽然我不知道他是怎么做到的，但显然水是他和埃德唯一有过间接接触的东西。我猜测他可能是在自己喝完水后才下了毒，然后将毒水递给了埃德。先前他将洞口的植物汁液挤入开水里，估计是想要借助汁液难闻的气味掩盖他下毒的事情……这个家伙的心思和执行力真的太可怕了，在所有人眼皮子底下不声不响地做了好多事情……"

丁龙飞好歹也是新人榜排名第十四的人，思路清晰。分析出这些后，他的后背莫名渗出冷汗。但凡他刚才动一点儿歪心思，改换一下喝水的顺序，那他们所有人都得死！

这绝非不可能的事——赵一既然一早猜到埃德会屠杀玩家，那

第五章 荒野求死

么肯定也明白，如果他杀死自己的队友，队友的尸体就可以为他制造出大量的逃跑时间。但赵一没这么做……为什么？因为他自信？还是有更好的解决方法？

丁龙飞沉默下来，能排到新人榜第十四，他认为自己还是比较有能力的，但在赵一面前，却像个满头雾水的白痴。他本以为自己和前几名的差距不会太大，却不想仅仅是开局第一天，他就被姓赵的怪胎彻底甩在了身后……苦笑一声，他坐在了篝火旁，缓缓为火中添了些柴。

黯淡的火光又明亮了些。魏芸小心翼翼地坐过来，望着昏迷中的埃德，她捡起一块石头攥在手心里面。

"你最好不要这么做。"丁龙飞说道。

魏芸一怔："为什么？他要杀我们，我们难道还不能反抗吗？"

丁龙飞摇摇头，解释道："如果这么简单就行，你觉得还用等你动手吗？"

魏芸立刻反应过来，这里面可能有问题！如果埃德这么容易被杀死……赵一肯定是最先动手的那个人吧？毕竟，眼前的埃德看上去根本无法反抗。

"炼狱难度的副本，随时随地都必须小心谨慎……姑且先等赵一回来，咱们再商量商量。"

魏芸点头，认为丁龙飞说得很有道理。

漫漫长夜，六七个钟头过去，快到第三日黎明的时候，赵一湿漉漉的身影才从洞穴外出现。他手里拿着一些切好的鲜肉，精神饱满，面色红润。

在洞穴里烤干了自己的衣服，赵一才发现魏芸和丁龙飞正直勾勾地盯着自己拿来的一大团鲜肉。

"赵一……你昨晚出去追应翔鹰了，他人呢？"丁龙飞忍住了自己对于食物的渴望，询问起了那个5级的菜鸟队友。

赵一指了指穿在木棍上的烤肉，咧嘴一笑。

二人汗毛倒竖："你……杀了他？"

赵一笑嘻嘻地回道："不，我只是废物利用而已。昨天夜里他跑啊跑，我追啊追，没多久他就跑不动了。然后我就跟他唠嗑……嗯，然后他就冷死了。"

应翔鹰和赵一不同。一来赵一有一头熊作为食物可以补充热量，二来赵一的力量有18点，体质要比他强不少。这是昨夜赵一毫不犹豫追出去的原因。赵一的身体有足够的热量可以挥霍，可应翔鹰没有。

"你……你不会真的要吃……"魏芸声音微颤。

赵一："想什么呢？"

魏芸噎住："那你说这是……"

赵一点点头，指着昏迷中的埃德，语不惊人死不休："给埃德的。"

魏芸闻言和丁龙飞互相看了一眼，都感觉身上凉气直冒："你……你疯了？不想办法弄死这个杀人魔，还要给他喂食？"

赵一摸着下巴，打量着昏迷中的埃德，仿佛打量一只属于自己的可爱宠物，喃喃道："这么可爱的NPC，杀了多可惜啊……"

魏芸听完，双手捂住自己的脸，整个人都不好了。大哥！这可是食人魔啊，哪里可爱了啊？

直播间内——

△我赵哥总是有一些正常人无法理解的奇奇怪怪的想法。

△哎……昨晚他分尸的时候，我真的看吐了，话说他一个心理医生，为什么分尸的手法会这么熟练？

△我已经越来越确定赵一有严重的精神疾病了……

△混蛋！这个游戏不要什么人都往里抓啊！

△你们难道就不好奇他究竟想要做什么吗？

第五章　荒野求死

△好奇有啥用？继续看呗，疯子的想法你能猜到？

如果不是外面大雨滂沱，温度极低，丁龙飞绝对会在第一时间离开这个山洞。埃德这个食人魔已经够恐怖了，然而旁边还有个更恐怖的家伙。此时此刻，他已经失去了往日的从容。

想起赵一不声不响就把战斗力爆表的食人魔埃德毒瘫在了地上，丁龙飞的额头渐渐渗出了冷汗。自己究竟匹配到了一个什么怪物？

04 猎杀副本

"刚才的视频你也看见了，如果咱们不趁现在杀死埃德，一旦等他恢复过来，死的就是咱们！以你的观察能力，不可能看不出埃德和贝尔这两个家伙战斗力有多强吧？别说现在咱们的力量被削减了50%，哪怕是全盛状态下，咱们也不可能打得过这两个家伙！"丁龙飞有些担忧。他听说过赵一这个家伙的精神不大正常。这家伙会不会在关键时刻犯病？那样的话，只怕会影响整个团队！

正在烤肉的赵一偏过脸，望着已经闻到肉香而蠢蠢欲动的埃德，摇头晃脑道："不。他不会杀了我，他只会杀了你们。"赵一说到这里，忽然顿了顿，脸上浮现诡异的微笑，"不过你们如果想要杀死埃德，我也不反对。只管动手。"

见到他的这个笑容，丁龙飞和魏芸更加确定，如果他们刺杀埃德，会发生很恐怖的事情！

沉默了一会儿，赵一拿出了一个小布包，在烤肉上面涂了一些奇怪的腥臭料汁，然后将肉放在埃德鼻子下面晃了晃。后者受到刺激，一下子醒来了。

看见这肉，埃德的眼中流露出一抹狂热，但很快他便发现了不对劲。

"这肉……你们哪里来的?"

赵一面色极差,心有余悸地说道:"埃德……你不知道,你走之后,发生了很恐怖的事情……这山上除了咱们,还有一个隐藏在黑暗中的人。他身高一米八上下,穿着一身野战军装,手上还有一把极为锋利的小刀。这个家伙趁应翔鹰出去上厕所的时候袭击了他,我循着惨叫声过去时,发现应翔鹰已经只剩下一半了……"

埃德听到这话,忽然猛地坐起身体,双目圆瞪。

一米八左右,野战军装,锋利小刀。这不是贝尔是谁?说好的一人带四个食物,这个狗杂种居然敢趁着自己生病来偷人!不能忍!

看着双眼通红、浑身散发着可怕杀气的埃德,赵一继续说道:"唉……咱们现在是什么情况你也知道,虽然吃同类实在过于残忍,但现在你病得这么严重,不吃点肉身体可能撑不住……万一那个家伙再出现,你又生着病,咱们岂不是很危险?"

语言是一门艺术。赵一循循善诱,而丁龙飞和魏芸站在赵一的身后,忽然明白了赵一为什么不杀死埃德……他要利用埃德去对付贝尔。好家伙!真够阴的!

直播间的观众也是一阵感叹——

△这手挑拨离间是真的厉害。

△麻烦大了,刚从贝尔那边的玩家直播间过来,他们也发现贝尔的秘密了!

△贝尔那头的线索很多,《荒野求死》节目根本就是一场大型猎杀游戏。

△难怪是炼狱级的副本,玩家不但要跟极端的天气作斗争,还要逃避、反抗贝尔和埃德这两个精通侦察和猎杀的荒野食人魔!

△那头的玩家已经准备要对埃德这边的玩家动手了。

第五章 荒野求死

△自相残杀?为啥?他们不应该团结在一起吗?

△食物匮乏,团结能填饱肚子?

△明白了,"荒野求死"看上去是生存副本……其实是猎杀副本!

生存副本和猎杀副本最大的区别在于,前者未必会死人,而后者必然死人!在得知了这个副本的真相之后,直播间的观众已经感觉到心跳加速,不由得紧张起来。

埃德吃下涂上了剧毒的肉,又开始翻白眼。但不知是因为身体产生了抗性,还是肉给了埃德力量,他虽然意识模糊,但没有彻底昏迷。这个时候,赵一开始在他的耳边轻轻嘀咕什么,似乎说了很多。

丁龙飞和魏芸听不清赵一在说什么,但能看见埃德的神色随着赵一的碎碎念,居然缓缓平静了不少,没有先前那样狰狞了。他也低声和赵一说了些什么,只是眼神有些莫名的空洞,像是被人控制了。

大约过了半个钟头,埃德入睡了。赵一这才起身,伸了个懒腰,对着二人笑道:"时间差不多了,接下来,我要跟你们谈一笔生意。这笔生意,关系到你们的命。"

魏芸和丁龙飞闻言,神色顿时严肃了不少。

赵一坐在篝火旁,给篝火添上一些干柴:"一人给我5000积分,算是门票,后面的游戏,我带你们玩儿。"

5000对于15级以下的玩家而言绝非一个小数目,但尝到甜头的赵一不准备收手。

副本那点儿积分才多少?想赚积分,还得割韭菜。先前赵一在"诡校惊魂"的副本里拼死拼活才赚了8000积分。这个副本里,他卖了一件衬衫、三个消息,就赚了4500积分。高下立判!

"你薅羊毛薅上瘾了是吧？"一听又要转账5000积分，魏芸当时就忍不住了，这家伙简直就是个无底洞！

丁龙飞却在思考片刻后同意了。

"你……要不要这么没骨气？"魏芸见丁龙飞居然这么快就"投敌"，表情很难评。

丁龙飞笑道："这不没辙吗？5000积分对我而言其实不少，但如果能通关炼狱副本，收获会更大，甚至极有可能打出S级评分，我就差这一个评分就能开启高阶商城了，想搏一搏。"

魏芸闻言沉默了许久，咬牙道："行……搏一搏，单车变摩托！"

您已获得10000积分。

得到了系统的消息，赵一才开口道："现在咱们是一条船上的人了，坦白和你们说，接下来咱们首先要面对的危险，不来自埃德和贝尔，而来自贝尔带着的四名玩家。"

魏芸瞟了一眼昏睡的埃德，疑惑道："你怎么知道他后面几天不会袭击我们？"

赵一竖起手指："因为这样，这个副本的难度就不是炼狱了，而是无解。你能在这种极端环境下，被这两只野外技巧拉满的食人魔追杀十几天而不死吗？"

魏芸沉默了。

赵一继续道："正常情况下，玩家们想要逃脱追杀乃至击败埃德和贝尔，必须先想办法消耗他们的体力，让他们实力锐减，而做到这一切的方法……就是让'食物'减少。这也是玩家一开始会被分为两队的原因。贝尔和埃德，其实代表了两个不同的阵营。"

在赵一说出这些话的时候，感到震惊的不只有二人，还有直播间那些拥有上帝视角的观众。因为可以在不同的直播里来回跳跃，所以他们可以看见全面的信息。可赵一不行啊！他是怎么猜到贝尔那头的玩家要对埃德这边的人动手了的？开外挂？

"其实一开始，副本就已经给予了我们暗示。贝尔装备精良，而埃德什么都没有。这说明跟着贝尔的那队不但有食物、水，甚至还有武器！二人真正要拍摄的，不是嘉宾们在丛林里相互团结、努力求生的场面，而是咱们互相残杀，从带着希望逐渐走向绝望的过程！"赵一娓娓说出了自己的想法。每说一条，就让二人的心脏狠狠跳动一下。

魏芸面色复杂，望着被篝火光芒映照的那张脸，小声道："既然如此，为什么你还要选埃德？"

赵一玩着手里的木棍，感慨道："也许是因为我这个人太善良了，不忍心伤害别人吧。"

魏芸险些吐出来，倘若不是赵一之前敲诈过她……她就信了。

"咱们现在没有食物，柴火也烧不了几日了，就算没有外界的危险，咱们也活不了多久了。"魏芸叹了口气。

赵一回道："不，我有食物。虽然不能让你们吃饱，但坚持十五天没问题。至于火……咱们可以抢。"

丁龙飞眉毛一挑："贝尔不管？"

赵一眼光闪烁不已："前十二天，贝尔和埃德不会干扰节目组请来的嘉宾，他们只是记录者。一开始我不确定，所以我刚才询问了埃德。"

魏芸想起方才赵一在埃德耳畔碎碎念，忍不住掩嘴瞠目："他……怎么会和你说这些？"

赵一搓搓手，意味深长道："会。如果你会催眠的话。"

二人一怔。

"这种低劣的心理学手法，对大部分精神强壮的人没有任何作用，但埃德不一样……在连续两天被剧毒侵蚀昏迷的情况下，他的精神防线已经比较脆弱，更何况刚才我又给他喂了食物，基本清除了他对我的防备。这种情景下，催眠术的力量，你们想都想不到。"

赵一起身，对着二人说道："明早，我会带回来食物和柴，之后，我会教你们制作一些比较实用的陷阱。吃饱喝足，准备干活！"

雨帘如针，四个黑影穿着雨衣在黑暗中摸索。远处，一个隐藏得更深的阴影躲在一块大石头后面，拿出摄像机，正在兴致勃勃地拍摄。这人正是贝尔。他故意留下了许多破绽，引导这些"食物"相互屠杀。

贝尔的眼中燃烧着兴奋的血光。杀吧！杀吧！杀得越惨烈越好！你们的惨叫声越大，才越能够让那些大人高兴啊！

"宽人，侦察机传来的影像如何？"一名女人低声询问。

另一名男子盯着手里平板电脑上的显示，露出了一个残忍的微笑："那个叫赵一的人落单了，不知道为什么，他居然从山洞里跑了出来。停在山洞口的侦察小蝇传回来的图像显示，山洞里貌似只有三个人，还有一个玩家不知道去了什么地方。"

冉欣平目光锋利，刺破雨幕："很好。先杀一个，把他的尸体藏起来，回头咱们自己吃……贝尔那里的食物肯定不够，只要他和埃德没有吃的，饿上十几天，我们四个人应该有把握拿下他们！让宁文晓跟着赵一，今天先把他头割下来……"

根岸宽人的嘴角勾勒出一抹疯狂："没问题！新人榜榜一？今天就拿你祭天！"

大雨瓢泼，冰冷在夜风里如剑一样锋利。黑影穿梭于林间，身形如鬼魅般不可测，忽左忽右。真是绝妙的跟踪术！

第五章 荒野求死

宁文晓的眼镜被雨水打湿，水珠道道，但丝毫不影响他的视线。他的眼神已经如狼一般盯住了前方在雨中快跑的男人，手中是一把没有出鞘的武士刀。"啪！"脚步踩在水坑上，溅开大片水花。诗意一般的杀机，在漫漫黑夜之中绽放出死亡华尔兹。

三十步……二十步……赵一忽然停下，似乎发现了什么，疑惑地转身。宁文晓立刻停住，暗影斗篷发动！

物品：暗影斗篷

品质：蓝色

简介：某种黑色科技产物，穿戴者可以发动技能——暗影之寂。

效果：隐身一分钟，隐身过程中会屏蔽一切声响和气味，但使用者将处于石化状态，不可动。

备注：在潜入过程之中，这是个很完美的道具。

看着赵一那疑惑的眼神，宁文晓冷笑：还挺警觉，可惜啊！遇上了我宁文晓！7级玩家的底蕴，可不是你这种3级菜鸟……他怎么走过来了？

望着一步步朝自己这里走来的赵一，宁文晓的内心浮现出一丝丝疑惑。自己的道具是完全隐身的，又是在赵一转身之前使用的，他没道理能看见自己啊！宁文晓坚信自己的隐身绝对完美。事实上，赵一确实看不见他的身体，但密集的雨幕暴露了宁文晓的轮廓，这让他在黑暗之中也如同皎月一般闪耀夺目！

宁文晓：嗯？他掏刀作甚……要糟！

赵一抱着十二分的好奇心，试探性地对着宁文晓的心脏来了一刀。鲜血四溅，宁文晓直挺挺地倒在了地面上，双目怒瞪。看着漫天倾泻而下的雨幕，他终于明白为什么赵一能够看见他了，眼角流下了不甘的泪水。自己……死得真是潦草啊!

△这是傻子吧?就硬送?

△他是不是以为自己隐身了?

△这种智商……怎么敢来杀我赵哥的啊?

△我不理解,但我大受震撼!

埃德阵营玩家赵一(LV.3)击杀贝尔阵营宁文晓(LV.7)。

支线任务1激活:不惜一切手段战胜对方阵营的玩家。

支线任务2激活:解决埃德与贝尔。

05 主动出击

第四天,雨仍在下。

赵一拿回了不少木柴和熊肉,另外二人狼吞虎咽地吃了起来,而赵一则继续给埃德烤肉吃,仿佛在照顾一只小狗。

埃德吃肉的时候,赵一会跟他聊天,但埃德不会回复,只是单纯地听着。吃完后,他便安静地睡去。这一次,赵一没有下毒。

完事后,赵一割下一块熊肉送进了自己的嘴里,缓缓咀嚼,并对着桌面上的通讯接收器声情并茂地大声道:"哈哈哈……他们昨夜死了一个人,不敢轻举妄动了,今夜咱们可以睡个好觉了。"顿了顿,他又捏着鼻子,用尖细的声音回应道,"是呀是呀!你说得真对!"

结束精分后,赵一直接把那个通信接收器扔进了火堆里。

一阵"噼里啪啦"的响声过后,赵一才对着一旁两个眼神怪异的队友说道:"来活儿了,今夜行动。秘密武器我都给你们准备

第五章 荒野求死

好了。"

他将从宁文晓身上搜刮来的武器扔给了二人——一个指甲刀、一个掏耳勺。二人看着面前的"武器",又看了看摆放在埃德旁边的武士刀,不禁陷入了沉默。

丁龙飞小心翼翼地问道:"赵一,如果……我是说如果,有没有一种可能,这其实不是武器,放在埃德身边的那把才是?"

赵一看着地上的指甲刀,疑惑道:"不够锋利吗?"他拿起来,剪了一下指甲,"啪"一声,指甲应声而断,"瞧瞧!多么可怕的武器!"

魏芸实在忍不了了,拍案而起:"你分明是想我们死吧!这玩意儿能杀人?还不如我不涂指甲油的中指好使!"

赵一耸耸肩,摊手道:"放松点嘛!你们真是太不幽默了。好吧,我承认咱们装备落后。或者你们随便从地上找块石头也可以。"

魏芸无语道:"这武士刀不是可以用吗?反正你有灵魂武器不是吗?刀留给我们,我们也好帮忙办事。"并不是她贪心,实在是他们的物品栏被封印了,面对有武器的贝尔队伍,他们很难发挥自己的实力,更何况她和丁龙飞比对面还要少一人。

赵一回道:"刀是留给埃德的。他没有贝尔那身装备,必须得有一把合适的武器,不然在面对贝尔的时候会很被动。"

二人一听,立刻明白了赵一的意思,面色凝重:"今夜?"

赵一点头:"今夜。"

二人面色一狠:"行!"

5000积分已经交出去了,眼下他们只有跟着赵一立刻把副本通关才能够回本!赢了,连本带利赢回来,输了……血本无归……已经没有退路,必须放手一搏!

二人迅速出门去,山洞里只剩下赵一和埃德的时候,埃德竟猛地坐起了身子!

"吃饱喝足，去解决了贝尔，然后自行了断。"赵一将烤好的腿扔给他。

埃德空洞的眼神之中闪过一道狰狞的光，而后他抓起了地面上的腿开始疯狂啃食，不到两三分钟，便连骨头也嚼碎咽了下去。很快，他整个人宛如浴火重生一般，一扭动，浑身骨骼"咔咔"作响。他拿上刀，直奔外面的雨幕……

赵一坐在篝火旁，一边用手术刀切割着熊肉，一边缓缓炙烤，嘴角弥漫着诡异的微笑。

病症：暴虐人格

注入条件：精神极度涣散

宿主：埃德

人格腐化度：12%

SAN影响：中等

支配：轻度支配

效果：理智降低，仇恨值大幅度增加。

贝尔营地。

"那群傻鸟没有想到宁文晓的身上还有一个通信接收器吧，哈哈哈！今夜咱们就趁着他们休息，直接前往他们的营地，将他们一网打尽！"根岸宽人大放厥词，一脸兴奋，表情狰狞。

其余二人面色各异。冉欣平面色冰冷，眸中同样杀机阵阵。等级最低但位列新人排行榜第八的纪腾则表情稍显凝重，他的直觉告诉他，事情没有想的这么简单，赵一那边的人是真的没有发现通信器吗？还是……

外面的雨又大了。这一次，三人直接去了埃德阵营，准备先解决掉这些玩家，然后再全力以赴对付埃德和贝尔。

第五章 荒野求死

与此同时，远处被大雨浇灌的黑暗里，正在兴奋拍摄三人的贝尔忽然感觉到一股恐怖的杀气。他猛地转头，却看见埃德正手持武士刀，歪着头，带着让人头皮发麻的笑容盯着自己。

"埃德？你不去摄像，在这个地方做什么？"

虽然二人已经不是第一次合作，彼此有了不少的信任，但贝尔仍然掏出了自己的匕首，警惕地凝视着埃德。

埃德杀气浓烈，表情扭曲："说好的一人四个，你偷我的人是吧？死！"

黑暗的雨幕之中，两道如猛虎般迅捷的身影交错在了一起，漫天的杀意再也隐藏不下去了。

"奇怪……人呢？"一路前行，小心翼翼地来到贝尔山洞洞口的魏芸，眼中露出一抹迷惘。她和丁龙飞没有等待太久，外面致命的低温让他们不得不进入洞穴内。

一进去他们就差点儿开口骂娘。好家伙，宽阔得是真够离谱的啊！里面有各种各样的食物，甚至还有饮料，不知道的还以为他们是来度假的！

"狗系统，同样是一个副本的玩家，这待遇差别也太大了吧！"

警告玩家丁龙飞，再辱骂系统，将予以禁言惩罚！

丁龙飞："哼……"

环视了一圈，二人没有看见任何玩家，也不见贝尔。奇怪……他们去哪儿了？

埃德这边的洞穴内，安静吃饱了的赵一直接披上暗影斗篷，蹲在洞穴甬道的一旁，进入了隐身状态。一分钟之后他就可以动了，只不过一动就会解除隐身状态。望着洞外小心翼翼摸索过来的三个黑影，赵一手中的手术刀反射出刺骨的寒光……

三人来到了埃德的洞穴内，经过一番简单的翻找，发现没人。

"他们人去哪儿了？"根岸宽人骂骂咧咧的，一脚踢倒了火堆，狠狠用被雨水浸泡的靴子把上面的火踩熄，"该死的孙子，居然躲了起来……"他嚣张至极，手中拿着一柄和宁文晓的一模一样的武士刀。这样的武器，贝尔那里有很多。

纪腾来到埃德的布包旁，伸手拿出那台摄影机，里面播放的是埃德虐杀前几批受害者的录像。纪腾看完后，似乎想到了什么，忽然挑眉道："不好！"

他猛地转身，却看见一个穿着斗篷的男人一只手勒住根岸宽人，一只手握住锋利的手术刀抵住了他的脖子。根岸宽人面色惨白，喉咙处的冰冷让他完全不敢反抗。

"你的队友呢？"平板女冉欣平仍然十分平静，一只手背在背后，不知道在憋什么大招。

赵一扣住根岸宽人，一步步朝着后面的雨幕后退，身影也在黑暗的掩饰下越发黯淡。

"编了个理由，让他们走了。"赵一语气有些诡异，"最后一道菜，我想一个人吃。"说完这些，他便带着根岸宽人消失在了夜幕之中。

二人迅速追出去，却已经看不见赵一的人影了。忽然，一道凄厉的惨叫从右侧的密林中传出，二人拿出军刀和一根高压电击棒，小心地朝着惨叫声传来的方向追去。

一棵巨大的松树下，两条被切断的手臂散落在地。

"啊！"又是一道惨叫。这次在左边，二人又朝着左边赶去。

忽然，纪腾踩到了什么，不小心摔了一跤。他迅速在冉欣平的帮助下爬了起来，然而借着星光看到地面上让他滑倒的东西时，二人的头皮险些炸开。那静静躺着的，居然是根岸宽人的尸体！

第五章　荒野求死

饶是冉欣平见过许多可怕的场面，这时候也浑身战栗。

根岸宽人已死亡，杀死他的是赵一。

系统播报传来，恐慌迅速弥漫。
"先退回洞穴，这里没光，容易被偷袭！"
两人现在也没有勇气继续猎杀赵一了，根岸宽人的死状已经击溃了两人的理智。然而慌乱的两人根本没有看见洞穴口那一串正在被雨水冲刷的新鲜脚印……

赵一击杀了冉欣平、纪腾。
玩家赵一、丁龙飞、魏芸完成支线任务。
主线任务结束后，支线任务将根据贡献值而颁发奖励。

地面上，篝火旁，赵一浑身是血，两具尸体倒在地面上。
望着外面的雨，赵一安静地躺下。现在睡觉才安心啊！

荒山之上，埃德拿着武士刀，将浑身是伤的贝尔逼到了悬崖处。
"埃德！你被他们利用了！"贝尔凄厉地大吼，双目通红。
埃德浑身一震。他的眼睛已经不再如同先前那样浑浊，眼角竟流下血泪："我知道的，贝尔……但是……我真的不想再这么下去了……让这一切都结束吧！我们已经做错了太多的事了，死亡，反而是解脱！"
看着埃德疲累的脸颊，贝尔沉重地喘息着，一屁股坐在了地面上。他想点根烟，但天在下雨。他以前不抽烟，迷恋上杀人之后，他才学会了抽烟，尼古丁能驱散他内心的罪恶感。
"你说得对，我们确实……做错了太多事。"贝尔叹了口气，缓缓闭目，享受着死亡前最后一刻的宁静。

埃德高举武士刀，猛地劈下……最后，他来到崖畔，感受着激烈的冷雨和风，而后坠入悬崖……

恭喜玩家赵一、丁龙飞、魏芸完成支线任务2。
所有支线任务完成，根据贡献度，赵一获得命运宝箱，丁龙飞、魏芸无奖励。

雨停在第十二日，即原本埃德和贝尔计划开始屠杀玩家的日子。但现在埃德和贝尔已经因为内疚去世了，所以善良的心理医师赵一没什么事做，便捣鼓起了埃德的摄像机，并留下了一段录像。做完这些，赵一将这段录像放在埃德的布包中，一同扔在了贝尔的洞穴内。

主线任务结束之后，玩家们化为白光消失。山林渐渐恢复了往日的宁静，似乎这一切从来没有发生过。

又过了几日，一架直升机来到了山头，几个穿着黑色西装、戴着墨镜的男人下了直升机，来到了贝尔的山洞。

"大人，我们已经赶到了鲁巴科山脉，但贝尔和埃德已经不见了。"黑衣人将手放在了耳畔的通信器上，静静聆听那边的指示。

另外一名士兵走到洞穴内部，认真搜查一番，很快便找到了埃德的破布包。

"咦？"他眼中带着疑惑。他来过不止一次，也曾经亲自驾驶直升机送埃德和贝尔去过好几个禁区，所以他认识埃德和贝尔的包。迟疑了片刻，他从里面拿出来了摄像机，抱着好奇心打开了上面的录像。

画面中，一个瘦削但俊朗的男人对着镜头自言自语。士兵听不清楚男人在说什么，便将耳朵对准了摄像机的扬声器。听着听着，他的眼神渐渐变得迷茫、空洞，嘴角却扬起一个诡异的弧度。

紧接着，正在打电话的黑衣人忽然看见士兵转过了身，抬起了手中的步枪。正在与上司联系的他停下了话头……

临死前，他喃喃了一句："该死！"

第六章 悬谷小镇

01 黑色科技

恭喜玩家赵一——

主线任务"在鲁巴科山脉之中活过十五日"完成，支线任务1"杀死敌对阵营玩家"完成，支线任务2"杀死埃德和贝尔"完成。剧情探索度100%，世界观探索度50%。

获得评分：SS+

获得奖励：150经验，15000积分

获得物品：命运宝箱（蓝）

获得称号：欺骗者

评价：恭喜你再一次凭借一己之力提前结束副本，看来炼狱难度的副本对你而言还是太轻松了，系统或许下次会考虑直接给你无解难度的副本让你长长见识！另外你（——数据删除——）不要再在副本结束给系统添乱子了！上次在"诡校惊魂"的副本最后也是你这个（——数据删除——）作妖，把X-2从地狱BOSS变成了绝境BOSS，害得另外一队副本玩家直接全体团灭！我（——数据删除——）你个臭（——数据删除——）

回归公会驻地后，赵一看了一眼系统的评分和评价，吐槽量极高，大致意思是，"诡校惊魂"中的X-2被他教会了一些基础技能后，在另一个副本里面作为BOSS一通乱杀。

赵一眼中闪烁着精光。这么说来，他们玩家所经历的副本并不是单纯的游戏副本，里面的那些NPC在副本结束之后，还会被放

第六章　谷悬小镇

到其他的副本里面继续使用。换句话，玩家们现在遇见的游戏副本NPC，很可能会在之后的其他副本再一次遇见。好家伙，他似乎发现了什么不得了的事情。

"嘀嘀嘀——"赵一的系统面板接到了消息，他打开一看，是柳若晴。

柳若晴：弟弟，来姐姐房间。

他迟疑了片刻，回了个消息：犯病了？

柳若晴：嗯嗯，需要弟弟的治疗。

赵一：拍个照片我看看。

很快，柳若晴拍了两张照片，一张嘟嘴，一张拨唇。

赵一无语了：让你拍病变的区域，谁让你搁这儿给我发自拍了？

柳若晴：啊——抱歉。

很快，那头又发了一张图。原本应该如雪的修长玉腿上，此刻长满了红色的血鳞！这是红魔即将复苏的征兆。赵一立刻敲响了707的门。门开后，一根纤纤玉指钩住了赵一的衣服，将他拉了进去……

"今天的治疗我很满意。"柳若晴腿上的红鳞已经褪去。她坐在沙发上，倒上一杯红酒，缓缓饮下，妩媚的面颊升起一抹酡红。

对面的赵一，正在认真记录着笔记。

"江枭已经帮你报名了，等到魔灵之潮的时间一到，你们就会受到召唤，被传送到那个大秘境中。另外，报名费我已经帮你交了。"

赵一讶然，抬头问道："还有报名费？"

柳若晴慵懒地撩开耳畔发丝："不然呢？里面高风险高收益，而且只对新人开放，是很多玩家求之不得的去处，系统又不傻，要是一下进去几十万几百万的玩家，里面不就全乱了？所以它要提前进行筛选。"

赵一点点头:"多谢。"

柳若晴轻笑道:"倒也不用。反正……上次江枭那老神棍打赌输给了我一个金色道具,卖出去的话也能赚不少积分。这段时间你不能再进入副本了,报名魔灵之潮后,灵魂印记会被锁定,其间只能够待在乱界。大世界任务倒是可以做。"

赵一点点头,离开了柳若晴的房间。他走后,柳若晴脸上的妩媚渐渐消散。

"你在害怕?"她开口,但不知在和谁说话。

直到……一个古怪的声音响起,带着些许害怕的颤抖。这声音,只有她一人能够听见。

"他想……吃掉我。"

赵一回到自己的公寓,打开面板。

角色:赵一

等级:4

经验:75/150

物品:刘老汉的房产证、潘多拉之盒(伪)、替死玩偶、击溃者(猎枪)、屠夫精心烹饪的汤羹

生命:25/25

力量:36

精神:101(100+1)

运气:0

称号:诡见愁、锋芒乍现、犯规者、好为人师、欺骗者

灵魂武器:染血的手术刀(掠夺)

第六章　谷悬小镇

积分：36500

评分获取：S+、SS、S、SS+

领域：强身（F-）

其中最让赵一满意的是他的积分，已经过了30000。赵一想也没想，直接花20000积分买了四张《论语》残页。现在，他已经凑够了五张《论语》残页。

盘坐在床上，赵一点开了自己的功法系统，将《论语》功法拖入其中，一股浩渺的力量立刻传入了赵一体内，隐约之间，似乎有某种未知的诵读声如洪钟大吕般传入赵一的脑海。他认真聆听了一会儿，大致明白了什么意思。

"'仁'，是将人一分为二的招数！

"'子曰：朝闻道，夕死可矣。'意思是早上打听到了去你家的路，晚上你就得死。

"'子曰：君子不以言举人，不以人废言。'意思是君子不说废话，把人拎起来就打，不会因为把人打废了就说客气话。

"'子曰：既来之，则安之。'意思是既然来了，那就安葬在这里吧！"

…………

经过一番消化，赵一忽然发现这部功法太适合自己了，简直是量身定做。

功法修行不是一蹴而就的，更不是像换上诡物的残肢那样可以一步到位的，需要结合实战。譬如铁布衫就要多挨打才能提升熟练度，因为练铁布衫被诡物和玩家活活打死的也不在少数。至于《论语》功法，似乎更侧重于进攻。

换上了功法，赵一又将命运宝箱拿了出来。

物品：命运宝箱（蓝）

品质：消耗品

简介：这只是一个平平无奇的宝箱而已，你打过游戏吗？这样的箱子游戏里随处可见。

效果：开启宝箱后，可能会获得以下品质的随机物品：白色物品（75%）、绿色物品（15%）、蓝色物品（7%）、紫色物品（2%）、其他（1%）。

备注：如果你觉得自己运气不好，可以把它卖给其他喜欢开箱子的玩家。

卖掉？不可能。箱子一定要自己开，没有一个男孩子是不爱开宝箱的。开出什么东西无所谓，重要的是过程。

赵一想都没想自己那数值为0的幸运值，直接在后空翻的状态下开启了命运宝箱。听说会后空翻的男孩运气都不会太差哟！

恭喜您开启了命运宝箱，您获得了"其他"物品：粉碎机。

物品：粉碎机

品质：其他

简介：如你所见，这是乱界某个恐怖科学家发明的黑色科技，外观表现为破旧腥臭的大铁皮机器，理论上只要不是太过坚硬的物体，它都能将其粉碎。

效果：被粉碎机击杀的玩家和诡物将无法复活，在游戏副本中同样有效（对携带诸如替死玩偶类强制复活道具的玩家无效）。

注：粉碎机击杀玩家后，会一次性清空该玩家身上所有的替死道具。

第六章 谷悬小镇

备注：从它被发明的那一刻起，就注定会有一个变态来使用它！

拿到了粉碎机，赵一脸上呈现出一抹诡异的兴奋。这东西有点意思。赵一非常满意地拍了拍它的身体。

第二日，赵一去了废弃的火车站，准备前往谷悬镇看看。他的系统好友里，NPC一栏多出了不少人，其中包括小丑、屠夫、诡物仓库、诡物小女孩萱萱、诡物保安、诡物三兄弟等。通过系统可以详细观察到对方的地理位置，还能够发信息。

走之前，小丑找到了赵一，他说自己想在谷悬镇开一家杂货店，但现在资金有一些紧张，预算在15万灵币左右，想让赵一帮忙物色一下谷悬镇有没有什么合适的门面。如果赵一能帮他物色一个不错的门面，他会送赵一一件私人藏品。

灵币是在诡物之间流通的货币，玩家也可以使用积分在商城兑换，1积分等于1灵币。但这是单向兑换，玩家只能用积分兑换灵币，不能用灵币兑换积分。

面对小丑提出的支线任务，赵一当然没有拒绝。

在站台等到了火车后，赵一朝着驾驶室走去。那里只有赵一可以进，其他玩家不能进。这是和列车长的好感度达到一定程度后的特权。列车长启动列车之后，给赵一递上散烟，赵一没有拒绝。一人一诡一阵吞云吐雾。

"我送了好多人去谷悬镇。那里真是有够危险的……去那儿的人死了好多，有些等级高，有些等级低。"

面对列车长的感慨，赵一并不觉得意外。它母亲的头颅就挂在风挡玻璃前。虽然没有了身体，但至少还没死不是吗？

"那里很危险吗？"赵一问道。

列车长吸了一口烟，回道："危险得很，全是等级极高的诡物。

不过没公会驻地的那两个家伙厉害。"

赵一微微一怔："小丑和屠夫？"

"对。"列车长顿了顿，颇有些关怀地叮嘱道，"去了谷悬镇，你就在站台别出去，让诡物仓库来接你，它在谷悬镇还算说得上话，这样你就不会遇见危险……"

赵一点头："多谢。"

02 入职考察

世界仍然是那样黯淡，没有光明。一个失去了太阳的世界，必然永远以混乱和黑暗为基调。但谷悬镇的繁华仍然惊住了赵一。

这里诡物很多，他们似乎重复着从前所做的事情，有条不紊，各个职业都在以人类不理解的形式维持着运作。一些穿得人模狗样的上班族偶尔会愤愤咒骂不知道哪个该死的狗东西设计的996这种工作形式，以至于让他们死后都不得安息！

以前他们总给自己打鸡血：加班只要加不死，就往死里加！但这些诡物万万没想到，他们生前加班到死，死后变成诡物了居然还要接着加班！996，一个连死亡都无法逃避的"福报"。

诡物仓库在车站接到赵一后，将赵一带回了自己的大别墅："萱萱那小姑娘去上学了，她住校，要周末才能够回来。"

赵一坐在别墅的沙发上，开了瓶果啤。

别墅内部负责打扫和服务的仆人们都是诡物。他们盯着赵一的眼神中带着一些血色的贪婪，人类在他们的眼里就是食物，是玩具。但随着诡物仓库那饱含杀机的眼神扫过，他们顿时就老实了，甚至对于赵一也带上了些畏惧。

这个男人是谁？居然和如此凶残的诡物仓库走得这么近！不久

第六章 谷悬小镇

之前，他们可是亲眼看见，一名18级的玩家因为不小心踩到了诡物仓库花园里的一株花，被诡物仓库追杀了几十千米，最后死在了镇外的某个野树林中。这块地，也是诡物仓库吃掉原来的主人后继承来的遗产。然而如此凶残可怖的一只诡物，在面对这样等级低微的人类时，居然这样恭敬，这让他们不得不暗中揣测赵一的来头。因为神秘，所以感到恐惧。

"我来找你是有三件事想请你帮忙。第一是工作问题，我想在镇子上落个脚，需要请你帮忙找一份工作。第二是找一个朋友的女儿，叫孙柏柏，她失踪了，可能在谷悬镇的附近，我想请你帮我打听一下。第三则是另外一个朋友想要开一间杂货铺，让我帮忙物色一间门面，但他资金紧张，只有15万灵币。"

赵一说完后，直接掏出了潘多拉之盒，放在了诡物仓库的面前："这是报酬。"

诡物仓库打量着这个小玩具，眼里露出了痴迷的神色："这礼物确实有一些贵重，不过我也不白收……你的事情，我会尽可能想办法办好一些。这两日你先住在我这里，下人会照顾你。"

赵一点头。

三日后，诡物仓库在铺满丰盛午餐的餐桌上，对赵一说道："谷悬镇有一家医院，虽然不如巨像医院那么庞大，但也算正规，只是那里缺一个外科医生，我和医院的院长提过，他说如果你能够顺利完成一单手术，并让病人满意，他就正式录用你。你可以先去试试，不行的话，我再给你找其他的。"

诡物仓库和赵一也算是共患难过，又收了赵一的好处，办事很是尽心尽力。赵一谢过诡物仓库，拿着诡物仓库递给他的信物，来到水果医院。一进医院，他就发现里面所有的诡物都带着贪婪的神色看着自己。这些诡物的实力都格外强大，即便赵一的力量值高达36点，他也不可能一个人对付它们全部。如果它们对赵一动手，赵一会在一瞬间被撕碎!

但很快便有一名六百公斤重的超级肥美的护士来到了赵一面前,接过了赵一手里的信物,对那些诡物病人警告道:"这是咱们医院新招的外科医生,我警告你们,不要搞事!"

那些诡物病人一下子就蔫儿了。这种重量级的选手,显然是它们承受不住的。

护士带着赵一来到了外科手术室,对赵一说道:"里面有一只诡物得了阑尾炎,现在急需动手术,如果你能完成这个手术,那么就算你完成了入职考察。"

切个阑尾而已,小问题。自己这刀法,还怕对付不了一个小小的阑尾?

赵一正要进手术室,却看见一个女诡物带着一个孩子走了过来。它浑身上下都是伤,走路一瘸一拐的。

"大夫……"女诡物扒拉了一下赵一,拿出些灵币硬塞到了赵一手里。她紧咬嘴唇,似乎想说什么,眼神在阴狠和踌躇之中不断徘徊,最终还是微不可察地叹了口气:"请一定要治好我的丈夫……拜托了。"

她身旁牵着的少年诡物同样浑身是伤。少年低着头,紧紧牵住自己妈妈的手,没有说话。

赵一将灵币推回它的手里,笑着说道:"放心,切个阑尾而已,没什么难度!"说完,赵一就走进了手术室,并且关上了门。

手术室里,一只身材魁梧的诡物被五花大绑地放在铁床上,浑身酒气。看见赵一进来,他猛地挣扎道:"该死又卑微的人类,你进来干什么?怎么?那些诡物想在给我动手术之前让我好好吃一顿?"

赵一将一旁工具栏里的铁锤、锯子、钉子全部收好,而后拿出了自己的灵魂武器——手术刀:"是这样的,我是你的主治医生,你可以叫我'爹',也可以喊我'爸爸',但我不会承认有你这个

第六章 谷悬小镇

儿子。"

那诡物一听,愣住了片刻,旋即火冒三丈:"你找死!一个食物,敢这样跟我说话,信不信手术完我弄死你?"

赵一眯着眼睛笑道:"你是不是经常家暴你的妻子和儿子?"

诡物闻言一怔,旋即冷笑道:"那是他们欠揍!老子说了多少次,赚的钱全部给我买酒,那个女人居然敢偷偷存私房钱送那个小杂种去念书,老子没打死他们都是好的!这是老子的家事,关你什么事?"

赵一戴上了手套,动作专业:"不,我对你的家事不怎么感兴趣,我只是随口聊聊。"

"谅你也没这个胆子!"那诡物冷哼。

准备就绪,赵一一只手抚摸着那诡物的胸膛,深吸一口气安慰道:"不要紧张,只是一个小手术。"

家暴男诡物眯着眼:"我不紧张。切阑尾而已。"

赵一沉默了片刻后,回道:"不……我是在说我自己……实不相瞒,这是我第一次给诡物做手术。"

一人一诡大眼瞪小眼,片刻后,家暴男诡物缓缓将眼神从赵一的脸上转移到了他手中的手术刀上,忍不住吞了口唾沫。家暴男诡物的脸上失去了刚才的威风:"可以……换个医生吗?"

赵一不慌不忙地从自己的裤兜里掏出了巨型粉碎机,放在一旁:"大概是不行了。"

"喂!这……这是什么东西?!"

"放轻松,这只是一个……粉碎机。"

"啊?"

手术室内,赵一高举手术刀,刀身映照出家暴男诡物惊骇欲绝的表情。刀落,鲜血狂飙!

凄厉的惨叫声隐约透过隔音效果不那么好的劣质手术室门传

出来，外面的家属和其他等待手术的诡物都莫名其妙地浑身哆嗦了一下。

"那个……张护士，我老公……"虽然听着这惨叫声，被家暴的女诡物浑身上下都觉得舒坦，但生性善良的它还是忍不住问了一句。

六百公斤的张护士非常尽职尽责地守在了门口，耐心安慰道："你放心，这位家属，我很理解你现在的心情。但这次的手术只是一个小手术，切个阑尾而已，他总不可能杀了你丈夫……"话音刚落，一大片鲜血便飞溅到了她身后的隔音玻璃上。

正在跟张护士交谈的家属被吓了一跳："这这这……护士，这出血量是不是稍微大了那么一点点？"

张护士回头瞟了一眼，淡定地回道："做手术嘛，流点儿血是正常的。放心吧，我们医院请的是最专业的心理医生。"

家属稍微放心了些，但很快又意识到了什么，猛地反应起来："心理医生？可……可这是外科啊！"

张护士露出迷惑的神情："有什么不一样吗？"

家属：当然不一样啦！

"吱呀——"门被打开，赵一浑身是血地走了出来，前后不到十分钟。

"赵医生……你手术做完了？"

赵一抹了一把脸上的血水，露出了全世界最温柔的笑容："对，手术非常成功。"

女诡物焦急地问道："我丈夫呢？"

赵一闻言似乎想起了什么，将手伸进了荷包里："你丈夫在这里。"众诡物定睛一看，赵一手里安静地躺着一团滴血的阑尾。

"怎么样？我切得漂亮吧！"赵一露出了和善的微笑。

看见那个完整的阑尾，女诡物的心一下就凉了。她瞟了一眼手

第六章 谷悬小镇

术室,颤声道:"剩下的……那部分呢?"

赵一恍然:"剩下的那部分我寻思没什么用,就直接处理掉了。"

让你切阑尾,不是让你切诡物啊!家属接过赵一手中的阑尾,心中五味杂陈,百感交集。平心而论,她是希望自己的丈夫死的。如果只是单纯的家暴行为,她还可以忍受,但她实在无法忍受这个禽兽连自己的儿子都打,甚至还用儿子上学的钱买酒!动她的孩子,她忍不了!

不过现在好了,赵一先一步动手,帮她做了她需要做的事情。一时间,她甚至不知道该怎么感谢赵一。而后,她忽然想到了什么,立刻掏出手机,拨通了一个号码。

"喂……是死必赔保险公司吗?啊对对对,我想问问,我丈夫死了没多久,我现在给他买意外保险还来得及吗?这样啊……好吧,那真是可惜。"挂掉电话,她对着赵一说道,"不管怎么说,还是感谢您,赵医生。"

赵一和它握了握手,回道:"拿诡钱财,替诡消灾……啊不是,治病是我们每个医生的天职,这是我应该做的!"

女诡物拿着丈夫的阑尾,兴高采烈地离开了。

赵一望着门外正等待手术的战战兢兢的众诡物,笑着问道:"下一位是哪个小可爱?"

哗!众诡物四散而逃,原本还挺热闹的走廊一下子空荡荡的。

"恭喜你,赵医生,你通过了医院的考核,这是你的工作牌。有了这个牌子,你在谷悬镇就是一个有工作的人了,镇内的诡物将会将你当作同类。另外,根据院长的意思,你的工资大概是每月5000灵币,每月中旬发放。"

张护士非常贴心地递给了赵一一个工作牌,赵一将其挂在了自己的胸口。

恭喜玩家赵一完成世界任务：找工作。

任务奖励：每月5000灵币+一个体面的身份（谷悬镇内）。

赵一瞟了一眼后面的大世界任务，挺有难度，暂时可以先放一放。他来到自己的办公室，玩手机玩到了傍晚，然后点了一份外卖。开门后，他发现外卖小哥居然是方白！

二人对视了片刻，赵一挑眉道："你也找到工作了？"

方白轻松一笑："对啊。这工作轻松，一天也接不了十几单，还能和一群诡物吹牛聊天。"他将饭菜拿出来，递给赵一，随口提了一句，"马上要到月中的魔灵之潮了，你报名了吗？"

赵一回道："报了，就是不知道这次公会会有多少人去。"

方白一边收拾送货箱，一边吐槽："拉倒吧，报名费要50000积分，一般的新人哪儿拿得出那么多？"

赵一好奇道："公会不报销吗？"

方白摊手："能借，但是不给报销，反正……很难还的！"他说完就转身继续送外卖去了。

赵一想起了柳若晴那个妩媚妖冶的女人，若有所思。这个女人一定对自己有所求，否则不会白送自己50000积分。和红魔人格有关吗？

直觉告诉赵一，柳若晴找他绝对不是为了对付体内的红魔。那个红魔和她的融合度非常高，不会不受控制。她更像是在试探自己。50000积分对于他们而言可能不算多，但对于新人，那绝对是天文数字。

像赵一自己在副本里从同行的玩家那里也才榨出了14500积分。顺带一提，游戏交易是强制执行的。譬如赵一告诉其他玩家，只要他们给他5000积分，他就带他们通关，那么只要这些玩家给了赵一

5000积分，赵一就必须带他们通关，哪怕有一个玩家没通关，赵一都会受到非常严重的惩罚，如交易被封锁，或是副本结束后评分大打折扣。

吃完饭，很快便到了下班时间，赵一拒绝了院长提出的加班要求，准备回公会驻地。

他才出医院，诡物仓库便发来了消息：赵先生，我找到了孙柏柏的部分行踪，杂货铺门面的卖家也找到了，但那老板说要跟您面谈……

03 加餐时间

别墅内，一人一诡一边吃饭，一边闲聊。

"很久之前，孙柏柏所乘坐的D17列车在南面的梓厉村村口出了事……我也只是听人说的，之后那辆列车里的人全部消失了。今天下午，我派去了一名仆人去梓厉村一探究竟，但它到现在也没有回来，应该是出事了。因为我现在在谷悬镇拥有了地产，所以我暂时不能够离开谷悬镇。至于梓厉村，我建议你最好也不要现在去，那里太危险了。"

赵一切下一块牛排塞入自己嘴里："我会注意的。"

诡物仓库将一张记录着电话号码的字条塞进赵一手中："这个是'长盛商城'老板的电话，明天你可以挑个时间约他。他随时有空。"

赵一看了看手里的号码，收好。

次日，赵一直接和院长请了个假。反正暂时没有病人敢来找他动手术了，院长也就同意了。那些预约了手术的诡物病人，钱都已经交过了，不做手术是它们的损失，不是医院的损失。

自从有了医生这个身份，谷悬镇的诡物看赵一的眼神的确没有了饿意。

赵一来到商城四楼上的一座茶楼开一间雅间，很快，一名肥头大耳、啤酒肚大如孕肚的男诡物推门而入，坐在赵一对面。它面色惨白，身上弥漫着一股上流社会的气息。

商城老板：中立

弱点：不争气的儿子。

注：他一身上下都透露着资本的气息。

他带着不屑的眼神瞟了赵一一眼，手指上的十个大戒指晃得人睁不开眼："你就是诡物仓库推荐给我的医生？"

赵一回道："对。"

商城老板点点头，开门见山道："那我直说了。长盛商城里的铺子我原本是只租不卖的，更何况你那15万灵币，我太太擦屁股都嫌少。"

赵一惊讶道："那您太太的屁股有点大吧，您把握得住吗？"

商城老板瞪眼："别打岔，听我说完！虽然我本人是不想将店铺售卖出去的，但凡事有个例外。我的儿子总说自己身体不舒服，不能好好学习，所以成绩总是班级倒数。我找了好几个医生，他们都没办法治好我儿子不好好学习的病。如果你能够治好我的儿子，那么我愿意专门拿出一个不错的地下商城店铺，以15万灵币的价格卖给你。但如果你治不好，你就会被我儿子吃掉。"

赵一挑眉道："说话算话吗？"

男人将十根手指放在赵一的面前，不停炫耀着自己那些价值昂贵的宝石戒指，倨傲道："我胡傲天还不差一个门面的钱。"言罢，他看着沉思之中的赵一，嗤笑道，"怎么？害怕了？也对，连诡医都治不好我儿子的病，你一个弱小的人类怎么可能……"

他还未说完，赵一兴致勃勃地抬起头："胡老板，我还是想问一句，你太太屁股那么大，你能把握得住吗？"

胡傲天："你为什么这么关心我太太的屁股？我警告你，你但凡敢打我太太的歪主意，我弄死你！"

赵一点点头："不好意思……胡老板放心，只是我这个人天生对奇异的事情有那么一丢丢好奇而已。"

一人一诡来到胡傲天的住处。这里是谷悬镇富人区中心的一处巨大庄园，别墅群此起彼伏，设计典雅精致，绿化区养的全是些魔植精怪。还没进门，一股恐怖的煞气便扑面而来。

一个老管家从三楼的窗户被猛地踹飞了出来，里面还传出叫骂声："谁让你进来打扫房间的？说了多少次，不要动我的手办！下次如果我再看见我的手办移动了位置，我砍了你的头！"

管家狼狈地摔倒在了地上，浑身是血。赵一盯着三楼的破窗户，双目放光。好香，是食物的气息，要加餐了。

一旁的胡傲天见赵一站在原地一动不敢动，以为他被吓住了，便拍了拍赵一的肩膀："要是不敢去就算了，这种事情不勉强，毕竟虎父无犬子……"

赵一拨开了他的手，满脸认真："不……胡老板，请一定让我治疗贵公子！"

胡傲天面色复杂地看了赵一一眼："你确定？我可没跟你开玩笑，之前几个参与治疗的医生都被我儿子吃掉了。"

赵一直接朝着三楼走去，步伐稳健："放心，胡老板，我一定还你一个喜欢学习的好孩子。"

来到问题少年的房间门口，一开门，里面便弥漫出一股浓重的腥臭。少年浑身腐烂，双目暴凸，嘴巴里密集尖锐的牙齿散发着恶臭。

见到赵一和自己的老爹，胡亮亮露出狰狞的笑容："老爹，又送吃的来了？"

胡傲天叹了口气："儿啊，天天打游戏是不行的。你这样未来怎么继承家业？"

胡亮亮皱眉骂道："糟老头子吵死了！行了，我愿意配合治疗……还是那句话，如果他治不好我的病，我就会吃掉他。惹出什么事情来，你自己给我擦屁股！"

胡傲天面色复杂地看着自己的儿子，又对着赵一叹了口气："赵医生，自求多福吧！"随即"哐"一声锁上了房门。

房内，赵一露出一个优雅从容的微笑："你好，胡亮亮，我是你爸爸……请来的医生，专门帮你治病。"

胡亮亮露出了残忍的笑容，长长的舌头舔舐着自己尖锐的獠牙："请问医生……你想怎么给我治病呢？"

赵一搬来一把椅子，坐在胡亮亮身旁。他抬起头，一人一诡对视，胡亮亮的笑容渐渐僵硬、消失，甚至变成了恐惧。在赵一那张俊逸的面容上，他赫然看见了一双猩红的眼睛，如深渊一样不见底……

病症：叛逆人格（Mix）

表现：叛逆人格与杠精人格的结合，拥有极强的反抗意识，会对别人所说的一切说不，并且从否认身边亲人开始，到最终否认整个世界。在人格融合过程之中，宿主常常出现嗜血、暴虐、愤怒等不良情绪，随着人格融合度越高，不良情绪越严重，甚至会出现攻击亲人等行为。

类别：劣质食材、重复食材

精神提升度：无

注1：你可以通过食用它来减轻自己精神世界的饥饿感，但这种劣质食材显然无法提升你的精神力量。

第六章 谷悬小镇

几分钟后,赵一打开了门,昂首挺胸,容光焕发。

胡傲天就站在门外抽雪茄,见到赵一开了门,他显然愣住了一下,旋即眼中浮现了不可思议的神色:"赵医生……你……"

赵一点头:"治疗已经结束了,胡老板,从今天开始,你的孩子会无条件地听你的话,他会拒绝游戏,拒绝二次元,认真读书,将来继承你的家业。"

胡傲天傻了。诡物仓库推荐给他的医生这么牛吗?之前他们家来过好几个医生,都是镇上小有名气的医者,然而一番折腾之后,都被自己的儿子吃掉了。作为父亲,胡傲天心里明镜似的,自己儿子的实力可不弱,像赵一这种等级的人类绝对无法与之抗衡!难道……他真的被"治好"了?

胡傲天抱着将信将疑的心情进入房间,看见胡亮亮居然一口把电脑吞掉,开始在原来玩游戏的桌子上写作业!太阳从西边儿出来了!胡傲天用颤抖的手拍了一下胡亮亮的头,激动道:"娃啊!出息了!"

胡亮亮甜甜一笑:"爸,赵医生说得对,从今天开始,我就要好好念书,争取未来早一点儿继承家业,为你分担压力!"

胡傲天激动得几乎说不出话,大叫了几声"好",随后热情地拉着赵一,要留赵一在他们家吃晚饭,但赵一委婉地拒绝了他。

赵一:"关于门面的事情,老板可还说话算数?"

胡傲天急忙道:"算数!算数!赵神医,你要是钱不够,也可以先赊着。"

恭喜玩家赵一,"长盛商城"的老板胡傲天对您的好感度从"无感"提升至"喜欢"。

听到系统的提示,赵一微微讶然。没想到眼前这个肥猪一样的诡物，居然这么重视自己的儿子，自己只是帮他治好了儿子的叛逆，他对自己居然一下提升了一个好感度！不过这样也好，谷悬镇有许多地方其实是不安全的，多一个朋友就多一份保障。

从系统之中联系上小丑，那头汇给赵一15万灵币，赵一便开始跟胡傲天办交接手续。很快，长盛商城的一个地下店铺便隶属于小丑了。

商城的流量自然不必多说。小镇这么多诡物，一共只有两个商城，只要把地下商城的店铺盘活了，很快便能把15万灵币赚回来．

做完这些，小丑又发给赵一一份邮件，里面是小丑私人珍藏的藏品。不过这个藏品，需要赵一达到5级才能够提取。

完事之后，赵一回到了公会驻地。小丑向他询问在谷悬镇做什么生意比较好。

赵一回道："肯定不要开杂货铺了，这东西根本不赚钱。你可以开个棋牌室，或者桌游室，或者搞个剧本杀什么的。这些东西可比你开杂货铺赚钱多了。"

小丑闻言兴奋了起来，邀请赵一参与设计，赵一欣然接受，但是向小丑索要了20%的股份。小丑当然没有理由拒绝，如果不是赵一，他根本无法拥有这么好的铺面。他念念不忘的振兴家族产业的计划，貌似有了一丝曙光啊！

早在他的父亲将杂货铺交给他的时候，小丑便无时无刻不想振兴家族产业，然而被规则束缚的他，根本无法离开这座废弃的车站。但现在，赵一在谷悬镇给他搞了个门面，规则便允许他出现在那里。只要小丑需要，他可以随时出现在谷悬镇那个属于自己的铺面里头。

一番捣鼓后，赵一又来到了屠夫的肉铺，他将孙柏柏的事情告诉了屠夫，并向屠夫询问了关于梓厉村的事。屠夫的眼神微眯，久远的记忆一点点浮现。

"梓厉村和莫耶村不同，那个村子一直是封闭的，虽然铁路有通

第六章 谷悬小镇

过去,但并无相应的站台。村中和外界向来不通,村里人也非常不喜欢外面的人去村子里做客。不过,柏柏的母亲红松,就是梓厉村的人。当初她要嫁给我,村里的人是一万个不同意,后来我带着她私奔,跑到了莫耶村里落脚。再后来,红松生下了柏柏,不久后便神秘消失了,只留给我一张字条。警察找遍整个村子,也没有找到红松的踪迹,她就好像是人间蒸发了一般……"

赵一闻言问道:"字条在你那里吗?"

屠夫点头,去将一张老旧的字条取来,放在了赵一的手中。上面只写了三行非常简短的话——

> 樾,我这些年的积蓄全在枕头里。
> 记住,永远……不要让柏柏接近梓厉村!
> 照顾好我们的女儿!

赵一注视着字条,立刻意识到了孙柏柏乘坐的D17列车出事,乃至最后神秘失踪,都和梓厉村有着脱不开的关系,自己想要找到孙柏柏,必须去一趟那个村子。

不过赵一没准备现在去。一来,他才4级,实力不够。从诡物仓库的描述来看,梓厉村中绝对有想象不到的大凶。他需要提升实力。二来,魔灵之潮马上要来临,届时赵一必须在公会驻地内,不能乱跑。

先度过魔灵之潮,再想办法找孙柏柏!赵一收起了字条,如是想到。

接下来的数日,赵一一直待在谷悬镇帮一群诡物看病,没事儿就和六百公斤的张护士唠唠嗑,和医院的神经科大夫廖先森交流一下病情。

起先,廖大夫一直觉得自己和医院的诡物格格不入,没有一个

301

人能够理解自己，直到遇见了赵一。一人一诡相见恨晚，恨不得原地义结金兰。但当廖大夫提出让赵一请它吃饭的时候，赵一直接一个肘击让廖大夫失去了意识。

到了月中，魔灵之潮终于到来。赵一跟水果医院的院长请了假，回到了公会驻地。"全是混子"公会一共有二十多个人选择参与魔灵之潮。当然，除了赵一，他们的报名费全是跟公会借来的。

天穹上，魔云翻滚聚集，里面似是有无穷尽的不祥。黑云中心，宛如有未知的古神在深渊中凝视。一时间，乱界无数地区内，一道道白光冲天而起，化为流虹奔向了魔云中心的深渊……

（未完待续）